잃어버린 집

| 일러두기 |
- 소설에 등장하는 실존 인물의 성격과 행동은 소설적 개연성을 위해 재구성된 허구입니다.
- 각 장의 표제지에 사용한 그림은 국립고궁박물관 e뮤지엄에서 공공누리 제1유형으로 개방한 이방자 여사(작중 '마사코')의 〈수묵채색화조그림〉〈선면수묵채색매화〉입니다.

잃어버린 집

대한제국
마지막
황족의 비사悲事

권비영
장편소설

특별한서재

차
례

나는 죽었다. 이미 오래전에.

몸을 벗어버린 영혼이 홀가분하다. 누
더기 같은 육신을 벗어 땅속에 묻고 바람
처럼 걸릴 데 없이 자유로워진 영혼…….
비로소 나는 편안하다. 까마득한 세상에
대한 두려움도 사라지고 나를 옭아매던 생
각의 사슬로부터도 자유로워졌을 때 나는
비로소 숨을 제대로 쉴 수 있었다. 차가운
땅에 묻힐 내 육신을 안타깝게 바라보며
호곡하는 이들도 잠시일 뿐, 사라지는 것
에 대한 고마움을 그 어떤 호사에 비하랴.

나를 낳아준 부모도, 나를 위로하던 사

람들도, 나를 사랑하던 여인도 없다. 나는
그저 홀로 외로운 영혼일 뿐이다.

　죽어서 좋은 것은 몸을 버릴 수 있음이
요, 더 좋은 것은 잊힐 수 있음이라.

　내 온몸을 휘감은 운명의 거미줄,

　숨이 턱턱 막히는 순간순간마다 나는
바람처럼 자유로워지고 싶었다.

　하여 부탁하노니

　아무도

　나를 기억하지 마라.

　그 누구도 나를 위해

　울지 말라.

　나는 내가 태어난 집이 보이는 호텔의
한 방에서 이승의 끈을 놓았다. 욕조에 물
을 가득 받아두고 저만치 내려다보이는,
내가 태어난 집 어디쯤의 방을 바라보면서
잠시 현기증을 느꼈다. 욕조 가득 받아둔
물의 일렁임에서도 어지럼증을 느꼈다. 세
상의 흔들림이 내겐 저처럼 어지러웠나니.

　죽고 나서 가장 먼저 본 형상은 어머니
와 아버지였다. 수심 그득한 눈으로 나를

바라보던 아버지는 곧 나를 외면하셨고, 눈물 가득한 눈으로 계속 나를 바라보는 이는 어머니였다.

"고생하였다. 힘든 세상 살아내느라 고생하였다."

어머니는 아주 조그만 목소리로 그렇게 말하며 나를 어루만졌다. 그 느낌 없는 어루만짐이 내 가슴을 밋밋하게 관통했다.

생을 마감하는 일은 세상을 향해 열렸던 마음의 창을 모두 닫는 일이다. 죽음에 대해 생각한 적이 많았다. 어떻게 하면 고통스럽지 않게 죽을 수 있을까. 죽을 수 있는 방법은 많지만 그 어떤 방법도 실행할 자신이 없었다. 나는 차가운 바람이 들이치는 방문을 닫듯이 물속에 몸을 담갔다. 모든 것을 다 받아들이는 물은 나를 편안하게 하였다. 따뜻한 물의 온도에 몸이 저절로 풀어졌다. 눈을 감고 서서히 물속으로 몸을 가라앉혔다. 고통스럽게 바라보아야 했던 세상이 나와 함께 물속으로 잠겨들었다. 취하도록 마신 독한 술이 이성을 마비시킨 것일까. 혼몽한 꿈을 꾸는 듯이 세상이 흔들렸다. 힘든 세상을 저항하며 살았지만 술에 취한 내 몸은 저항하지 않았다. 잠시 고요했다. 일렁이는 물살 사이로 지난 시간들이 흐릿하게 나타났다 사라졌다. 그러나 어느 순간, 내 심장이 멈추어버렸다. 아득하게 세상이 멀어져갔다. 가슴이 찢어질 듯 아파서 버둥대다가 곧 고요해졌다. 순간, 그리운 얼굴들이 나타났다 사라졌다. 어머니, 아버지, 줄리아……나는 조금 웃었던 것 같다.

나는 어린 시절로 돌아갔다. 아무것도 몰라서 행복했던 그 시절.

아버지는 여전히 그만큼의 거리를 두고 나를 묵묵히 바라보았다. 작은 키를 감추느라 늘 가슴을 내밀고 당당한 포즈를 취하려 했던 분. 나는 아버지 쪽으로 다가가서 조용히 아버지를 안았다. 차가운 죽음의 온도가 고스란히 전해졌다.

죽고 나니 선명하게 보이는 것들이 있다. 죽고 나서 비로소 명징하게 알게 되는 일들이 있다. 잃어버린 안경을 찾아 쓴 듯, 나는 이승의 여기서기에 흩어져 있는 모든 그

림 조각들을 찾아낼 수 있을 것 같았다. 내게
허락된 시야가 파노라마처럼 펼쳐졌다.

어머니는 두 팔로 나를 안았다.

"그래, 사느라 고생하였다. 고해를 건
너오느라 고생하였다."

어머니 마사코가 겪어온 고해를 알기
에 나는 고개를 저었다.

제
1
장

봄
날
의

기
억

나의 어머니 마사코는 세상의 풍파를 모르는 여성이었다. 부
모님의 오롯한 사랑을 받으며 밝은 미래를 꿈꾸는 여인이었다.

"봉주르."

언제나 어머니를 깨우는 건 할머니의 맑고 고운 목소리였다.
그 목소리는 달콤하고 부드러운 비스킷 같았다.

"봉주르, 마드모아젤."

어머니가 얼른 깨어나지 않으면 할머니는 조금 더 경쾌하고
밝은 목소리로 잠을 깨웠다. 은은한 향수 냄새와 함께 부드럽고
따스한 손길이 볼을 스치면 어머니 마사코는 행복한 미소를 지
으며 그 손을 마주 잡았다. 그녀가 기억하고, 그녀가 본 여인 중
에 가장 곱고 아름다운 여인, 아담한 키에 허리 잘록한 드레스를
입고 고개를 약간 쳐들고 있는 모습은 나무랄 데 없이 우아하고

도도했다. 나시모토노미야 이츠코, 그 귀부인은 바로 할머니였다. 공작 깃털로 치장한, 챙이 넓은 비단 모자를 쓰면 더욱더 기품이 어렸다. 아름답고 빼어난 미인이었다.

"그만 일어나렴. 창밖에 새소리가 들리지 않니?"

할머니의 부드럽고 작은 손이 어머니의 머리칼을 쓰다듬으면 그제야 어머니는 눈을 떴다. 햇살이 벌써 창문을 넘어서고 있는 시각이었다.

"어여쁜 아가씨께서 어젯밤에 무얼 하셨기에 이렇게 늦잠을 주무시나요?"

할머니는 어머니 마사코에게 말할 때 첫마디는 늘 존대를 했다. 존중의 뜻이었으나 무겁지 않고 더할 수 없이 부드럽고 상냥한 말투였다. 눈망울에는 마사코의 해맑은 모습이 곱게 담겨 있었다.

"늦게까지 책을 읽었습니다."

어머니는 몸을 일으키며 할머니를 바라보았다.

"아, 그랬구나. 무슨 책을 읽었느냐?"

"『베니스의 상인』을 읽었어요."

"아, 나도 예전에 셰익스피어의 많은 책을 읽으며 감동했었지."

할머니는 두 손을 마주 잡으며 꿈꾸는 소녀처럼 말했다. 순식간에 수십 년 전으로 돌아가 어린 시절을 추억하는 할머니의 눈빛엔 소녀들이 갖는 열망과 그리움이 마치 흔들리는 물살처럼 잘랑잘랑 흔들리고 있었다.

"네, 어머니."

나의 어머니 마사코는 그런 할머니의 모습을 가슴에 담았다. 고이 간직하고 오래도록 기억하며, 살아가는 동안 닮고 싶은 어여쁜 여인의 정형이었다.

"오늘 오후에는 별장에 가서 책에 대해 이야기를 하자꾸나. 바다가 보이는 정원에서 차를 마시면서 말이야."

"좋아요, 어머니."

어머니는 할머니의 말에 동생 노리코를 떠올렸다. 동생 노리코와 함께 별장에 가기로 약속한 날이었다. 가량가량한 할머니의 얼굴에 웃음이 가득한 것은 그런 이유가 있었던 것이다.

할머니는 여행을 좋아하고 음악을 좋아하고 멋 부리기도 무척 좋아하는 귀여운 여인이었다. 목소리도 더없이 상냥해서 무뚝뚝한 할아버지조차 할머니의 목소리가 들리면 미소를 지을 정도였다. 할머니의 목소리는 사람을 편안하게 하고 행복한 마음을 들게 하였다.

어머니는 그런 할머니를 늘 존경하며 부러워했다. 자신도 그런 멋진 여인이 되리라고 마음속으로 다짐했다.

마
사
코

너르게 펼쳐진 바다는 잔잔했다. 마치 푸른 융단을 펼쳐놓은 듯이 부드럽고 촉촉하였다. 봄 햇살은 적당히 그 바다에 빠져들어 있고 꽃내음을 담은 미풍은 소리 없이 물살을 간질였다.

"마사코, 이리 와 앉아. 커피 향이 아주 좋구나."

등나무 그늘 아래서 커피를 마시던 어머니 이츠코가 손짓했다. 어머니는 얇은 비단 숄을 두르고 등나무 의자에 몸을 기대고 있었다. 평소 근엄한 표정의 아버지도 커피 잔을 내려놓으며 미소 지었다. 동생 노리코는 어머니 옆에서 바다를 바라보며 과자를 먹고 있었다. 모처럼 가족이 다 모인 것이 무척 흡족한 듯 어머니는 어제부터 계속 행복한 표정을 짓고 있었다.

"어머니, 좋은 일이 있으셔요?"

"그래 부이니?"

"네. 굉장히 행복해 보이셔요."

그 말에 어머니가 두 손으로 얼굴을 가리며 수줍게 웃었다.

"아버지가 사단장에서 군사참의관이 되셨단다. 그래서 휴가를 받으셨어."

늘 바쁜 아버지에 대한 갈증을 가지고 있던 어머니는 모처럼 갖는 오붓한 시간에 행복하신 것 같았다. 하인이 내온 과일을 어머니는 손수 예쁘게 깎았다. 모나지 않게 모서리를 깎아내고 걀쭉하게 깎은 사과는 살빛 살이 도톰하여 먹음직스러웠다. 어머니는 수선화가 예쁘게 조각된 과일칼로 사과 껍질을 벗겨냈는데 그때 들리는 사각사각 소리가 속살거리는 소녀의 목소리처럼 감미로웠다.

"아, 그런 일이 있었군요. 그래서 별장에 온 거예요?"

마사코는 사과 조각을 하나 집어 입 속으로 밀어 넣었다. 향긋한 과일 향이 입 안에 그득하게 퍼졌다.

"그렇지. 아버지의 승진을 축하해야지."

아버지를 바라보는 어머니의 눈에 존경과 사랑이 가득하다는 것을 마사코는 느낄 수 있었다. 마사코는 노리코 옆에 앉았다. 조그맣고 귀여운 노리코가 과자를 들고 마사코 옆으로 바짝 다가앉았다.

"어제 읽은 책 이야기 좀 해보겠니? 어땠어? 책을 읽은 느낌이?"

사과 조각을 베어 문 어머니가 마사코를 바라보았다.

"포셔처럼 현명한 여인이 되고 싶어요."

"으흠, 그렇지. 닮고 싶은 여인이지. 아름다운 베네치아가 소설의 배경이고."

"죽을 수도 있었던 안토니오를 구하는 방법이 현명해서 아주 감동적이었어요."

마사코는 두 손을 마주 잡고 꿈꾸는 듯한 표정으로 말했다.

"그렇지? 현명한 여자는 세상을 구하기도 하지."

"어머니는 베네치아에 가보셨나요?"

"그럼, 베네치아는 곤돌라가 유명하단다."

마사코의 말에 꿈꾸는 듯한 표정이 된 어머니는 먼 바다를 바라보았다.

"저도 그걸 꼭 타보고 싶어요. 어머니는 타보셨나요?"

"그곳에 가면 미풍이 부는 좁은 바닷길을 요리조리 헤쳐 나가는 아름다운 배를 꼭 타보아야 해."

어머니의 눈빛은 어느새 베네치아의 곤돌라를 추억하고 있었다. 어머니가 자주 이야기하는 이탈리아 풍경은 언제나 머릿속에서 맴돌았다. 미풍이 부는 아름다운 봄날, 곤돌라를 타면 악사의 노랫소리가 더없이 감미롭다고 했다.

"얼마나 아름다운 도시인지. 마사코, 너도 언젠가는 가게 될 거야. 그 아름다운 물의 도시를. 물 위에 세운 도시가 그렇게 단단하고 아름다울 수가 없어. 그 물길을 따라 곤돌라를 타고 지나가면 어디선가 향긋한 꽃향기도 풍겨 온단다. 아마 물 위에 집을 지은 사람들이 키우는 꽃에서 나는 냄새일 거야. 또 곤돌라 악사의 노래는 얼마나 감미로운지……."

어머니는 눈을 가느스름하게 뜨고 그 도시의 풍경을 그리듯 말했다.

물 위의 도시. 마사코는 상상할 수 없었다. 그러나 어머니의 말은 언제나 진실이었으므로 의심하지 않았다. 그리고 어머니가 다녀온 그 도시를 언젠가는 자신도 가게 될 것이라고 믿었다.

"언니. 정말 그런 물의 도시가 있을까?"

어머니가 없을 때, 동생 노리코는 아주 작은 소리로 물었다.

"어머니가 가보셨다잖아."

"언제?"

"내가 어렸을 때. 네가 세 살 때. 나중에 우리도 가게 될 거야."

그 말에 노리코도 꿈꾸는 얼굴이 되었다.

"언니, 나도 책을 읽어두어야겠어."

리알토 다리 아래로 미끄러지듯 흐르는 곤돌라. 머릿속의 상상만으로도 즐거웠다. 마사코는 툭 트인 바다를 내려다보며 맑고 밝은 햇살 아래서 미래를 꿈꾸었다. 그녀가 사는 세상은 바람조차 없는 따뜻한 온실이었고 그녀는 순결한 꽃봉오리였다.

안개가 살짝 낀 바다는 마치 꿈꾸는 소녀처럼 은밀하고 조용하고 촉촉했다. 신비로운 푸른 빛깔과 잔잔한 수면의 평화로움까지 품은 바다는 그대로 한 장의 그림이었다. 그 바다에 폭풍이

치고 성난 파도에 바위가 깨어지는 아픔이 있으리라는 것은 상상조차 할 수 없는 일이었다. 마냥 포근하고 평화롭기만 한 바다에 폭풍우가 몰아치는 광경은 상상도 하고 싶지 않은 일이었다.

마사코가 바깥세상에 눈뜨고 엄청난 그 일을 겪기까지는 알지 못했던 일이었다.

세상의 모든 일은 어쩜 이미 정해진 순서대로 진행되는 것인지도 모른다. 인간의 인연까지도. 수많은 사람 중에 꼭 만나야 하는 사람은 운명의 궤軌에 의해 엮이게 되는 것일 테니까. 전혀 몰랐던, 사는 곳도, 살아온 환경도 다른 사람들이 필연적으로 만나는 데는 반드시 운명적인 특별한 얽힘이 있어야 할 것이다.

마사코가 사람의 인연에 대해서 깊이 생각하기 시작한 것은 마사코의 나이 스무 살 즈음이었다.

영왕. 영왕? 그의 이야기를 처음 들었을 때 참 측은하다는 마음이 일었다.

"조선의 황태자가 일본으로 공부를 하러 오셨다는구나."

그 소식을 가장 먼저 전해준 사람은 어머니 이츠코였는데, 그때 어머니의 말투는 담담하고 담백했다. 그에 대한 아무런 감정도 느껴지지 않았다. 연민이나 동정, 그런 것도 아니고 호기심이나 관심도 아니었다. 그저 우연히 그가 처해 있는 현실 그대로를 전해 들었을 뿐이었다. 그러나 그 일이 마사코의 인생을 뒤흔드는 일이 될 줄은 정말 꿈에도 생각지 않았다.

솔직히 말하면 어머니와 달리 마사코는 이 은에 대해 조금의 연민을 가지고 있긴 했다. 일본의 속국이 된 조선의 황태자가 공부를 하러 왔다지만 그것은 그가 원해서 오게 된 길은 아닐 거라는 생각이 들었기 때문이었다.

그즈음 마사코는 들떠 있었다. 그녀가 일본 황태자비가 될지도 모른다는 말들이 은밀하게 떠돌고 있었으므로 마음속으로는 조심스럽게 호화로운 미래를 꿈꾸고 있었다. 하지만 경망스럽게 마음을 드러내지는 않았다. 확정된 일도 아니거니와, 확정이 되었다 해도 경거망동으로 품위 없는 행동을 해서는 안 되었다. 속으로만 조심스럽게 마음을 다독이며 설레는 마음을 감추고 있었다. 아아, 황태자비의 물망에 오르다니……. 그것만으로도 가슴 두근거릴 일이었다. 그래서일까, 마음은 어디 속한 곳 없이 구름처럼 둥둥 떠다니고 있었다.

마사코의 운명이 정해진 날은 유난히 하늘이 맑았다.

어머니의 표정이 전과 다르게 어둡다는 생각을 했지만 그 일이 자신과 연관된 일일 줄은 몰랐다.

"마사코."

마사코를 부르는 어머니의 음성이 축축했다.

"네, 어머니."

둥둥 떠가는 구름을 보면서 마사코는 경쾌하고 맑은 목소리로 말했다. 어머니가 다가와 마사코를 말없이 껴안았다. 마사코를 쓰다듬는 어머니의 손길이 떨리는 것을 느끼면서 조금 불안한 생각이 들었다.

"이를 어찌 하면 좋으냐. 네가……."

어머니는 몹시 슬픈 얼굴로 말을 삼키고 있었다.

"왜 그러셔요, 어머니?"

하지만 어머니는 쉽게 입을 열지 않았다. 어머니는 한숨을 내쉬다가 슬픈 눈으로 마사코를 바라보다가 이내 고개를 돌렸다. 그러고는 비단 손수건으로 눈자위를 훔쳤다. 어머니가 내뱉지 못하던 말이 무슨 말이었는지 알게 된 것은 아버지를 통해서였다. 아버지는 한참 동안 마사코를 바라보다 무겁게 입을 열었다.

"마사코……. 네가 영왕과 결혼하게 되었다."

"네? 누구? 영왕이라고요?"

무슨 말인지 얼른 이해가 되지 않았다. 일본 황태자라는 말을, 아버지가 잘못 말씀하신 건 아닐까 하는 생각까지 들었다.

"나라를 위한 일이다. 천황께서 원하시는 일이다. 따르도록 하여라."

아버지의 목소리는 그 어느 때보다 근엄하고 딱딱했다. 어머니는 아버지 곁에서 눈을 내리깐 채 침묵했다. 공들여 쌓던 탑이 와르르 무너진 느낌이었다. 잠시 동안 둔통이 느껴졌다. 아버지께서 하시는 말이 무슨 말인지 얼른 이해할 수 없었다. 하지만 아버지가 잘못 알 리가 없다.

확실하게 알 수 있는 것도 있었다. 아버지의 말은 번복되지 않을 것이며 천황의 치허도 번복되지 않는다는 사실. 우리 모두는 천황의 자식이므로 천황의 명을 거역할 수 없다는 것. 더구나 영왕과의 결혼은 두 나라를 위한 일이라 하였다. 마사코의 기분이나 의견은 중요하지 않았고, 마사코의 의견을 물어보지도 않은 채 정해진 일이었다. 그 말은 마사코의 마음과는 관계없이 진행이 되어갈 거라는 이야기였다.

마사코는 어지러운 마음을 감당할 수 없었다. 봄날의 기억은 잔인했다.

약혼을 뜻하는 납채 의식이 이루어지고 난 후 마사코는 도리이사카에 있는 영왕의 저택을 처음으로 방문하였다. 넓은 저택은 속국의 황태자가 머무는 집이라기에는 믿을 수 없을 만큼 아름답고 화려하였다.

그를 처음 보았을 때, 마사코는 조금 떨렸다. 일본 황태자는 아닐지라도 한 나라의 황태자를 정식으로 만난다는 설렘 때문이었다.

"어서 오십시오. 전하께서 기다리고 계십니다."

시종의 안내를 받아 응접실로 가면서 마사코는 마음속으로 다짐하고 있었다. 어차피 정해진 운명이라면 사랑 따위는 접어두고라도 그와 인연을 맺는 일이 그리 나쁜 선택은 아니라는 생각이 들었다. 그러나 우수 어린 이 은 황태자의 눈빛과 마주치자 마사코의 가슴이 조용하게 물결쳤다. 순하고 깊은 이 은 황태자의 눈을 바라본 순간, 마사코는 자신의 운명에 순응해야겠다고 마음먹었다. 마사코는 상냥한 미소를 지으며 무릎을 약간 굽혀 예를 갖추었다.

"어서 오시오."

목소리가 조금 떨렸을까, 그건 기억나지 않지만 작은 키를 들키지 않으려는 듯 가슴을 쑥 내밀고 악수를 청하는 그의 몸짓에 웃음이 났다.

찻잔을 앞에 두고 처음으로 단둘이 있게 되었을 때, 마사코는 용기를 내어 그의 얼굴을 바라보았다. 어색하고 쑥스러운 생각이 들었지만 왠지 그를 똑바로 바라보아야 할 것 같았다. 그도 우묵한 눈으로 조용히 마사코를 바라봤다. 아무런 감정도 실리지 않은 눈빛이었지만 우울한 내색을 하지 않으려고 애쓰는 그의 모습이 안쓰러웠다. 단정한 차림으로 앉아 차를 마시고 고요하게 밖을 바라보았다.

새소리가 재재재재, 정원에서 들렸다. 사람은 말을 하지 않고 주변의 새들만 재재거렸다. 햇살이 따사로운 정원의 오후는 살풋 졸음이 몰려오는 시간이었다. 말없이 앉아 있으려니 어색하기도 하고 부끄럽기도 했다. 침묵이 무겁게 느껴질 때, 마사코가 먼저 말을 걸었다.

"날씨가 참 좋지요?"

그 말에 그가 고개를 끄덕였다. 그러고는 마사코를 한참 바라보더니 조용히 말했다.

"네, 날씨가 좋고요."

눈을 가느스름하게 뜨고 하늘을 바라보다 마사코를 보고 싱긋 웃었다. 그 웃음에 스며 있는 어색함과 쓸쓸함이 오히려 측은하게 느껴졌다. 학업을 핑계 삼아, 어린 나이에 조국을 떠나올 수밖에 없었던 그의 마음을 헤아려보면 그 쓸쓸한 웃음을 이해할 수 있을 것 같았다. 그인들 일본 여인을 배필로 맞으리라는 생각을 상상으로나마 했을까…….

육군사관학교를 졸업하고 소위에 임관된 그는 절제된 말투와 행동으로 군인다운 면모를 보여주었다. 그러나 단둘이 있을 때는 눈빛이 따뜻한 외로운 청년이었다. 조선과 일본의 융화를 위해 진행되는 정략결혼이었지만 마사코는 그를 보는 순간 그의 가슴에 흐르는 따뜻한 마음을 느낄 수 있었다.

'나는 온화하고 마음 따뜻한 청년 이 은에게 시집가는 것이야.'

마사코는 스스로에게 그렇게 타일렀다. 처음 만나는 자리라 어색하고 부담스러웠지만 마사코는 그의 눈빛을 보고 마음을 놓았다. 온화하고 따뜻하며 말을 아끼는 사람. 마사코에게 이 은은 그렇게 각인되었다.

"전하, 나중에 저희 집에도 놀러 오십시오."

언젠가 황궁에서도 귀히 여긴다는 그를 존중하고 배려하는 마음으로 어머니 이츠코 비가 그렇게 이야기한 적이 있다 하였는데, 그 말이 운명의 주술처럼 되고 말았다.

그날 이후, 그는 일요일마다 마사코를 보러 왔다. 마사코는 일요일 아침이 되면 그를 기다리느라 괜스레 정원을 서성거렸다. 그러다 그의 모습이 보이면 절로 볼이 붉어졌다. 그도 마사코를 대하는 태도가 처음보다는 조금씩 편안해지는 것 같았다. 조용히 산책을 하기도 하고, 어머니가 구운 과자를 먹기도 하고, 같이 피아노를 치기도 했다. 조그맣고 말간 얼굴에는 아직도 귀여운 소년의 티가 남아 있었다. 동그란 얼굴 때문인지 그는 나이보다 어려 보였다. 워낙 말이 없어서 마사코가 먼저 말을 거는 경우가 더 많았지만 많은 이야기를 나누지 않아도 함께 있는 것만으로도 편안하고 기분이 좋았다.

"조선에는 언제 가게 되나요?"

그 말이 실수였을까,

"알 수 없소."

라고 대답하는 그의 얼굴이 금세 어두워졌다.

"공부가 끝나면 가게 되나요?"

그 물음에도 조용히 고개를 젓더니 침울한 표정으로 마사코를 바라보았다. 마사코에게는 말할 수 없는 듯한 절망과 회한의 눈빛이 어지러웠다.

조선의 왕세자와 일본 나시모토 왕녀의 결혼, 이 결혼은 너무나도 파렴치한 행위다!

마사코는 어떤 잡지에 실린 그 문구를 기억하고 있었다. 절망스럽고 우울한 그의 눈빛은 그런 기사들로 인한 것일지 모른다. 마사코도 혼란스럽고 힘들지만 이미 정해진 운명에 대해 좋은 쪽으로 생각하려는 노력을 하고 있는 중이었다.

알 수 없어요, 그 무엇도.

그의 눈빛은 그렇게 말하고 있는 것 같았다. 마사코는 자신이 무심코 한 말이 그에게 상처가 될 수도 있겠다는 생각이 들었다. 상처 없는 사람이 휘두르는 날카로운 비수. 그에 대한 배려를 하지 않은 것은 마사코의 큰 실수였다.

"곧 가시게 될 거여요."

어머니는 늘 다른 사람에 대한 배려를 몸에 익히라고 했다. 늘 겸손하고 자애로우며 현명하고 기품 있는 여인이 되도록 노력하라고 타일렀다. 그의 입장을 헤아리지 못했다는 자책에 고개가 절로 숙여졌다.

"왜 고개를 숙이고 있소? 나와 있는 것이 불편해요?"

그가 애써 밝은 음색으로 말했다. 마사코는 얼른 손사래를 쳤다.

"아닙니다. 그렇지 않습니다. 함께 있는 것 좋습니다."

그제야 그가 빙긋이 웃었다. 쓸쓸해 보이지만 티 없는 웃음이었다.

"혼자 있을 때는 뭐 하오?"

시선은 먼 데다 둔 채로 그가 물었다. 말없이 함께 있는 것이 서로에게 얼마나 불편한지를 알기에 애써 던지는 질문 같았다.

"혼자 있을 때…… 책도 보고 음악도 듣고 낮잠을 자기도 합니다."

마사코는 비교적 솔직하게 말했다.

"나는 그림을 그립니다."

"그림을요? 어떤 그림을 그리세요?"

그가 그림을 그린다는 것에 같은 취미를 가지게 될 듯하여
마사코는 무척 반가웠다.

"사군자를 그리지요. 솜씨는 형편없지만."

그가 어색하게 고개를 저으며 말했다.

"그럴 리가요. 잘 그리실 것 같아요. 저도 매화 치기를 좋아
합니다. 솜씨는 형편없지만."

그의 말투를 흉내 낸 것은 그에게 조금 더 다가가고픈 마음
의 표현이었다. 그의 표정이 조금 전보다 부드러워졌다.

"조선에 있을 때는 훌륭한 스승을 모시고 배웠어요."

그의 어깨가 조금 으쓱 올라갔다.

"얼마나 배웠나요?"

"해강 선생에게 서예, 한문, 그림까지 배웠지요. 하지만 일본
으로 끌려온…… 아니, 일본으로 온 후에는 그때의 기억을 떠올
리며 심심파적으로 나 혼자 그린다오."

그는 말실수가 부담스러웠는지 고개를 숙인 채 혼잣말처럼
중얼거렸다.

"언제 한번 보여주셔요. 보고 싶어요."

마사코는 일부러 애교 섞인 목소리로 말했다.

"잘 그리지는 못하오. 내 마음 가는 대로 그리는 거요."

그가 부끄러운 듯 어색하게 웃었다.

"잘 그리지 못해도 그림을 그리며 찾는 마음의 안정과 평화가 더 중요하다고 생각해요."

"허허, 그리 생각하여주니 고맙소."

"저는 그림을 그리면서 많이 차분해졌어요."

"언제 마사코도 그린 그림을 보여주오."

"부끄럽기는 하지만 그럴게요."

마사코와 이 은은 어느새 어색하지 않은 대화를 하고 있었다. 그를 진정으로 사랑하게 될 것만 같은 호감 어린 시선으로 마사코는 그를 바라보기 시작했다.

두 사람은 가끔씩 만났다. 이 은과 마사코를 둘러싼 소문과 억측은 달리는 말처럼 빠르게 회자되었지만 정작 두 사람은 태풍의 눈처럼 조용하고 안온하고 평화롭게 서로를 알아가고 있었다.

두 사람의 결혼 이야기는 정작 당사자들보다 신문에서 더 빨리 알 수 있는 지경이었다. 그들의 결혼은 단순히 청춘남녀 두 사람의 문제가 아니라 미묘한 양국의 문제까지 얽혀 있기 때문이었다.

두 사람의 결혼은 순조롭지 못했다. 그들은 그저 황실에서 하라는 대로 해야 하는 꼭두각시 같은 처지였으므로 그들 자신의 의사는 중요하지 않았다. 두 사람도 모르는 소식들이 신문에 먼저 나는 일도 있었다. 그런 일은 참 어이없는 일이지만 마사코와 이 은의 결혼에 대해서 두 사람의 선택이나 의사는 필요하지 않다는 이야기이기도 했다. 그럼에도 불구하고 둘은 조심스럽게 서로의 마음에 다가서고 있었다. 마음의 강물을 조용히 흔드는 바람이 두 사람 사이에 머물기 시작했다.

마사코는 작은 화분을 창가에 놓았다. 아직은 추운 날씨라 창문을 열어놓을 수는 없지만 햇살이 가득 고이는 창가는 화분을 얹어두기에 적당했다.

"웬 꽃이야?"

어머니가 물었다.

"정원사에게 예쁘고 키우기 쉬운 꽃나무 하나 구해 달라고 했어요. 식물 자라는 걸 보고 싶어서요. 물을 잘 주고 햇빛이 드는 창가에 놓아두면 꽃도 핀다던걸요."

마사코는 자랑스럽게 어머니에게 말했다.

"오, 그렇구나. 이제 마사코가 사랑할 준비가 되었구나."

어머니가 짓궂은 미소를 지으며 마사코를 빤히 바라봤다.

"사랑할 준비라니요?"

그 말에 스스로 부끄러워 마사코는 목소리를 낮추었다.

"식물을 키우고 싶다는 게 그 증거지. 사랑을 하게 되면 이 세상 모든 것에 관심과 애정이 생기게 되는 법이거든."

어머니는 인생을 도통하여 모르는 것이 없는 현자처럼 아주 단언하며 말했다. 귓볼이 슬쩍 붉어졌다. 시선을 이다다 두이야

할지 몰라 괜히 화분만 만지작거렸다.

"사랑도 기술이 필요하단다. 빨리 자라라고 물을 많이 주면 뿌리가 썩어버리고 물을 안 주면 목말라 죽을 수도 있지. 햇볕도 적당해야지, 너무 뜨거우면 타서 죽는단다."

"네에⋯⋯."

"또, 사랑한다고 자주 만지작거리면 제대로 크지 않고 시들 시들 말라버리지. 클 수가 없어. 무엇이든 적당해야 하는 거야. 사랑도 그러하지."

마사코는 어머니의 말을 그 어떤 교훈보다 깊이 받아들였다. 마사코의 귓불이 다시 붉어졌다. 자연스럽게 떠오르는 얼굴이 눈앞에 아른거렸다.

"후후, 마사코 마음속에 있는 사람이 누군지 알겠네."

어머니 이츠코가 마사코를 사랑스럽게 바라보며 웃었다.

이 은 전하.

마사코는 입술만 달싹거리며 그 말을 삼켰다.

"하지만 명심할 것이 있다. 사랑은 우리를 행복하게 하기 위해서 있는 것이 아니다."

어머니의 목소리가 아까와는 다르게 차분하게 울렸다.

"네?"

"사랑은 우리들이 고뇌와 인종 속에서 얼마나 강할 수 있는 가 하는 것을 자기에게 보이기 위해서 있는 것이라 했다."

"누가 그런 말을 했어요?"

"헤세의 문장이란다."

"네⋯⋯. 명심하겠습니다."

마사코는 어머니가 하는 말을 마음속에 담았다. 어머니의 말은 언제나 옳았다.

"마사코, 결혼이 얼마 남지 않았어. 그동안 너를 위해 준비해 둔 혼수품을 좀 보겠니?"

어머니는 처음 결혼 이야기가 나왔을 때의 슬픈 표정을 거두고 어느새 이 은과의 결혼을 흡족하게 생각하는 것 같았다.

"혼수품을요?"

목소리가 살짝 떨렸다.

"그래, 그동안 준비해둔 것들이 있어. 네가 보면 좋아할 것 같구나."

어머니는 마사코의 손을 살포시 잡고 걸었다. 긴 복도를 지나 혼수를 넣어둔 방으로 가는 어머니의 발걸음이 가벼웠다.

"네, 어머니. 저도 궁금해요."

마사코는 환하게 웃으며 어머니와 발걸음을 맞추었다.

혼수를 넣어둔 방문을 열자 방 안 가득한 물건들이 환하게 빛을 발했다.

"아, 어머니!"

마사코는 순간, 눈물이 핑 돌았다. 방 안에 그득한 물건은 얼핏 보기에도 그 가짓수가 대단했고 그 고귀함에서도 흔히 볼 수 없는 아주 귀한 물건들이었다.

나시모토 궁가의 문장이 금으로 도드라지게 새겨진 검은 옻칠 장롱 한 쌍, 흰색 오동나무 장롱, 백동으로 만들어진 장롱과 다섯 벌이나 되는 함은 화려했고 은으로 만든 장식품인 비둘기는 사치스럽기 그지없었다. 비취로 만든 허리띠는 우아하고 고결했으며, 손거울까지도 표면에 금은 가루로 장식한 무늬를 새겨 품격을 더하고 있었다. 서랍 속의 분첩 하나에도 마사코의 표시인 국화 모양의 수가 놓여 있었다. 특히 스위스에서 제작한 다이아몬드와 보석으로 장식된 금시계는 호화롭고 지극히 아름다웠다. 마사코의 신분에 맞게 특별히 만들어진 것 같았다.

마사코는 그 물건들을 보며 가슴이 두근거렸다. 귀한 물건들이기도 하지만 가격도 엄청날 거라는 생각이 들었다. 또, 특별히 염색한 천을 골라 옷을 맞추고 프랑스와 영국에서 가져온 천으로 양복과 치마, 코트도 맞추어두었다고 했다. 그런 말을 하는 어머니의 눈빛은 흡족해 보였다. 어찌 보면 정작 결혼을 하는 마사코보다 어머니가 더 들떠 있는 것 같았다. 두꺼운 비단으로 만든 겨울용 이부자리와 결 고운 모시로 만든 여름 이부자리도 단정하고 고급스러웠다.

긴자의 미키모토 진주점에서 맞춘 보관寶冠은 햇살을 받아 더욱 아름다웠다. 어머니가 디자인을 고심하고 또 고심한 끝에 모양을 결정했다고 했다. 황후의 것보다 호화롭지 않으면서 우아하고 아름다운 보관을 디자인하느라 어머니 이츠코 비는 꽤 오랫동안 골똘히 연구하셨으리라는 생각이 들었다.

"내가 결혼할 때는 보관을 이탈리아에서 맞추어 왔단다. 그때는 우리나라에 그만큼 만들 수 있는 장인이 없었지."

빛나는 보관을 들어 이리저리 살펴보며 어머니 이츠코 비는 만족한 표정을 지었다. 머리핀에도 갖가지 보석을 박아 영롱하고 아름답게 꾸미려고 애쓴 것은 더할 수 없이 아름다운 신부를 만들기 위한 어머니의 마음일 것이었다. 더구나 혼수 비용을 궁내성에서 대주기로 했다는 사실이 어머니를 더욱 흡족하게 하는 것 같았다. 나라를 위해 조선 왕자에게 시집가는 마사코의 희생을 기특하게 여긴 것도 궁내성에서 혼수 비용을 대는 이유가 될 것이었다. 마사코도 엄청난 혼수가 그리 싫지 않았다.

"비록 지금은 우리의 식민지라 하나 한 나라의 황태자와 결혼하는 일이다. 혼수도 물론이려니와 마음가짐, 예법도 소홀함이 있어서는 안 된다."

어머니는 아주 근엄한 표정으로 마사코를 타일렀다.

"네, 어머니. 소홀함이 없도록 마음과 몸을 정갈하게 다스리겠습니다."

마사코는 진정을 담아 그리 말했다. 그렇게 말하고 나니 마음이 무거워졌다. 황태자비로서 역할을 잘해낼 수 있을까 하는 걱정이 앞섰기 때문이었다. 그러나 그런 마음 사이사이, 그를 향한 수줍음이 한 번씩 얼굴에 홍조를 띠게 만들었다. 문득 그리워지는 때가 있었다. 그러면 그를 보고 싶고 만나서 목소리라도 듣고 싶었다. 비록 정략적인 결혼이지만 이 은에 대한 마사코의 마음은 순수하고 순결했다. 아니, 그렇게 믿고 싶었고 그렇게 되리라 자신했다.

"언니는 좋겠어요. 저 많은 금은보화와 혼례품이 다 언니 것이라니. 노리코도 빨리 좋은 사람 만나고 싶어요."

마사코 곁을 맴도는 노리코는 부러운 눈으로 방 안 그득한 물건들을 살폈다. 마사코도 흡족했다. 어서 시간이 흘러 결혼식을 올릴 수 있었으면 좋겠다고 생각했다. 그러나 주변 사정은 어둡고 혼란하고 불안한 일들이 많았다. 그런 일들이 불행을 몰고 올 것만 같아 마사코는 불안했다.

운명

고종의 급서로 인해 조선의 민심은 들끓었다. 이 은과 마사코의 결혼을 앞두고 분주했던 궁궐은 삽시간에 고종의 국장 준비로 어수선해졌다. 그 무렵, 독립 선언을 위한 기회를 찾고 있던 조선의 지도자들은 이 기회를 잘 이용하면 보다 빠르게 독립을 할 수 있는 기회가 되리라 여겼다. 총독 정치는 교회 집회나 닷새에 한 번 열리는 장날 외에 조선인들이 모이는 것을 금지하고 있었다. 그 때문에 집회를 하는 것이 몹시 어려웠던 독립군들은 이 기회를 절호의 기회라 생각했다. 국장을 전후해 각지에서 몰려드는 백성들을 단속할 수 없을 것을 안 지도자들은 국상일을 피하고 3월 1일에 독립 선언을 할 계획을 세웠다. 그런 사실을 안 '토마스 해리'는 과연 그 일이 무사히 이루어질 수 있을까 염려가 되었다.

일본은 사력을 다해 조선의 독립을 막고 있었다. 황국신민화, 내선일체 등의 명분을 앞세워 조선인들의 문화와 일상을 송두리째 흔들고 있는 상황에서 조선이 과연 무사히 독립 선언을 할 수 있을까.

해리는 이곳저곳 다니며 사진을 찍었다. 조선의 풍경을 찍는 일은 그에게 신성한 작업이었다. 조선의 집과 풍경, 그리고 조선의 풍습과 인물들의 표정을 찍는 일로 해리의 하루는 짧을 지경이었다. 더구나 한 나라 사정이 이렇게 급박하게 돌아가고 있는데, 이럴 때 부지런하게 기록을 남겨두지 않으면 직무 유기인 것이다. 해리는 특파원 자격으로 조선에 건너오기는 했으나 처음엔 조선에 그리 큰 관심이 없었다. 그러나 막상 와서 살다 보니 마음이 달라졌다. 고즈넉한 산야와 반달 모양의 순박한 초가들, 그 작은 집에서 순하게 사는 사람들의 모습을 보았을 때 뭔가 뭉클한 감동이 느껴졌다.

'아, 이런 순박한 사람들의 모습을 기록해야겠다.'

처음엔 궁궐에 관심을 가지고 사진을 찍었다. 미국의 직선적 건물 양식과는 너무도 다른 우아한 곡선과 품은 듯 드러내는 정원과 고아한 돌담…… 그렇게 시작된 호기심은 조선이라는 나라가 처한 상황까지 깊은 관심을 가지게 하였다. 다행히 그는 미국인이었으므로 모든 상황에서 자유로울 수 있었다.

차츰 민중에 관심을 갖게 된 것도 어쩜 운명적인 끌림일 수 있었다. 몰래 숨어서 독립 의지를 불태우는 촌부와 학생들, 또 몰래 그들을 도우려 애쓰는 이름 없는 사람들. 허름한 복색에 가난한 그들이었건만 눈빛에서 형형하게 빛나는 단단한 결의가 느껴졌다.

'머잖아 이들은 독립을 쟁취하겠구나.'

그들의 눈빛에서 해리가 느낀 건 그런 생각이었다. 그래서 무심했던 눈길을 거두고 그들에게 다가갔다. 미국인이라는 것만으로 해리는 우호적 인물이 되었다. 겉으로는 그냥 사진을 찍는 외국인이었지만 속으로는 독립운동을 적극 돕는 외국인이 되어가고 있었다.

고종의 특사 헐버트가 미국인이라는 것도 사람들이 해리를 믿는 이유 중의 하나였다. 비록 헤이그 밀사 사건이 실패하여 고종이 양위를 하게 되고 그 이후 조선의 모든 일들이 을사오적 따위에 급속도로 일본의 손아귀에 들어가게 되었지만 아직도 불이 꺼진 건 아니었다. 만주에 임시 정부가 수립되었다는 이야기도 조선의 희망이었고, 헤이그 밀사 사건 실패로 고종을 폐위한 사건도 조선인들이 들고 일어날 수 있는 빌미가 되는 것이었다.

고종의 승하는 그런 의미에서 불꽃에 기름을 퍼부은 격이 되었다.

각지에서 올라온 사람들은 철도로, 버스로, 혹은 걸어서 경성으로 모여들었다. 경성 시내가 갑자기 커진 느낌이었다. 해리는 그런 움직임도 부지런히 찍었다.

3월 1일 오후 2시. 해리는 이미 아침부터 파고디 공원 근처에서 어슬렁거렸다. 종로에 있는 파고다 공원에서 독립 선언문 낭독이 있을 계획이었기 때문이다. 그러나 어쩐 일인지 파고다 공원은 한산했다. 계획대로 진행이 되지 않는 것 같았다. 그러더니 그 일이 급격히 변경되었다는 전갈이 왔다. 수많은 학생들을 파고다 공원에 집결시키는 것이 위험하다 판단하여 인사동에 있는 요정 태화관으로 장소를 옮겨 독립 선언문 낭독을 거행했다고 했다. 태화관에 모인 민족 대표는 독립 선언문을 낭독하고 축배를 올린 다음 총독부 경무총감부에 체포되었다고 했다. 해리는 오히려 잘된 일이라 여겼다. 파고다 공원에서 독립 선언문 낭독을 진행했었다면 훨씬 많은 이들이 잡혀가는 불상사가 있었을 것이다.

'오등은 우리의 독립국임과 조선의 자유민임을 여기에 선언하노라⋯⋯.'로 이어지는 독립 선언서는 학생 대표가 낭독을 하고 세 갈래로 나뉘어 시위를 하였다 했다. 고종의 유해가 안치된 덕수궁의 대한문을 향하는 시위 팀을 해리는 뒤따랐다.

처절한 표정으로 열을 이어가는 군중은 하나의 거대한 물결이었다. 억눌린 한을 표출하듯 그들은 강한 의지로 대열을 이었다. 그 대열은 억압을 던져버리고 자유의 물꼬를 찾으러 떠나는 의지의 행군이었다. 독립을 꿈꾸며 모여든 군중은 도도한 물결이었다. 경찰과 헌병은 무장한 채로 그들을 옥박지르고 공포를 쏘았지만 그 총소리에 놀라는 사람은 거의 없었다. 이미 그들은 하나의 거대한 물결이었다.

"우리는 독립해야 한다! 일본은 물러가라! 대한 독립 만세!"

짧은 단발머리의 여학생들과 남학생들이 옥상과 거리에서 비장한 목소리로 독립 만세를 외치며 독립 연설을 하고 있었다. 군중은 그에 합세하여 박수를 치고 환호하며 진정한 자유의 날을 그리고 있었다. 해리는 그 순간순간을 놓치지 않았다. 셔터를 누르고 짧은 메모를 하며 조선의 독립을 지지했다. 그들의 만세 소리는 삽시간에 전국으로 퍼졌다. 경성에서 지방 도시로, 농촌으로. 도시의 군중과 광산 노동자들이 합세하고 농민들이 합세했다.

군중의 독립 의지는 어느새 폭동으로 변해갔다. 총독부는 헌병, 경찰, 군대, 철도수비대, 소방대까지 동원하여 닥치는 대로 체포하고 고문하고 학살했다. 해리는 참상의 순간을 놓치지 않았다. 참상의 현장을 정신없이 찾아다니며 셔터를 눌렀다. 일본군의 총칼에 난자된 시체, 독립을 외치다 목이 잘려나간 시체, 아무런 죄도 없는 아이의 가슴에 박힌 일본도, 젖 먹이다 총알을 맞아 쓰러진 여인의 시체…… 시체, 시체, 시체……. 해리는 끔찍한 현장을 보면서 자꾸만 눈을 감는 자신을 발견하고 소스라치게 놀랐다.

"눈을 감아선 안 돼. 이 모든 것을 똑똑히 봐두어야 해. 눈을 감는 건 비겁한 짓이야."

해리는 스스로에게 주문을 걸듯 외쳤다. 이 참상을 외면해서는 안 된다는 생각이 비참한 현장을 눈 뜨고 바라볼 수 있게 했다. 그러면서 해리는 생각했다.

'고종 폐하는 그냥 스러지신 게 아니다. 이 나라 백성들의 분노를 일깨우고 가신 것이다.'

청년 해리는 또 생각했다.

'나 또한 정의를 신봉하는 젊은이로서 이 나라를 위해 무언가를 할 것이다.'

마사코와 이 은의 결혼이 이루어진 것은 고종이 승하하시고 한 해가 지나서였다. 그간 조선의 다급하고 어지러웠던 사정 속에 뭔가 획기적인 사건이 일어날 듯했지만 운명적인 상황을 바꾸지는 못했다.

여전히 일본의 속국인 조선. 이 은의 마음은 참담했지만 그것은 이 은 개인의 속내일 뿐이었다. 사실 마사코는 그런 이 은의 마음까지 헤아릴 수는 없었다. 물론 전하의 나라인 조선이 독립을 했으면 하는 마음도 있지만 독립이 되지 않아도 그녀로서는 크게 상관없는 일이었다. 마사코의 마음속에는 개인으로서의 이 은이 있을 뿐이었다.

궁내성에서 보내준 쌍두마차를 타고 의장병들의 호위를 받으며 이 은의 집이 있는 도리이사카 어전으로 향할 때는 꿈이 아닌가 싶었다.

'드디어 결혼을 하는구나.'

그동안 애를 태우며 기다린 시간들이 눈 녹듯 사라졌다. 예복으로 만들어진 흰 비단 바탕에 수를 놓은 드레스는 아름다웠다. 타조 깃과 다이아몬드가 박힌 관을 얹고 흰 상아 부채를 들고 마차에서 내릴 때는 가슴이 두근거렸다. 사람들은 마치 하늘에서 선녀가 내려온 것 같다고 입술이 마르도록 칭송했다. 전하는 군복을 입고 가슴에 번쩍이는 훈장을 달았다. 참 의젓한 모습이었다. 마사코는 이 은을 보며 살그머니 미소를 지어 보였다. 이 은도 그런 마사코를 사랑스럽게 쳐다보았으나 무엇이 민망한지 이내 시선을 다른 데로 돌렸다. 그런 모습을 보자 마사코는 자신이 지어 전하에게 바쳤던 와카를 기억했다.

뜻하지 않게
파도치는 해변에 들려주신 당신
내일 또 나의 왕자님은
하코네의 산을 넘으리
비바람이나 뜨거운 여름 태양이
그분을 괴롭히지 말았으면

후지산 기슭에서 야영하시던 전하가 오오이소 별장에 머무르고 있는 마사코를 잠시 찾은 적이 있었다. 겨우 30분 얼굴을 보기 위해 달려오신 그 마음이 진실하다는 것을 느꼈던 날, 마사코는 전하를 생각하며 와카를 지었다. 그 일은, 소리 없이 흐르는 전하의 마음을 분명히 확인할 수 있는 일이었다. 말을 히지 않고도 그윽하게 쳐다보는 것만으로 가슴이 그득해지던 기억. 그런 생각을 하니 더욱 그가 믿음직스러웠다. 하지만 전하의 얼굴엔 왠지 모를 우수가 서려 있었다. 아니 '왠지'라는 말은 적합한 말이 아니다. 그 우수 어린 눈빛의 근원을 알 수 있을 것 같았기에 마사코는 성심을 다하여 위로하고 사랑하리라 다짐했다.

결혼식에 온 대부분의 사람들이 이 은과 마사코를 보며 잘 어울리는 한 쌍이라고 칭찬이 자자했지만 조선에서 건너온 하객들은 달랐다. 전하의 결혼을 축하하기 위해 영왕의 형인 의친왕 전하와 황족들, 낙선재 상궁들이 조선에서 왔는데 그들 중에는 초상집에 온 것처럼 눈물을 찍어내는 이들도 있었다. 충분히 이해할 수 있는 일이었으나 기분 좋은 일은 결코 아니었다. 결혼식에 와서 눈물을 흘리다니. 어찌 되었든 결혼은 축하해야 할 일이 아닌가. 하지만 마사코는 서운한 마음을 지그시 눌렀다. 전하를 위해서였다.

사실 이 결혼은 처음부터 순조롭지 못했다. 결혼 당일 있었던 사고도 그동안 마음고생을 한 마사코에게 근심이 될까 하여 쉬쉬하며 비밀로 하라고 했다지만 마사코도 그 일을 알고 있었다. 마차에 폭탄을 던진 청년이 있었다는 것. 폭탄은 불발이었고 청년은 잡혔다. 그 또한 충분히 있을 수 있는 일이었다. 전하의 결혼이 그들에게는 배신감과 절망감을 일으킬 수도 있었을 터. 입장을 바꾸어 생각해보면 이해할 수 있는 일이었다. 마사코는 오히려 더 단단하게 마음먹었다. 전하의 무거운 마음을 돌려놓으리라.

결혼식이 끝나고 피로연을 할 때 마사코는 일본 옷으로 갈아입었다. 그것은 전하의 입장에서 보면 아주 언짢은 일일 수도 있는 일이었다.

마사코는 마사코대로 전하는 전하대로, 서로의 입장이 다르다는 사실을 확인할 때는 참 난감한 부분이 많았다. 그래도 그는 내색하지 않았다. 그렇지만 가슴 깊은 곳에서는 슬픔의 강이 흐르고 있을지도 모른다는 생각이 들었다.

약혼 이야기가 나오기 시작한 것이 1916년이었으니 그동안의 이런저런 사정으로 4년 만에 결혼이 이루어진 것이었다. 우여곡절 끝에 이루어진 그 결혼에는 몇 가지 조건이 있었다는 걸 그때 마사코는 알지 못했다. 궁내 대신과 어머니인 이츠코 비가 한 약속은 이러했다.

'왕세자의 주거는 도쿄로 정하고 고용인도 일본인으로 정한다.'

그것이 그에게는 더없이 불쾌하고 불리하고 자존심 상하는 조건이었으리라. 하지만 그 일이 딸을 사랑하는 어머니의 눈물겨운 노력이었다는 걸 마사코는 먼 훗날에 알게 된다. 그나마 어머니가 다행스럽게 생각한 것은 이왕가가 일본의 황족을 훨씬 능가하는 큰 재산가라는 사실이었을 것이다.

마사코의 운명이 정해진 것은 1920년 4월 28일의 일이었다.

그날, 일본국 황족인 나시모토노미야 모리마사로와 이츠코의
딸, 나시모토노미야 마사코는 조선의 황태자 이 은의 여자가 되
었다.

사
랑
을
품
었
다
가

조그만 보석 상자가 눈앞에 놓여 있었다. 그 보석 상자는 물 위에 떠 있었다. 물길은 호수처럼 잔잔했다. 어디서 흘러온 것일까, 궁금한 마음에 마사코는 얼른 그 상자를 집어 들었다. 상자 안에서 은은한 향내가 나는 것 같기도 하고 아름다운 노랫소리가 들리는 듯도 했다. 마사코는 조심스럽게 상자 뚜껑을 열었다. 상자 가득 보석이 그득했다. 그중 가장 큰 보석을 움켜쥐어 치마폭에다 감쌌다. 아무에게도 주지 않을 거야, 그렇게 중얼거리며 치마폭에 보석을 감추었다. 꿈이라 해도 상서로운 꿈이다 싶었다. 어머니가 태몽이 아니겠냐고 조심스레 말씀하셨지만 마사코는 조용히 고개를 저었다. 그간의 불미스러운 소문들이 사실일지도 모른다 생각하니 두려운 마음이 더했다. 마사코의 마음은 초조했다.

"마음을 느긋하게 갖고 불안해하지 말아요."

그 어떤 말보다 전하의 말이 위로가 되었다. 그런데 그 꿈을 꾼 날 이후, 가슴속에 조용한 물길이 생겨나고 있었다. 그 물길은 조선으로 향하고 있었지만 마사코에게는 여전히 낯선 길이었다. 물길은 또 다른 느낌으로 마사코를 사로잡았다. 무어라 할까, 메마른 대지를 촉촉하게 적시는 단비 같은 느낌. 딱딱한 땅을 뚫고 돋아나는 순한 이파리 같은, 분명 그런 느낌이었다. 그의 눈동자에 숨어 숨 쉬고, 마사코의 눈 안에 온전하게 그가 들어와 있다는 확신은 그 어떤 느낌보다 충만하고 흡족했다. 그러나 그것이 정확히 무엇에 대한 느낌이었는지는 그때는 몰랐다. 순한 이파리의 느낌은 점점 차올라 마사코의 마음을 온통 연둣빛으로 물들여가고 있었다. 그 연둣빛이 초록으로 커가는 느낌은 분명 여태껏 느껴보지 못한 신선한 두려움이었다. 병원으로 가는 마음이 몹시 불안하고 초조했다.

"축하합니다. 임신입니다."

진찰을 마친 의사는 분명히 그렇게 말했다. 하지만 마사코는 의사의 말이 얼른 이해되지 않았다.

"임신?"

마사코는 그 말을 되뇌었다.

"네, 임신입니다."

"정말 임신이에요? 틀림없어요?"

마사코는 자신도 모르게 흥분해서 소리쳤다.

"네, 임신입니다. 틀림없습니다."

의사는 마사코를 바라보며 또박또박 힘주어 말했다.

"아, 네에……. 임신……."

마사코는 순간 눈물이 핑 돌았다. 그 일은 마사코를 싸고 떠돌던 이상한 소문, 마사코가 불임이라서 일본 황태자비 후보에서 탈락되었다는 소문을 단박에 잠재울 수 있는 큰 사건이었다. 흥분해서 여기저기 막 떠들고 싶은 충동을 느꼈지만 마사코는 이내 조용하게 마음을 잠재웠다. 뭐랄까, 비가 온 후 무지개를 보는 느낌이랄까. 그런 기분에 마사코는 마음이 그득해졌다. 마사코는 배를 지그시 감싸 안았다. 아직 태동도 느껴지지 않는 생명이지만 마사코는 천지를 다 얻은 듯 충만했다. 배 속의 아이는 조선 황실의 적손. 아들이라는 강한 예감이 마사코를 더욱 기분 좋게 했다. 이 아기가 두 나라를 우애롭게 하겠구나. 마사코의 마음속에서는 그런 생각이 쑥쑥 기분 좋게 자라나고 있었다. 거기에, 사랑의 결실이라 생각하니 가슴이 저리도록 뭉클했다.

마사코는 그런 기분을 오래 간직하기 위해 일기도 썼다.

임신. 내 인생을 완성해줄 아기를 품다.

써놓고는 왠지 부끄러워 다시 지웠다. 일기장은 주로 전하를 향한 그리움의 표현이거나 전하가 멀리 떠나 있을 때는 건강에 대한 염려를 적었다. 수줍은 새색시의 사랑이 그대로 드러나는 일기들이었다. 자신의 마음을 들키는 것 같아 부끄럽기도 했고 그렇게 전하에게 가닿는 마음이 이프기도 했다. 치음으로 느끼는 아련한 그리움이 때로는 낯설고 어색했다. 그럴 때, 마음이 텅 빈 듯이 허전할 때 전하를 떠올렸다. 어느새 그 세월이 지난 날이 되었다. 달콤한 시절의 일기는 세월이 흐른 훗날에도 그 감정을 고스란히 느낄 수 있다는 것을 일깨웠다. 가끔씩 일기를 끄집어내어 읽곤 했다. 일기장을 펼치는 마음은 언제나 아련했다.

첫 일기는 1919년 1월 1일에 쓴 것이었다.

> 1919년 1월 1일
> 드디어 희망이 가득 차고 임무가 무거운 1919년이 시작되었다. 미혼으로 보내는 마지막 신년이다. 왠지 모르게 즐거운 마음도 들고 또 아쉬운 마음도 든다.

왜 아니 그랬을까. 구체적으로 결혼 이야기가 나오고 그를 마음에 품기 시작한 때였으니.

> 1919년 1월 21일
> ……오후 1시, 갑자기 쓰보이 사무관이 궁내성에 불려가서 무슨 일인가 했는데 생각지도 못한 비보가 내 귀에 울려 퍼졌다. 그것은 경성에 계시는 이 태왕 전하께서 오전 1시 35분에

뇌일혈로 쓰러지셨다는 비보였다. 설렘이 가
득하던 마음이 슬픔으로 변하였다. 25일 예정
의 결혼도 아마 중지될 것이라는 것! 아아, 모
처럼 즐거워하고 있었는데 또 얼마 동안 기다
리지 않으면 안 된다. 어떻게든 하루라도 빨리
할 수는 없을까.

아마도 결혼에 대한 설렘이 꽤 컸던 모양이다. 전하의 상심
은 염려하지 않은 채 하루라도 빨리 결혼하고 싶은 마음이 가득
하다니. 참으로 철없는 생각이었다.

1919년 1월 25일
멀리 고향에 가 계신 전하의 심중이 어떠하
실까 하고 서쪽 하늘만 바라보며 눈물지었다.

짧은 문장이었으나 진심이 묻어났다. 그때 전하는 조선에 가
계시었다. 그래서 그리웠고 걱정스러웠고 보고 싶었다. 진정으
로 가닿은 마음이 오롯했다.

전하가 그리울 땐 혼자서 그의 초상을 그려보기도 했다. 그
림 그리기에 소질이 있는지 제법 닮은 얼굴을 그렸다. 훗날 전하
가 보고는 아주 잘 그렸다고 흡족해하시면서,

"내가 그리도 보고 싶었소?"

하였다. 그때 전하의 눈에 가득하던 사랑. 마사코는 그 눈빛을 잊을 수 없다. 평생을 기억하며 흐뭇했다. 그런 기억이 일기로 이어졌다.

1919년 8월 2일

생각하면 지금부터 4년 전. 16세 여름의 이날에 언제까지나 함께할 인연을 맺은 서방님이 처음으로 내 마음에 새겨진 날이었다. 이전부터 그분을 만난 적이 있었지만 그분과의 인연은 꿈에도 생각지 못했다. 그는 그저 평범한 분이었다. 아아, 빨리 만나 이야기도 나누고 싶다. 그립고 반가운 마음이 가슴에 그득했다. 이제 나는 그분만 생각하게 되었다. 정말로 나는 행복하다. 그분 성품이 지극히 총명하고 신체 건강하시며, 이웃 나라의 사람이라고는 하지만 털끝만치도 격을 둔 마음이 일어나지 않는다. 오로지 그리운 마음만 들고 시간이 지나가는 것도, 괴로운 일도 잊어버리며 반나절을 즐겁게 지내는 몸이 되었다. 실로 나의 임무가 무겁다.

사랑은 사람을 변하게 한다. 마사코는 일기를 훑어보며 자신

의 변화에 놀랐다. 마음속에 그리운 사람이 들어온 이후 마사코
는 끊임없이 그를 해바라기하고 있는 것을 확인하고 있다.

1919년 12월 31일
  아아, 변화 많았던 1919년도 이제 오늘 하
루 남았다. 슬픔을 비롯해서 내 심신에 일어났
던 수많은 변화, 그것은 이제는 되풀이할 수 없
는 일일 따름이다. 아니, 되풀이하지 않는 편이
좋은 일이다. 두 번 다시 없기를 바란다. 하지
만 내 마음에 가장 깊이 남은 즐거운 추억은 오
직 전하께서 오셨을 때의 기억이다. 이것은 내
평생 잊을 수 없는 인상이다. 올해가 아니면 맛
볼 수 없는 일이었다. 슬픔이 변해서 기쁨이 되
었던 것이다. 이것은 두 번, 세 번, 몇 번이라도
거듭해나가야 할 즐거움이다.

  1년 동안의 기억이 주마등처럼 스쳤다. 행복한 순간들은 여
전히 그득했다. 조선이라는 나라, 전하의 나라, 그래서 마사코의
나라이기도 한 조선이었다. 그 한 해 동안 전하를 향한 그리움을
오롯이 키워 온 탓에 그를 보지 못할 때는 가슴마저 저렸었다.
  그러자 그동안 소홀했던 조선에 대한 마음도 자연스럽게 차
올랐다. 조선에 대한 관심과 애정을 가져야 하는 일이 이제는 마

사코의 의무가 되었다. 하지만 마사코는 조선의 황태자비로서 그에 합당한 예절도 잘 모르고 있었다. 언젠가는 가게 될 전하의 나라에 대해 공부를 해야겠다고 생각했다. 그래서 고희경 사무관이나 조선에서 온 궁녀들에게도 틈틈이 궁금한 것을 물었다. 전하가 계신 저녁에도 그런 공부는 가끔씩 이뤄졌다. 그럴 때 전하는 혼잣소리처럼 중얼거렸다.

"아, 언제나 내 나라로 돌아가게 될꼬."

그 소리를 들으면 마사코도 몸 둘 바를 몰랐다. 결혼한 후에도 일본은 전하를 돌려보낼 생각을 하지 않았다. 결혼을 해서 영왕의 정비가 되었지만 마사코는 여전히 일본에서 살고 있고 이은 전하도 그러했다. 약소국의 비애였지만 마사코는 그것까지는 헤아리지 못했다. 그래서인지 전하의 표정은 언제나 안개 낀 산야 같았다. 도저히 그 속내를 잴 수 없었다. 그렇다고 해서 자신에게 소홀하거나 등을 돌리거나 그러지는 않았다. 그럼에도 불구하고 전하의 가슴속에는 마사코가 근접할 수 없는 그 무언가가 웅크리고 있다는 느낌을 받았다. 그건 전하와의 근원적인 거리로 느껴졌다.

하나가 될 수 없는 그 무엇. 그런 생각이 들자 마사코는 마음을 다잡았다. 온전히 사랑을 바쳐 그 사랑을 찾아야지. 아울러 조선에 대한 공부를 게을리하지 않아야겠다는 각오가 생겼다. 그래서 조선을 공부하기 시작했다. 왕실의 의례와 생활에 대한 것이 대부분이었다. 조선의 풍습을 알아가는 것도 재미있었다.

왕실에서 쓰는 언어도 아주 어려웠다. 한국어를 배울 때 일반인들이 쓰는 말도 어려운데 궁에서 쓰는 언어는 더 어려웠다. 도통 무슨 말인지 알 수 없는 말이 많았다. 극존체를 익히는 일도 어렵고 대상에 따라 가려 붙여야 하는 호칭도 어려웠다. 몸에 배지 않은 문화를 익히고 그것이 몸에 배도록 하는 일까지, 모든 것이 다 어려웠다. 절로 긴장이 되었다. 옷 입는 방법도 배웠다. 몸에 배는 옷차림을 위해 노력했다. 조선에 가면 황태자비로서 갖추어야 할 의례도 만만찮았다. 가례, 제사, 연회, 친잠례 등에서 차려입을 예복을 입는 방법도 익혀야 했다. 틈틈이 한복을 입고 몸으로 익히려 했다. 가끔씩 조선 옷을 입은 마사코를 보고 전하는 흡족한 표정으로 말했다.

"잘 어울리오."

치마와 저고리를 입은 마사코의 모습을 바라보는 전하의 표정에 아련한 그리움이 묻어났다. 열한 살에 일본에 오신 전하께서는 조선 옷을 입은 마사코의 모습을 보자 꿈을 꾸는 듯한 눈빛이 되었다. 마치 그리운 누이를 바라보는 듯했다.

"황후의 옷은 남색 비단 바탕에 수많은 꿩이 수놓여 있소. 꿩은 청, 백, 홍, 흑, 황의 5색을 갖춘 새로서 인, 의, 예, 지, 신을 의미하오. 오행 사상에 따라 동서남북과 중앙의 오방색은 유교의 5덕을 상징하오. 황후의 적의에 5색과 5덕을 갖춘 꿩을 수놓아 넣는 이유는 후덕한 국모가 되라는 의미라오. 조선에 가면 그 아름다운 옷을 입게 될 것이오."

흡족한 표정으로 바라보는 전하의 모습에 마사코는 가슴이 뛰었다. 어색한 매무새를 꾸짖지 않으시는 깊은 배려가 고마웠다.

"잘 어울리도록 애쓸게요. 비록 황후의 옷은 아니더라도 매무새가 나도록 자주 입을게요."

마사코는 진정으로 마음을 담아 말했다. 그 말에 전하의 눈자위에 이슬이 잠시 맺혔다.

조선에 대해 조금씩 알아가는 만큼 배 속의 아이도 조금씩 커갔다. 아이가 태어날 때쯤에는 왕자의 법도를 직접 일러줄 욕심에 마음이 바빴다.

"조선에서는 왕비의 임신이 확인되면 출산 두어 달 전에 내의원에 산실청을 설치합니다. 산실청에는 어의와 의녀, 산 자리를 거들 권초관 등이 배속됩니다. 특히 의녀는 왕비의 곁에 항상 붙어서 몸 상태를 살피고 이상이 있으면 곧바로 어의에게 보고합니다."

산모에 대한 예의야 나라가 다르다고 다를 리 없지만 마사코는 유독 조선의 산실청에 관심이 많았다. 하지만 긴 시간 동안 바다를 건너는 일은 산모에게는 힘든 일이었다.

마사코는 일본에서 아이를 낳기로 했다. 전하도 반대하지 않았다. 조선의 적손을 조선이 아닌 일본에서 낳는 일이 합당하지 않다 여겨졌으나 뱃길이 멀어 산모가 위험할 수 있다는 이유로 이해를 해주었다. 하지만 전하의 마음속에는 하루라도 빨리 조선으로 돌아가 왕자의 탄생을 널리 알리고 싶은 생각이 그득할 것이었다.

바람 속에 온기가 느껴지기 시작하고 그 온기가 열기로 변하던 초록이 짙은 8월 어느 날, 마사코는 왕자를 낳았다. 몸 안의 정수를 모두 빼내어 큰 빛을 낳았다. '진'이라고 이름을 지었다. 처음으로 세상을 보는 보배로운 눈과 마주했을 때 마사코는 울음을 터트렸다. 이 아름다운 세상에 오신 존귀한 왕자님, 나의 아들. 가슴이 벅찼다. 전하와 나눈 사랑의 결실이라 생각하니 더욱 소중했다. 전하는 진귀한 보물 하나를 얻은 듯 왕자에게서 눈을 떼지 않았다. 시간이 날 때마다 아기와 눈을 맞추며 기뻐했다. 왕자의 탄생으로 어설프고 어색하게 시작한 결혼 생활이 순조롭고 평화롭게 이어지리라 생각하니 마음이 아주 흡족하고 편안했다. 왕자는 마사코에게 두 줄기의 강물이 만나 하나의 거대한 강줄기를 만들어가는 의미였다.

"우리 아기를 보아요, 어여쁘지요?"

마사코는 들떠서 아기를 어르며 전하를 우러렀다.

"으흠, 그렇구려. 진정 이 아기가 조선 왕실의 29대손이오."

드러내놓고 좋아하는 모습이 때때로 어색하고 민망한지 얼른 고개를 돌렸다가도 다시 돌아보며 즐거워하는 전하의 표정은 분명 흐뭇한 모습이었다. 감출 수 없는 기쁨이 온몸에서 느껴졌다. 그러나 금세 겸연쩍은 웃음을 지으며 민망한 듯 눈길을 돌렸다. 감정을 함부로 드러내는 것이 점잖지 못하다는 생각 때문에 그런 것 같았다.

조선의 황실에서도 크게 기뻐하였다. 일부에서는 불편한 말도 떠돌고 있다는 걸 알고 있었지만 그 문제 또한 크게 신경 쓸 일은 아니었다.

하루하루, 진 왕자는 쑥쑥 자라는 나무처럼 그렇게 컸다. 왕자의 존재가 전하와 마사코의 가슴에도 큰 자리를 차지하고 집안까지도 그득하게 꽉 차는 느낌이었다. 나중에 집이 좁아질 것만 같은 생각도 들었다. 조그만 아기가 집안의 모든 사람들보다 더 컸다. 아카사카 저택, 그 너른 궁이 좁게 느껴질 정도로 진의 존재가 그득했다. 많은 사람들이 왕자를 보기 원했으며 축원을 잊지 않았다. 고이고이 받들어 키우는 왕자는 하루가 다르게 쑥쑥 자랐다.

"얼른 조선으로 돌아가 진에게 제왕학을 수련토록 해야겠소."

전하의 마음은 이미 왕자를 안고 조선으로 돌아가고 있었다.

"조선의 왕세자들은 연령별로 강학하는 교재가 있소. 5~6세에는 『효경』을 익히고 6~7세에는 『동몽선습』을 익히오. 조금 더 크면 『소학』을 익히고 10세가 넘으면 주희가 편찬한 중국 역사서인 『통감』을 공부하오. 경우에 따라서는 바로 『대학』을 공부하는 경우도 있소. 그리고 『논어』, 『맹자』, 『시경』, 『서경』, 『중용』 등을 익히지요. 이 모든 것이 왕제가 되기 위한 수련이오."

말이 없는 분이라 여겼는데 꼭 하고 싶은 말을 할 때는 말소리가 빨라졌다.

"훌륭한 왕자가 되도록 잘 보살펴야겠어요."

마사코는 전하의 말을 받아 기쁜 마음으로 응답했다.

"고맙소, 그러자면 하루빨리 돌아가야 하오."

조급한 기색이 느껴졌다.

"그리되면 얼마나 좋겠어요."

마사코가 보기에 조선으로 돌아가는 일은 그리 쉽게 이루어지지 않을 것 같았다. 그런데 조급한 마음의 전하는 왕자가 첫돌도 되기 전에 조선으로 가자고 했다. 아직도 순종 황제께 결혼 보고를 하지 않았다는 것이 가장 큰 이유였다. 반대할 이유가 없는 일이었다. 하지만 뭔가 불안한 마음이 들었다.

"긴 여행을 하기에는 아직 왕자가 어려요."

마사코는 조심스러운 어조로 말했다. 아기를 돌보는 유모도 근심 어린 얼굴로 고개를 끄덕였다.

"아무런 걱정하지 마시오. 불편하지 않게 하라 이를 것이오."

전하의 표정은 마치 소풍을 앞둔 천진한 소년 같았다.

전하가 타고 가실 관부연락선은 2천 톤급의 신라호였다. 안정적인 운항을 할 수 있는 배였지만 오가는 시간이 너무 길었다. 뱃멀미도 걱정이 됐다. 시모노세키에서 부산까지 열한 시간이 넘게 걸리고, 부산에서 남대문 역까지 또 그 이상의 시간이 걸린다 했다. 그렇게 먼 길을 어린 왕자를 데리고 간다는 것은 애초부터 무리인 일이었다. 한 번도 가본 적이 없는 조선에 대한 두려움도 조금 섞여 있었다.

"내 나라로 돌아가는 일이오. 그곳에도 아기를 잘 돌볼 유모가 있을 것이오."

전하는 전에 없이 단호한 어투로 말했다.

"여행길이 너무 멀다는 말이에요."

마사코는 가능한 전하의 심기를 건드리지 않으려고 조심스럽게 말했다.

"기우요. 갑시다. 가서 우리 왕자를 순종 황제께도 보여드리고 황실 어른들께도 보여드립시다. 황실의 경사요."

4월, 봄바람이 쌀쌀했다. 감기 걸리기 좋은 정도의 차가움. 그것이 마사코에게는 왠지 기분 나쁜 느낌으로 다가오는데 전하는 느끼지 못하는 것 같았다.

"아기를 데려가지 않으면 안 될까요?"

마사코는 알 수 없는 두려움으로 그렇게 말했다. 아기에게는 감기 기운도 있었다. 바깥 하늘에 일순 먹구름이 낀 듯했다. 목덜미를 훑고 지나가는 바람이 서늘했다.

"왕자를 데려가지 않다니? 그게 무슨 말이오?"

"왠지 자꾸 불안한 생각이 듭니다. 날씨도 차갑고······."

"무에 그리 염려가 많으시오. 괜한 걱정은 하지 않았으면 좋겠소."

전하의 마음은 되돌릴 수 없을 것 같았다. 전에 없이 강경한 어조는 확고한 전하의 마음이었다. 현해탄에 파도가 높아도, 감기 기운이 있어도 강행하실 기세였다.

"전하, 다시 한번 더 생각해보셔요."

마사코는 어린 왕자를 내려다보며 간절하게 말했다.

"어허, 왜 그러시오. 그러잖아도 황손을 일본에서 낳은 일만으로도 말들이 많은데……."

그 뒤에 감춘 말이 많다는 걸 마사코도 알고 있었다. 조선 여자 아닌 일본 여자가 낳은 아이가 진정 황손이 될 수 있느냐는 그 말이 귓전에서 맴돌았다.

이미 조선에 정혼녀가 있었던 전하였다. '민갑완'이라는 여인. 같은 여인으로서 그 여인에게 미안한 마음이 없었던 것도 아니어서 마사코는 그쯤에서 불편한 마음을 접었다.

전하는 그동안의 우울을 다 씻어낸 듯이 환한 표정으로 하루하루를 보냈다. 조선으로 가는 그날이 오기까지. 그러나 그 조선 길이 진 왕자에게는 마지막 길이었다는 걸 그때는 알지 못했다.

처음 본 조선의 풍경은 낯설기도 하였지만 왠지 정겨웠다. 약간 헐벗은 듯한 산의 풍경이 낯설었다면 전하를 환영하러 나온 수천 명의 학생들은 정겨운 부분이었다. 전하가 이렇게 환영받을 줄은 생각 못한 일이었다. 정거하는 역마다 손에 환영 깃발을 든 사람들이 만세를 불렀다. 머리가 허옇게 센 노인은 찬 바닥에서 전하를 향해 큰절을 하며 울기도 했다. 감동적이었다. 마사코도 환영받는 것 같아 가슴이 울컥했다.

경성에 도착해서 전하는 더욱 바빴다. 마사코도 바빴다. 남대문 역에 도착해서는 의장 마차에 타고 기병의 호위를 받으며 대한문으로 들어가 석조전에 도착했다. 대한문 앞에도 노인, 아이, 치마저고리를 입은 부인들이 환영의 물결을 이루고 있었다. 전하는 전에 없이 환하고 너그러운 미소로 일일이 그들을 향해 답례 인사를 보냈다. 매우 흡족한 표정이었고 행복해 보였다. 마사코도 오기를 참 잘했다 싶었다. 바람도 상쾌하고 맑고 건조한 날씨, 조선의 4월 날씨라 했다. 순종 황제를 뵙고 온 전하는 무척 편안해 보였다.

"내일은 우리가 조선에서 결혼식을 하는 날이오."

그렇게 말하며 마사코를 바라보는 전하의 표정은 부드럽고 다정했다. 그 표정은 넉넉하기까지 했다.

"결혼을요?"

"그렇소, 조선 황실의 법도대로 대례를 치르는 것이오."

마사코는 그 말을 듣는 순간 긴장했다. 그간 틈틈이 익혀 온 조선에 대한 공부들이 까맣게 지워지고 아무것도 없는 백지 상태가 되었다.

"너무 염려 마시오, 상궁들이 알아서 도와줄 것이오."

전하는 여유롭고 따뜻한 말투로 마사코를 다독였다. 일본에서는 볼 수 없었던 느긋한 태도였다. 반면에, 마사코는 매사 불안하고 걱정스러웠다. 태어난 곳이 아닌 곳에서는 누구나 그런 불안을 느끼는 모양이라고 스스로 다독이면서도 누구에게도 이야기할 수 없는 불안감에 마음이 많이 어지러웠다.

이튿날, 창덕궁으로부터 상궁 두 명과 통역인 스미나가 여사가 와서 내일 있을 일에 대한 설명을 해주었다. 그러나 마사코의 머릿속은 여전히 하얀 백지 상태였다. 근견 의례에 대한 두려움 때문인지도 모른다는 생각이 들었다. 밤에도 깊은 잠을 잘 수 없었다. 잠을 설쳐서인지 근견 의례가 거행된 날은 유난히 힘들었다.

붉은색에 금실로 장식한 용포를 입고 머리에는 화려하고 장엄한 관을 쓰신 전하는 그 어느 때보다 여유롭고 위엄 어린 모습이었다.

마사코는 황후가 입는 적의를 입었다. 남색 바탕에 화려한 꽃과 붉고 푸른 154쌍의 꿩이 수놓인 적의는 넓은 소맷부리에 금박이 박혀 있는 화려하고 장엄한 황후의 옷이었다. 머리에는 머리숱이 많아 보이게 하는 온갖 장식으로 치장된 큰머리를 썼다. 그것은 머리가 흔들거릴 만큼 무거웠다. 궁녀가 받쳐주지 않으면 쓰러질 지경이었다.

진 왕자도 복숭아색 바탕의 비단에 검은 테두리를 붙인 대례복을 입고 두건도 썼다. 왕자는 궁녀들의 사랑을 담뿍 받았다. 건강하고 힘차게 뛰어노는 모습을 보고 오기 전의 염려가 기우였다는 생각이 들어 전하에게 슬그머니 민망하기도 했다.

창덕궁 대조전에서 치러진 근견식은 세 시간이나 걸렸다. 너무 긴장한 데다 대례복을 입고 치른 행사가 너무 힘들어 어떻게 진행이 되었는지 정신이 없었다.

정신없이 보낸 근견 의례 뒤에는 역대 왕과 왕비의 사당인 종묘에 참배하는 순서가 기다리고 있었다. 비로소 황실 식구가 된 것을 선조들에게 고하는 자리였다. 익숙하지 않은 의례를 따르느라 마사코는 힘들었지만 애써 기품을 유지하려고 버티어냈다. 그녀 역시 일본 황실의 후손답게 의연하게 행사를 치렀다. 그제야 마사코도 제대로 된 조선 황실의 일원으로서 인정을 받았다는 생각이 들었다. 전하도 모처럼 편안하고 행복한 얼굴로 미소를 잃지 않았다. 진 왕자 또한 건강했고 즐거운 표정으로 황실의 관심을 한 몸에 받았다.

행사는 2주간 성대하게 치러졌다. 그러나 인정전에서 송별 만찬회가 있던 날, 마사코가 염려했던 일이 벌어졌다. 모유 외에 우유를 먹일 때 말고는 곁에서 진을 떼놓지 않고 보살폈건만 기어코!

사건은 연회가 끝날 즈음 일어났다. 새파랗게 질린 하녀가 넋이 나간 모습으로 다가와 벌벌 떨며 말을 더듬거렸다.

"전하, 와, 왕자님이 이, 이상해요."

"무어라?"

그 순간 마사코는 들고 있던 유리잔을 떨어트렸다. 유리가 깨지면서 유리 파편이 사방으로 튀었다. 불안한 느낌에 소름이 돋았다. 석조전의 돌층계를 올라가 어찌 진이 있는 방까지 갔는지 기억이 나지 않았다.

"도대체 무슨 일이냐?"

체통도 생각지 않으시고 함께 뛰어온 전하의 음성도 심하게 떨리고 있었다.

"왕자님이……."

말을 제대로 잇지 못하는 하녀를 보면서 마사코는 걸음을 헛디뎠다. 제정신이 아니었다. 어머니 이츠코 비가 염려하던 일이 기어코 벌어지고 만 것이었다. 급성 소화불량. 그것이 사인이 될 수도 있는가. 수행했던 전의가 달려오고 총독부 병원의 원장과 과장이 달려와 내진을 하고 응급처치를 했지만, 밤새도록 새파랗게 질린 채 초콜릿색 덩어리를 토하다 숨을 거둔 진 왕자. 원인은 우유라고 했다. 납득하기 어려웠다. 납득할 수 없었다. 그러나 그 어디에서도 진 왕자의 사인을 규명하지 못했다.

진은 그렇게 갔다. 마사코의 가슴에 무엇으로도 메울 수 없는 시커먼 구멍 하나가 뚫렸다. 그 구멍으로 시린 바람이 무시로 휘몰아쳤다.

"이왕가의 혈통을 끊으려는 음모요."

번개를 동반한 비가 내리던 그날 저녁, 전하는 지축을 흔드는 말을 뱉었다. 그 말은 일본 측의 음모라는 이야기였다. 마사코 앞에서 망설임도 없이 그 말을 뱉었다. 표정은 차갑고 딱딱했다. 순간 귀를 의심했지만 마사코는 곧 고개를 저었다.

'아, 전하도 뭇사람들과 다르지 않다.'

경계는 분명히 존재하는 거였다. 아득하게 멀어지는 전하의 음성이 참 쓸쓸하게 들렸다.

"민갑완 측의 원한을 풀기 위한 일이었다는 설도 있어요."

마사코는 마음을 가다듬고 전하의 얼굴을 똑바로 응시하며 또박또박 말했다. 전하의 얼굴에 당황한 기색이 역력했다.

"아니, 어찌 그런 생각을? 그런 일이 가능하다고 생각하오?"

민갑완이라는 말에 전하의 얼굴에 경련이 일었다. 목소리도 차가웠다.

'저 모습은 무엇인가?'

마사코는 얼음처럼 차가워지는 자신을 느꼈다. 마음속에 그 여인을 품고 있었던 것인가. 운명의 훼방으로 어쩔 수 없이 합쳐질 수 없었던 애련한 연인을? 아직도?

흔들리는 건 오히려 마사코였다. 순수하고 진실한 마음을 바쳐 그를 사랑한다고 했는데, 사랑하겠다고 했는데, 민갑완을 두둔하는 전하의 말에 마음속에 서릿발이 서리는 자신을 보며 놀라워하고 있었다.

결혼 약속을 한 규수라고 했다. 마사코가 아니었으면 황태자비가 되었을 여인이었다. 마사코 그녀가 원한 결혼은 아니었지만 결국 마사코로 인해 파혼까지 당하고 수절하는 여인의 마음이 오죽할까 싶어 늘 미안한 마음이 들었다. 전하 역시 그녀에 대한 마음은 애틋하고 미안할 것이다. 그래서 그 마음을 이해했다고 생각했다. 그런데 진 왕자의 죽음에 일본을 끼워 넣는 것을 보고 자신도 모르게 엉뚱한 쪽으로 결말을 몰아가고 있었다. 불쾌한 마음에 그런 말을 내뱉고 말았다.

"전하의 생각도 옳지 않아요."

마사코는 다시 한번 자신의 생각을 또박또박 말했다. 서운한 마음이 앞서 민갑완이라는 여인에 대한 미안함과 측은함이 일시에 사라져버렸다.

"그 여인을 욕보이지 마시오. 불쌍한 여인이오."

마사코는 그 말에 더욱 화가 났다. 그녀를 본 적도 없지만 분명 그늘지고 음울한 얼굴일 것이다. 나비의 꿈을 이룰 수 없었던 여인, 마사코에 대한 원한이 사무쳐 있었다면 나를 해할 것이지 왜 어린 왕자에게 해코지를 하는 것인가.

"혹, 그 여인이 사주한 건 아닐까요?"

그 말을 하면서도 마사코는 스스로 놀라고 있었다. 마음속의 악마가 기어 나와 마사코를 지배하고 있었다. 금세 후회할 일을 저지르는 천박함이라니! 확인되지도 않은 일을 두고 마사코도 이성을 잃고 있었다. 감정만으로 대응하는 것이 얼마나 위험한 일인지 알면서도 마음은 감정적으로 치닫고 있었다.

"마사코. 그리 말하지 마시오. 불쾌하오. 감히 어찌 말도 안 되는 그런 상상을······."

이 은은 마사코를 이상하게 바라봤다. 그 눈길에 의혹이 스치고 지나갔다. 그만 서운한 게 아니었다. 마사코도 그랬다. 새삼스럽게 전하가 남처럼 느껴졌다. 울컥하는 마음에 눈물이 주르르 흘렀다. 하지만 울어서 해결될 일은 없다. 특히 진의 죽음을 앞에 두고! 그건 속 좁은 아녀자의 생각이었다. 실제로 문제

는 다른 곳에 있었다. 진 왕자의 서거는 많은 걱정거리를 만들어
내고 있었다. 일본이 가장 걱정하는 것은 그 일이 조선 민족 독
립의 지주가 되지나 않을까 하는 염려였다.

촛
불
을
흔
드
는
바
람

상처가 깊을수록 더디 낫는 것은 당연한 일이다. 경성에서
있었던 일은 마사코의 가슴에 커다란 화인을 찍었다. 평생 지울
수 없는 상처였다. 하지만 누구를 원망할 수 있는 일은 아니었
다. 마사코는 혈육을 잃었지만 조선에서는 황실의 대를 이을 후
손을 잃은 일이었다. 어느 날 꾼 악몽처럼 지워내야 하는 일, 마
사코는 힘겹지만 마음의 평정을 되찾기로 마음먹었다. 화를 낸
다고 해서, 혹은 미움을 가슴에 쌓아둔다고 해서 해결되는 일이
아니라는 것을 아는 이상, 자신의 마음을 드러내고 불안해하는
것은 얕은 바닥을 드러내 보이는 일과 같다. 얕은 바닥에 무엇
이 고일 것인가. 마사코는 분노로 부글거리던 마음을 차분히 가
라앉히려 애썼다. 쉬운 일은 아니지만 그것이 모든 사람을 위해
해야 할 일인 것 같았다. 원망을 한들 누구에게 할 것인가. 자식

을 잃은 전하의 마음도 마사코 못지않은 슬픔과 절망에 빠져 있는 것을 알면서. 의연해지려고 애쓰면서도 혼자 있을 때는 진이 입었던 비단 옷을 매만지며 한숨을 삼켰다. 눈물이 흐르면 소리 없이 울었다. 차라리 기억상실증에라도 걸렸으면 싶었다. 아니 몇 개월간의 기억만 깡그리 지워낼 수 있었으면 싶었다. 진을 낳고 행복했던 짧은 시간이 자꾸 떠올랐다. 해맑은 웃음, 보드라운 엉덩이, 단풍잎 같은 작은 손이 눈앞에 아른거렸다. 꿈마다 진이 나타났다. 허옇게 거품을 물면서 새파랗게 질려 넘어가는 아이는 간절하게 마사코를 바라봤다.

살려줘요, 어머니. 고통스러워 몸부림치는 아이의 표정에 실린 말은 그것이었다. 살려줘요, 어머니.

"아아, 진아!"

벌떡 일어나 손을 휘저으면 아무것도 잡히지 않는 허공이었다. 전하도 그랬다. 한 잠자리에 누워서 등을 돌린 채 서로 진을 부여잡고 고통스러워하고 있었다. 낮이라고 다르지 않았다. 눈을 마주치지 않고 한숨소리도 들키지 않으려 애썼다. 원래 말이 없는 전하의 눈빛엔 전에 없던 거친 모래 바람이 불고 있었다. 서로에게 슬픔을 들키지 않으려고 안간힘을 썼다.

아무 일도 없었던 듯, 일상으로 돌아가는 일은 무척 힘들었다. 하루, 이틀, 사흘, 나흘……. 마른 모래바람 같은 일상이 펼쳐지고 표정도 없는 허깨비 같은 눈빛으로 시간을 죽이는 일이 이어졌다. 서로 바라보는 눈길에도 서먹하고 서운한 느낌이 고여 있었다. 그런 느낌은 꽤 오랫동안 두 사람 사이를 힘들게 할 것 같은 예감이 들었다. 태어나서 처음 겪는 고통스러운 슬픔은 마사코를 정신없이 휘둘렀다. 끝없는 나락. 식은땀을 흘리며 끙끙대다 눈을 떠보면 전하도 그리 힘들게 마음을 앓고 있었다.

"달아나고 싶어. 흔적 없이 사라지고 싶다."

그렇게 잠꼬대를 하는 전하를 보는 순간, 마사코는 충분히 그러리라 이해하였다. 세상과 닿아 있는 그 어떤 인연도 외면하고 싶은 심정. 이 은이라는 이름도, 허울뿐인 조선의 황태자라는 지위도 다 내동댕이쳐버리고 싶으리라. 그는 이역만리 외로운 땅에서 얻은 아들을 잃은 슬픔으로 신경이 날카로워져 있었고 조선을 제대로 지켜내지 못한 황태자로서의 자책까지, 좌절의 늪에 빠져 허우적대고 있는 게 분명했다.

자식은 가슴에다 묻는다고 했던가. 그토록 가기 싫었던 조선에서 아들을 잃은 슬픔은 가슴속에만 잠재워두어야 했다. 가슴에 상처투성이의 커다란 구멍 하나가 생기고 거기 슬픔이 고요처럼 고여 들었다. 그리고 저항 없이 몸을 놓았다…….

마사코가 정신을 차려야겠다고 마음먹은 건 꽤나 시간이 흐른 후였다. 벌떡 일어나 먼지 덮인 일상을 훌훌 털기 시작했다. 때맞추어 전하의 마음도 조금 진정된 것 같았다. 한바탕 소나기가 지나간 것처럼 천천히 일상을 다독이기 시작했다.

마사코는 현명한 여인이었다. 오히려 전하에게 더 잘하는 것이 자신의 자존심을 지키는 일이라 여겼다. 전하 역시 그러했다.

불쑥 불편한 마음을 드러낸 게 미안했는지 오히려 전보다 더 다정하게 대했다. 진을 가슴에 묻은 일 말고는 변한 것은 없는 듯이 보였다. 그는 예전처럼 마사코에게 다정했고, 가끔씩 함께 피아노를 쳤으며, 또 가끔씩 서화에 빠져들기도 했다. 또 여전히 가끔씩 혼자만의 시간을 비밀스럽게 가졌으며, 그러다 미안한 생각이 들면 데이트를 신청하기도 했다. 풀 향기가 풋풋한 정원을 함께 걷는 일이나, 혹은 별장에 가서 한가로운 시간을 보내는 일도 좋았고, 향이 좋은 커피를 타서 내미는 전하의 자상함도 좋았다. 그녀 역시 다정하고 부드럽게 대했으며 서화를 즐겼다. 여전히 매화를 즐겨 그렸고, 여전히 그 가지 위에 외로운 새 한 마리를 그렸다. 전하가 서화에 푹 빠져 있을 때 그를 위해 뜨거운 차를 준비했고, 그가 비밀스러운 시간에 빠져 있을 때 마사코는 음악을 들었다.

따로 또 같이.

마사코의 생각은 그랬다. 그렇게 생각하면 그리 나쁠 것도 없었다. 마치 평행을 달리는 선로처럼 그윽하게 서로를 지켜보며 가면 된다고 생각했다. 뜨거운 사랑은 때때로 폭발의 위험성이 있고 서로를 구속하게 되는 법. 마사코는 조용하고 깊은 사랑을 하기로 마음먹었다.

가슴속 동굴에는 눈물이 고이고 있었다.

고통은 슬픔을 동반하고 연이어 찾아들었다. 진을 잃은 슬픔을 어느 정도 삭였다고 생각했을 때, 또 하나의 큰 충격이 찾아왔다.

심한 어지럼증이 마치 뱃멀미를 하는 듯이 속을 뒤집었다. 배 속에 든 모든 것을 끄집어 올리는 것처럼 구토가 일었다. 하늘이 노랗게 변했다. 울렁울렁, 배 속이 요동을 쳤다. 쿵, 하는 소리가 들렸던가, 아님 침대가 부르르 흔들렸던가. 아님 악몽을 꾸었던가. 그러다 마사코는 눈을 떴다.

그가 마사코를 내려다보고 있었다.

"언제 오신 거죠?"

아침에 그를 배웅하고 미열이 있어 잠시 누워 있었는데 그새 잠이 들었던 모양이다. 그리고 이상한 꿈을 꾸다가 깬 것이다.

"지진이 난 것 같소."

그의 표정이 굳어 있었다.

"뭐라고요? 지진이라고요?"

마사코는 급하게 몸을 일으키며 그를 바라보았다. 그는 마사코가 일어난 것을 확인하자 부지런히 뭔가를 챙기기 시작했다. 마사코도 서두르기 시작했다.

일본 학교에서는 지진에 대한 특별 교육을 시켰다. 그래서 몸에 밴 듯 본능적으로 움직이는 것이다.

첫째, 집을 피할 것. 허물어지기 쉽고 위험하기 때문이다.

둘째, 큰 나무 밑으로 피할 것. 큰 나무는 땅이 갈라져도 나무뿌리가 단단히 엉켜 있으므로 비교적 안전하기 때문이다.

마사코는 지진 대피 수칙을 입 속으로 중얼거렸다.

"서두르시오."

그의 목소리가 전에 없이 다급했다.

"어디로 가시게요?"

마사코는 겁먹은 눈으로 그를 바라봤다.

"일단 집을 빠져나가야 하오. 서두르시오."

군인의 직감일까, 그는 몹시 초조해했고 서두르는 기색이 역력했다. 물건을 잡는 손이 조금 떨리고 있었다. 그때 또 한 번 집이 우르르 흔들렸다. 마사코는 손에 잡히는 대로 간단하게 짐을 챙겨 그의 손을 잡고 집을 빠져나왔다. 그러나 마당으로 나오자 더욱 거칠게 땅이 흔들리고 불끈거리며 솟아올랐다. 상하좌우로 흔들리는 땅은 서로 움켜잡은 손마저 떼어놓았다.

"오동나무 밑으로 가시오!"

그가 흔들리는 몸을 애써 지탱하며 소리 질렀다. 그 말과 동시에 마사코는 정신없이 앞을 향해 뛰었다.

"아아, 전하!"

마사코는 뛰면서도 비명에 가까운 괴성을 질렀다. 돌멩이에 걸리고 넘어지면서 겨우 오동나무 밑둥치에 주저앉았을 때는 신발도 신지 못한 맨발이 찢겨 있었다.

"괜찮소?"

다행히 그도 오동나무 아래로 달려와 몸을 피하며 마사코의 발을 어루만졌다.

"괜찮아요."

쓰라리고 아팠지만 그런 티를 낼 수는 없었다. 여전히 지축을 흔드는 지진은 공포로 다가왔다.

'이러다 죽는 것은 아닌가.'

난생처음 겪는 죽음에 대한 공포는 아무런 생각도 할 수 없을 만치 끔찍했다. 지진으로 일어난 불길이 바로 집 앞으로 흘러내리는 것을 보면서 마사코는 더욱 이 은의 손을 힘주어 잡았다.

"전하!"

그 한 마디에 모든 감정이 다 실려 있었다. 그 또한 애써 침착하려는 듯 심호흡을 하며 마사코의 손을 힘주어 잡았다. 한참 동안 서로를 끌어안고 거친 숨을 잠재웠다. 잠시 후 한바탕 지축을 흔들던 지진은 언제 그랬냐 싶게 곧 조용해졌다. 그가 그 순간 집 안으로 들어가 마사코의 신발을 챙겨왔다. 눈물이 핑 돌았다. 다행히 더 이상의 지진은 없었지만 언제 지진이 다시 올지는 알 수 없는 일이다. 어디에서 얼마나 피해가 있는지, 여기저기서 사람들의 아우성이 들렸다.

"어서 가요. 여길 나가야 해요!"

마사코는 그의 손을 놓지 않았다. 그는 몹시 피곤하고 불안한 얼굴로 마사코를 따랐지만 수심이 그득했다.

"가만!"

지진으로 쓰러진 오동나무 밑을 지날 때였다. 그가 조심스러운 목소리로 말하고 걸음을 멈추었다.

"왜 그래요?"

앞서 걷던 마사코가 두 손에 짐을 가득 든 채 뒤돌아보았다.

"저것이 무엇이오?"

그의 손이 가리킨 곳은 오동나무 그늘이었다. 쓰러진 오동나무 이파리 사이로 무언가가 움직이고 있었다.

"사, 사람이어요."

마사코가 떨리는 음성으로 말했다.

"사, 사람?"

그의 동공이 흔들리며 반사적으로 주위를 살폈다.

"그냥 가요. 언제 지진이 또 올지 몰라요."

마사코는 그의 손을 잡아끌며 냉정하게 말했다.

"그게 무슨 소리요? 사람이 쓰러져 있는데 그냥 가자니? 아니 되오. 우선 저 사람을 구해야 하오."

마사코의 손을 뿌리친 채 그는 성큼성큼 오동나무 밑으로 다가갔다.

"전하, 어서 가십시다."

마사코는 악을 쓰듯 소리쳤다.

"그리 가고 싶으면 당신 혼자 가오. 쓰러진 사람을 두고 나혼자 살자고 갈 수는 없소."

마사코를 등지고 오동나무 아래로 간 그는 나무둥치에 짓눌려 있는 남자를 끌어내 살피고 있었다. 마사코도 어쩔 수 없이 그쪽으로 걸음을 옮겼다. 머리에 상처를 입은 남자는 혼절한 듯 보였는데 그가 남자를 끌어내 반듯하게 뉘였다. 젊은 청년이었다.

"전하, 이러시면 아니 되옵니다. 길을 재촉하소서."

마사코는 그의 처사가 못마땅하여 발을 동동 구르며 재촉했다. 그러나 그는 들은 척도 않고 청년을 살피고 있었다.

"이렇게 두면 안 돼요. 집 안으로 옮깁시다. 다리에 총상을 입은 걸 보니 걷기도 어려울 것 같소."

"뭐라고요? 겨우 빠져나온 집으로 다시 들어가자고요? 지진이 언제 올지도 모르는데요?"

마사코는 답답해서 언성이 자꾸 높아졌다.

"그렇다고 찬 바닥에 다친 사람을 버려두고 갈 수는 없소. 당신 먼저 친정으로 가시오."

"전하!"

"사람 목숨은 하늘에 달려 있소. 죽을 목숨이면 가다가도 죽을 것이고, 살 목숨이면 어찌 살아도 살아날 것이오."

그는 마사코를 바라보지도 않은 채 그 청년을 끌어내 업고 집을 향해 걸음을 옮겼다. 덩치 큰 청년을 업고 겨우겨우 걷는 모습이 위태로웠다. 마사코는 짐들을 마당에 내던진 채로 그의 뒤를 따랐다. 한숨이 터졌지만 모른 체할 수는 없었다. 피범벅이 된 청년을 방에 누이고 헝클어진 머리칼을 정리하고 상처를 소독하고 보니 청년의 상처는 생각보다 깊었다.

"이, 이런!"

그가 무릎을 치며 인타까워했다.

"조선 유학생 같구려. 정신이 들면 무슨 사정인지나 알아보고 보냅시다."

그는 청년의 얼굴을 자세히 들여다보며 측은한 표정을 지었다. 그사이, 또 한 번 집이 우르르 흔들렸다. 그의 말처럼 죽을 목숨이면 가다가도 죽을 것이고, 살 목숨이면 어찌 살아도 살아날 것이란 생각이 들자 오히려 차분해졌다. 살벌한 고요가 이어졌다.

청년이 깨어난 건 30분쯤 지난 시간이었다. 깨어난 청년이 말했다.

"전하, 어서 피하십시오."

"나를 아오?"

"어찌 전하를 모르겠습니까. 저는 지금 총상을 입어 움직일 수 없으니 저를 두고 떠나십시오."

"어쩌다 총상을 입었소?"

"일본 경찰이 총을 쐈습니다. 조선 사람은 닥치는 대로 죽일 기세였어요. 사람들이 미쳐 날뛰고 있으니 어서 피하십시오."

"아, 어쩌다 이런!"

"도쿄 시민 열 사람 중 한 사람은 집을 잃고 수만 명이 불에 타 죽었다 합니다. 그런 데다 이상한 소문까지 돕니다. 조센징들이 우물에 독약을 탄다며 도처에서 학살하고 있다는 것입니다."

1923년 관동대지진 때의 험악한 소문이었다. 그의 한숨이 깊었다.

"어서 피하십시오. 전 움직일 수 없으니 당분간 이 집에 숨어 있겠습니다."

청년의 말에 그가 다시 깊은 한숨을 내쉬었다. 마사코는 오히려 청년이 고마웠다. 그가 청년을 측은하게 바라봤다.

"그래요, 이 청년은 오히려 빈집에 숨어 있는 게 나을지도 몰라요. 우리는 어서 갑시다."

마사코는 서둘렀다. 청년이 머무는 동안 먹을 물과 음식을 이것저것 챙겨 두고 비상약도 챙겨주었다. 그러고는 그의 손을 잡아끌었다. 그가 마지못해 일어났다.

"정말 괜찮겠는가?"

두어 걸음 걷다 돌아선 그가 물었다.

"오히려 혼자 있는 게 안전합니다. 전하는 어서 떠나십시오."

"음, 자네 이름이 무언가?"

"오정수입니다. 후일 찾아뵙겠습니다. 어서 떠나십시오."

청년의 재촉에 일어난 그는 미련 어린 눈길을 청년에게서 떼지 못한 채 미적미적 걸음을 옮겼다.

지진으로 관동 지역에서 수많은 인명과 재산 피해가 났지만, 그보다 무서운 건 사람들이었다. 땅이 흔들리고 집이 무너지고 사람들이 죽어나가는 상황에서 느껴야 했던 두려움보다 그즈음에 겪는 일들이 더욱 두렵고 곤혹스러웠다.

지진이 일어난 후 사람들은 이성을 잃고 날뛰었다. 식량 공급이 어려워지고 인심은 극도로 나빠져서 도둑이 들끓었다. 계엄령이 선포됐다. 조선인들이 식량을 약탈하고 사람을 죽인다, 조선인들이 혼란을 틈타 독립운동을 하고 있다, 조선인들이 방화를 하고 우물에 독을 뿌린다…….

소문은 진실보다 더욱 진실해 보였다. 극한 상황에서 사람들은 본능적으로 몸을 사린다. 우선은 내가 살아야 하는 것이다. 사람들은 폭도에 가까웠다. 어이없는 일들이 대처할 겨를도 없이 연이어 터졌다.

"조센징을 싹 쓸어버리자."

"조센징은 악마의 화신이다."

성난 일본 사람들이 거리로 쏟아져 나와 닥치는 대로 조선인 사냥을 한다고 했다. 합당한 이유나 논리가 있을 리 없었다. 그저 조선인이 보이기만 하면 눈에 불을 켜고 달려든다는 것이었다. 삽으로 쳐 죽이고, 때려 죽이고, 밟아 죽였다는 이야기들이 섬뜩하게 흘러 다녔다.

"어찌 조선인들을 이리 못살게 구는 것이오."

무겁게 말을 뱉는 그의 얼굴은 침통했다. 마사코와 함께 신변의 위험을 핑계 삼아 궁내성으로 피난했지만 그는 마음의 감옥에 갇혀 또다시 자신을 괴롭히고 있었다.

마사코의 얼굴도 새파랗게 질려 있었다. 지진의 피해 때문이 아니라 조선인에 대한 일본 사람들의 광분 때문이었다. 이럴 때 마사코는 더욱 힘겨웠다. 그의 얼굴을 똑바로 바라볼 수가 없는 것이다. 그래도 그녀는 냉정을 잃지 않으려고 애썼다. 가슴에

다 손을 얹고 천천히 가슴을 쓸어내렸다. 일본인들의 극악무도한 행위들은 자신이 해결할 수 없는 일이기에 더욱 민망하고 곤혹스러웠다.

그러나 운명은 절대 비껴가지 않았다. 자신이 겪어야 할 고통은 고스란히 남는 것, 그 누구도 대신할 수 없는 운명의 굴레는 마사코와 이 은을 괴롭혔다. 이 은은 몸뚱이와 정신까지 꽁꽁 묶고 있는 공포를 이겨내기 힘들었다.

"나는 조선의 황태자요. 아무것도 할 수 없는 허수아비 황태자요."

위로할 말이 없었다. 어떠한 말로도 위로가 되지 않을 것이었다. 그는 자신이 할 수 있는 일이라곤 술 마시는 것이 전부인 듯, 좋아하지도 않는 술을 연일 마셔댔다. 그러다 독백처럼 절망과 좌절의 말을 내뱉었다. 며칠째 혼잣말처럼 그렇게 중얼거리던 그는 이미 두려움의 노예가 되어 있었다.

"내가 조선의 황태자요. 그런데도 아무것도 할 수가 없소. 내 백성들을 위해 할 수 있는 게 아무것도 없소. 오히려 이렇게 숨어서 내 일신의 안녕만을 꾀하고 있소."

절망과 자신에 대한 분노에 찬 그는 손을 심하게 떨었다. 곁에서 바라보는 마사코의 마음도 편치 않았다. 그녀 역시 죄인의 마음으로 고개를 숙이고 있었다. 벌써 며칠째 그러고 있는지 모른다. 식사도 하지 않고 외출도 하지 않고 어두운 동굴에 갇힌 사람처럼 그는 그렇게 자신을 학대하고 있었다.

마사코는 마음을 가다듬고 이 은의 손을 잡았다. 남자보다 강한 것은 여자다. 운명으로 얽힌 그를 안아야 한다. 운명을 걸고 사랑을 약속한 이, 처음으로 마사코의 마음에 분홍물을 들인 사람, 처음으로 마사코의 가슴을 뛰게 한 사람……

'그를 진심으로 사랑하자. 그것이 나의 운명이다.'

마사코는 다시 마음을 다잡았다.

"전하, 잠시 지나가는 바람이옵니다. 고정하시오소서."

마사코는 그 말을 하면서도 미안했다. 광풍과도 같은 조선인 학살은 마사코도 이해할 수 없고 용서할 수 없는 일이었다.

"어찌 지진 난 것이 조선인들 탓이란 말이오. 조선인들이 왜 우물에다 독약을 탔겠소?"

그는 마사코의 얼굴을 들여다보며 초조하게 답을 구했다.

"폭도들이에요. 제정신이 아닌 사람들이에요."

마사코는 궁색하게 설명해야 하는 자신이 무척 서글펐다.

"왜 번번이 조선인들이 희생되어야 하오?"

이 은의 목소리가 심하게 떨고 있었다.

"전하, 마음을 다스리소서. 슬픔이 너무 쌓이면 폐를 상하게 하고, 지나치게 생각하면 비장을 상하게 하고, 너무 무서워하면 신장이 상하게 된다 하옵니다."

마사코는 그의 눈을 마주 보지 못한 채 고개를 숙이고 있었다.

"아아, 나는 견딜 수 없소. 차라리 그들 앞에서 죽어버리고 싶소!"

그는 주먹을 움켜쥐고 가슴을 치며 벌벌 떨었다.

"전하! 마음을 다스리소서."

마사코는 그 말만 되풀이하고 있었다.

"집으로 돌아갑시다. 나는 더 이상 비겁하게 숨어 있기 싫소."

끝내 그는 집으로 돌아갈 것을 고집했다.

"전하, 아직은 이곳에 있는 것이……."

"듣기 싫소, 나는 돌아가야겠소."

그의 고집을 꺾을 수 없었다. 마사코가 따라오든 말든 그는 뒤도 안 돌아보고 걸음을 옮겼다. 마사코는 어쩔 수 없이 그의 뒤를 따랐다.

한동안 비워둔 집에서는 곰팡이 냄새가 났다. 집 안의 문을 다 열어 환기를 시켰다. 그는 이 방 저 방 기웃거리며 청년을 찾는 눈치였지만 청년은 집 안 어디에도 없었다. 창고까지 샅샅이 뒤져본 후에야 그가 혼잣말처럼 중얼거렸다.

"무사해야 할 텐데."

청년의 부재를 알고 난 후에 그는 혼자 흔들의자에 앉아 신문만 들여다봤다. 신문지 넘기는 소리만 방 안에 가득했다. 어쩜 청년이 있기를 기대했는지도 모르겠다는 생각이 들었다. 지축을 흔들던 지진은 언제 그런 일이 있었냐는 듯이 잠잠해졌다.

날마다 일본인들에게 죽임을 당하는 조선인의 숫자가 늘어났다. 일본인들은 악에 받친 야수 같았고 조선인들은 쫓기는 사냥감이었다.

집 앞에는 성난 사람들이 모여 조선의 황태자를 몰아내자고 소리쳤고, 조선인들은 그들대로 일본인이 다 된 조선의 황태자를 성토했다. 어느 날은 유리창이 깨지고, 또 어느 날은 불 막대기가 집 안으로 날아들었다. 돌아가신 고종 황제도 무능한 군주로 낙인찍힌 마당에 일찍이 일본으로 끌려온 이 은이야 더 말해 무엇하랴. 아무도 방패막이가 될 수 없다는 고독한 절망감에 그는 몸부림쳤다. 정말 어디론가 사라져버리는 건 아닐까 불안했다.

그는 어려서부터 혼자였다. 기댈 곳 없는 사막에서 홀로 걷는 그 아득함을 일찍이 체득하고 있었지만 이번만큼 힘들지는 않았다.

"영친왕 이 은은 조선으로 돌아가라!"

집 밖에서 그런 소리가 들려오면 그는 귀를 틀어막았다. 원망과 분노 섞인 목소리가 이명처럼 귓전에 울렸다. 애써 견디어보아도 역부족이었다. 자신도 모르게 온몸이 떨려오는 공포를 견뎌낼 자신이 없었다.

"으으으……."

그는 온몸을 웅크린 채 몸을 떨었다. 그를 지켜보는 마사코의 눈에 눈물이 고였다. 아아, 불운은 왜 겹쳐서 오는가. 헤어날 수 없도록, 정신을 차릴 수 없도록 사람을 휘몰아대는가. 마사코의 마음은 천근만근이었다.

"미안합니다. 미안합니다."

마사코는 마치 자신의 잘못인 양 연신 고개를 조아리며 사죄했지만 그것이 진정한 위로가 되지 않는다는 것을 너무도 잘 알고 있었다. 미친 개처럼 날뛰는 폭도들은 이미 이성을 잃고 있었다. 그 어떤 방식으로도 멈출 수 없는 폭도들이었다. 같은 일본인으로서도 부끄러운 일이었다. 그래서 더 고개를 들 수가 없었다.

"미안합니다. 정말 미안합니다."

마사코의 목소리는 기어들어갈 듯이 가녀렸다. 마사코를 등지고 돌아선 그는 커다란 벽이었다. 그는 마사코를 바라보지도 않았다. 거칠게 숨을 내쉬며 눈길을 마주치려 하지도 않았다. 그의 내부에서 들끓고 있는 일본인에 대한 분노는 걷잡을 수 없었다. 온화하고 침착한 그의 눈빛이 변해가고 있었다. 마사코는 두려웠다. 그가 어떻게 변해갈지 알 수 없었기 때문이었다. 애써 다잡아 놓은 전하의 마음이 돌아설까 겁이 났다. 마치 죄인인 것처럼 고개를 조아리고 있는 자신이 측은하다는 생각도 들었다. 아, 민족이란 이렇게 융화되기 힘든 것인가. 그와 마사코의 관계는 개인의 관계가 아니었던가. 정략적인 부분이 있기는 했지만 마사코는 진심으로 그를 사랑하게 되어 결혼했다고 생각했다. 그 역시 온전한 여인으로서의 마사코를 받아들인 거라고 생각했다. 그런데 이런 문제가 생기면 그런 감정들은 아주 하찮은 것이 되어버린다. 폭도들이 조선인 사냥을 멈추지 않는 한 그와의 관계는 점점 더 차가워질 수밖에 없다는 사실이 두려웠다.

"제발 폭풍이 멈추게 하여 주옵소서."

어떤 신이라도 좋았다. 그 소원을 들어주기만 한다면.

그러던 어느 날, 일본 경찰이 들이닥쳤다. 폭풍이 멈추는 것이 아니라 폭풍이 몰려온 것이었다. 그들은 거칠고 무례하게 굴었다. 현관으로 들어선 그들은 권총을 이 은에게 겨누고 물었다.

"여기 조선 놈이 숨어 있지?"

"무슨 소리요?"

"여기에 숨어 있다는 정보를 듣고 왔소. 어서 그를 끌어내시오."

무례한 그들의 태도에 그가 벌떡 일어나 소리쳤다.

"무엄한지고! 여기가 어디라고 와서 행패요? 설사 조선 청년이 숨어 있다고 해도 못 내놓겠소!"

어디에서 그런 용기가 났는지 이 은의 태도는 당당했다. 평소 유약한 모습의 이 은이 아니었다. 그의 태도에 당황한 건 오히려 경찰들이었다. 잠시 머뭇거리던 그들은 마치 화가 난 듯이 소리쳤다.

"집 안을 샅샅이 뒤져라!"

졸개들이 우르르 흩어졌다. 집 안 곳곳을 함부로 뒤지고 거칠게 열고 닫으며 소란을 피웠다. 탁자 위의 꽃병이 흔들리다 넘어져 산산조각이 났다. 마룻바닥 위로 그들의 발자국 소리가 방자하게 퍼졌다. 아래층을 다 뒤진 졸개들이 2층으로 올라가자 이 은이 부리나케 2층으로 뛰어 올라갔다. 아주 재빠른 행동이었다. 허리에 차고 있던 칼을 빼들고 구석진 방 앞으로 몰려든 그들에게 칼을 겨누며 소리쳤다.

"그 방문을 열지 말라!"

졸개 중 한 명의 목에 칼을 겨눈 그는 몹시 흥분한 모습이었다. 졸개들이 방문 손잡이를 거칠게 움켜쥐다가 움찔하며 물러섰다.

"이 방은 조선의 선열들을 모시는 방이다. 너희들이 불손하게 들어갈 수 있는 방이 아니란 말이다. 만약 그 방문을 열면 여기서 피를 보게 될 것이다."

그의 음성은 준엄했고 표정은 근엄했다. 마사코는 그런 이은의 모습을 보면서 그의 내부에 숨겨져 있는 불을 보았다. 분노한 그의 모습에 놀란 건 그들이었다.

"스미마셍."

지휘자인 듯한 자가 거수경례를 올리며 말했다.

그들의 거친 행동이 멈추었다. 그들은 이 은에게 경례를 붙이고 돌아섰다. 그들 중 한 명이 변명하듯 말했다.

"조선 폭도가 온 나라를 휘젓고 다니고 있습니다. 여기에 청년이 숨어들었다는 제보가 있어서 실례를 했습니다. 죄송합니다."

그들이 다 빠져나가자 그제야 제정신으로 돌아온 듯 그가 한숨을 내쉬었다. 바닥에 풀썩 주저앉아 칼을 내던지는 그의 얼굴이 번질거렸다. 마사코는 옷소매를 걷어 땀으로 얼룩진 그이 얼굴을 조심스럽게 닦았다.

"그냥 놔두시지 어찌 그리 분노하셨습니까?"

그는 아무런 말이 없었다. 그때였다. 방 안에서 부스럭거리는 소리가 났다. 희미하긴 했지만 분명 무언가 움직이는 소리였다. 마사코의 눈이 휘둥그레졌다. 그가 담담하게 말했다.

"조선의 청년이 숨어 있소."

"어, 언제요?"

마사코는 한 발 물러나며 그를 바라봤다.

"당신은 몰랐으면 했소. 지난번 왔던 그 청년이 또 숨어들었소. 다리가 불편하니 도망가는 일이 쉽지 않았던 모양이오."

"그래도 어찌……."

마사코는 서운했다. 이럴 때, 그와의 거리가 훌쩍 멀어졌다. 이럴 때, 두 나라 간의 메울 수 없는 거리가 느껴졌다. 하지만 그런 속마음을 드러낼 수는 없었다.

"미안하오."

그가 마사코의 손을 잡으며 낮은 목소리로 말했다.

"아니어요. 그건 전하가 미안하실 일이 아니죠. 청년은 많이 불편한가요? 제가 치료를 좀 할까요?"

마사코는 서운한 마음을 접고 일부러 환하게 웃으며 방문을 열었다. 그러면서, 그동안 지지부진했던 어떤 일을 서둘러야겠다고 생각했다.

잘 우러난 차는 맑고 향기로웠다. 그를 생각하며 준비해 온 차였다. 따뜻한 김이 오르는 차를 그가 마셔주었으면 좋겠는데 그는 아주 깊은 상념에 빠진 듯 미동도 없이 창밖을 내다보고 있었다. 그럴 때 그는 완전한 남이었다. 도저히 사랑을 나누고 마음을 나누는 사람이라고 여겨지지 않았다. 서운한 마음이 고개를 들어 마음이 불편했다. 꾹 누르고 있다고 생각한 서운한 마음이 한숨으로 드러났다.

시간은 무심하게 흘렀다. 순종 황제가 승하하고 다이쇼 천황도 승하하였다. 일본은 다이쇼 천황 승하 후 곧바로 쇼와시대가 열렸지만 조선은 그렇지 못했다. 그는 황태자임에도 불구하고 여전히 일본에 머무를 수밖에 없는 상황이었다. 그런 상황을 생각하면 그가 고뇌의 늪에 빠져 있는 것을 탓할 수도 없었다. 그 누구도 그 마음을 헤아릴 수 없을 터였다. 차라리 그를 혼자 있게 하는 것이 나을 것 같았다. 그런 중에 다행인 것은, 제1차 세계대전 후의 상황 시찰이라는 명목으로 3년 전부터 궁내성에 신청해놓았던 유럽 여행이 허가가 난 일이었다. 조선에서도 궁내성에서도 반대하는 여행이었다. 이유는 유럽 여러 나라에서 일본을 잘 알지 못한다는 것이 표면적인 이유였지만 속내는 달랐다. 다른 나라에서 영왕을 조선의 왕자로 대할지 모른다는 우려 때문이었다. 매사에 적극적이지 않은 그도 그 일만은 성사되기를 기다리는 눈치였다. 일본 황족의 신분도, 조선 왕자의 신분도 아닌 개인의 신분으로 가도 좋다는 말을 할 때 그의 눈빛에 흔들리는 기운이 느껴졌지만 그래도 가야 한다는 결심은 굳건했다. 어쩜 그렇게 가는 것이 더 홀가분할지 모른다. 아님 그만의 은밀한 목적이 있을 수도 있으리라 짐작했다. 조선은 독립국이 아니라 일본의 식민지였기 때문에 이 은은 자신의 이름을 걸 수도, 조선의 황태자의 이름으로 갈 수도 없는 지경이기에 그 편을 택할 수도 있을 터였다. 진 왕자를 잃고 힘든 시간을 견디어야 하는 것은 마사코만이 아니었다. 대지진을 겪으며 그의 마음도 상처를 많이 받았을 것이었다.

사망자 10만 명, 행불자 4만 명, 부상자 10만 명이라는 관동 지진의 피해뿐만 아니라 조선인이 폭동을 일으켰다는 이유로 경찰과 군인들이 조선인을 학살한 수도 수천 명이 넘는다 했다. 찬바람에 휘둘린 겨울나무처럼 그는 비들비들 말라갔다. 볼이 쏙 들어갈 정도로 수척해진 그를 보며 마사코는 그를 쉬게 해야 한다는 생각을 하고 있었다. 그러던 차에 유럽 여행이 결정되어 마사코는 다행이다 싶었다.

사실 차를 달여 온 것은 유럽 여행에 대한 이야기를 하고 싶어서였다. 아니면 햇살 같은 덕혜옹주에 대한 이야기를 나누고 싶었다. 잘 익은 복숭아 같은 붉은 뺨을 가진 덕혜옹주는 그가 특별히 어여삐 여기는 동생이었다. 옹주는 일본학습원에 공부하러 와 함께 지내고 있는 터였다. 오누이 사이가 썩 살갑지는 않지만 그래도 피붙이가 곁에 있다는 게 큰 힘이 되리라 여겼다.

옹주는 말이 없었다. 애써 말을 붙여보아도 고개를 내리깐 채 입을 열지 않았다. 상처가 많은 듯했다. 그 상처의 깊이를 알수 있을 것 같았다. 부드럽게 어깨를 감싸 안고 마음을 열고 이야기하고 싶지만 덕혜가 쳐놓은 벽은 견고했다.

마사코에게도 상처는 있었다. 그러나 마사코의 상처에 대해서는 관심조차 없는 덕혜는 넘어설 수 없는 벽이었다. 마사코는 생각했다. 강자와 약자의 경계를 벗어나야 소통의 방식이 생길 것 같았다. 마사코는 애써 마음을 누그러트렸다. 양지에 있는 병든 나무는 그늘에 있는 나무의 옹이를 어루만질 수 없다. 강하게 둘러친 방어의 벽을 넘을 수 없다는 생각. 그래서 일부러 덕혜에게도 정성을 다했다.

'나는 지배국의 황족이다. 내가 너그러워져야 한다.'

마음속으로 그렇게 다짐했다. 그렇게 생각하고 나면 마음이 조금 가벼워졌다. 그와도 햇살 가득한 정원을 거닐며 여행에 대한 설렘과 행복하고 기쁜 마음을 나누고 싶었지만 이것 또한 자신의 욕심일 뿐이라는 생각에 많은 부분을 양보하고 이해하기로 마음먹었다.

'혼자만의 성에서 조용히 쉬도록 내버려 두자. 스스로 상처를 보듬게 하자.'

그것은 분명 순수한 배려였다. 조용히 일어나 조심스럽게 걸음을 옮겼다. 소리를 내지 않으려고 발뒤꿈치를 들고 숨을 죽였다.

"왜 가시오, 좀 앉아 있지 않고."

등 뒤에서 그의 목소리가 들렸다. 쓸쓸하지만 깊고 다정한 음성이었다. 그녀의 마음을 알고 있는 듯한 목소리였다.

"아, 쉬시는 데 방해가 되는 것 같아서요."

알 수 없이 목소리가 떨렸다.

"이리 오시오."

마사코는 그림자처럼 조용하게 그의 앞으로 다가갔다. 하지만 가슴이 너무 답답했다.

"차가 식었어요. 다시 가져올게요."

찻잔을 들고 마사코는 그를 등졌다. 언제부터인가 그를 보면 가슴이 답답했다. 마주 보는 일이 편하지 않았다.

"아니, 필요 없소. 차를 마시기보다는 당신과 앉아 이야기하는 게 더 좋겠소."

그가, 돌아서는 마사코의 손을 잡았다. 그의 손이 부드럽고 작은 마사코의 손을 애무하듯이 만졌다. 가슴에 조용한 물결이 일었다.

그는 마사코를 창가에 놓인 의자에 앉혔다. 벨벳을 입혀 만든 의자는 화려하고 기품 어린 여인이 앉아야만 할 것 같은 아름다운 의자였다. 진한 보라색 벨벳의 부드러움이 그대로 느껴졌다. 그윽한 눈길로 마사코를 내려다보는 그의 눈빛은 다정하고 깊었다. 그런데 알 수 없는 것이, 더할 수 없이 부드러운 눈빛의 그가 등을 돌리고 앉았을 땐 찬바람이 인다는 것이었다.

"내가 잠시 다른 생각에 빠져 있었소. 당신이 온 줄도 모르고 말이오. 미안하오."

"아니에요. 저도 혼자 있고 싶던 참이어요."

말은 그렇게 했지만 그건 진심이 아니었다. 가슴속에는 늘 그가 깊이 자리하고 있었다.

"내가 딴생각에 빠져 있으면 나를 흔들어요."

그가 마사코의 어깨를 쓰다듬으며 말했다.

"알겠어요."

애써 차분하게 대꾸했다.

물
위
의

도
시

"우리의 유럽 여행이 언제부터라고 했소?"

그가 부드러운 음성으로 물었다.

아, 그도 기다리고 있구나. 그것은 그에게 분명 탈출이었다. 탈출의 시기를 기다리는 그의 표정을 찬찬히 바라보았다. 그의 두 눈에는 갈증이 서려 있었다.

"일주일 정도 남았어요."

"음, 일정은 잘 짜였는지 모르겠군. 당신은 어느 나라를 가장 가보고 싶소?"

그가 자꾸 말꼬리를 잡았다.

"저는 이탈리아에 가고 싶어요."

"그럴 이유라도 있나?"

"어려서부터 어머니께 이탈리아 이야기를 많이 들었거든요.

어머니는 이탈리아에서 태어나셨대요. 어머니의 이름은 이탈리아에서 태어난 아이라는 뜻이래요. 그곳에 가면 곤돌라를 꼭 타 보라고 하셨거든요. 비스듬히 흔들리면서도 균형을 잡는 곤돌리에의 미학에 대해서도 이야기하셨어요. 그것은 인생살이에도 적용되는 균형의 미학이라 하셨어요."

"음, 그럴 수도 있겠군."

그는 이탈리아에 대해서는 별반 흥미를 가지고 있지 않은 듯했다.

"베네치아는 물 위에 세운 도시랍니다. 어떻게 바다 위에 집을 지을 수 있을까. 어찌 그런 생각을 할 수 있었을까가 가장 궁금해요. 물 위에 집을 짓는다……. 상상만으로도 얼마나 고통스럽고 힘든 일인지 가늠이 되어요."

"그럴 수밖에 없는 이유가 있을 거요. 바다로 내몰려 살 수밖에 없는……. 물 위에 집을 짓는 일이 어디 쉬운 일이겠소? 그건 생을 건 모험이자 사투였을 것이오."

"그렇겠죠."

"리알토 다리 아래 서보면 그 모든 답이 나올 것이오."

그의 눈빛에도 얼마간의 설렘이 느껴졌다.

"저도 여행을 대비해 관련 책들을 읽고 있어요. 하지만 역사의 어둠을 확인하는 것보다는 아름다움을 찾아 떠나는 여행이었으면 좋겠어요."

그 말에는 도피의 개념도 있었다. 여러 가지 어려운 상황을 피해 달아나고 싶다는 생각. 그런 생각은 그도 다르지 않았다.

"나도 쉬고 싶소."

그가 한숨을 섞어 말했다. 책상 위에 펼쳐둔 유럽 지도가 그의 마음을 대변하고 있는 듯했다.

"지금 우리는 쉬러 가는 거여요. 당신은 어느 나라를 가장 가보고 싶어요?"

마사코는 그의 팔짱을 끼며 애교 섞인 목소리로 물었다.

"나는 헝가리나 프라하에 가고 싶소. 헝가리는 180년 동안 터키의 지배를 받았고 220년 동안 오스트리아의 지배를 받은 나라요. 체코슬로바키아도 수많은 침략을 거친 나라요. 폴란드도 그렇고…… 많은 나라들이 침략으로부터 안전하지 못했소. 하지만 그 모든 역경을 이겨내고 독립을 이루어낸 나라의 면면을 알고 싶은 거요. 고난을 겪지 않은 민족은 없소."

그가 무슨 말을 하려고 하는지 알 수 있을 것 같았다. 그런 이야기가 나오면 마사코는 자신도 모르게 움츠러들었다. 자신의 잘못은 없으나 늘 죄인인 듯한 기분. 그것은 몹시 불편하고 언짢았다. 그 자리를 모면할 수만 있다면 마사코는 어디론가 도망가고 싶었다. 하지만 그런 이야기가 나올 때마다 도망갈 수는 없는 노릇이었다. 무엇이든 정면 승부를 해야 한다는 게 마사코의 생각이었다. 마사코는 조용히 그의 손을 잡았다. 그는 손을 빼지 않았다.

"나는 언젠가 대한제국을 이끌어가야 할 무거운 짐을 지고 있소.”

그렇게 말하는 그의 눈빛에 강한 의지가 담겨 있었다.

“그렇고 말고요. 당신은 대한제국을 이끌어 가야 할 분이
죠.”

마사코는 그의 손을 마주 잡고 고개를 끄덕였다.

“역사의 회오리는 아주 비정하오. 피할 방법도 알 수 없이.
광포한 역사의 바람은 피를 부르고 사람의 존엄성마저 유린하
지.”

그의 표정은 굳어 있었고 절벽에 서 있는 듯한 절박함까지
느껴졌다.

‘미안해요, 정말 미안해요.’

마음속으로 그에게 말했다. 차마 입에 올릴 수 없는 말이었
다. 그 말을 뱉는 순간, 오히려 뻔뻔하고 몰염치한 일이 되고 말
것 같은 두려움 때문이었다.

“내가 헝가리나 프라하에 가고 싶은 이유도 그러한 것들 때
문이오. 자체 독립을 위해 애쓰는 그 나라의 모든 것을 알고 싶
은 것이오.”

그동안 그는 유럽에 대한 책을 많이 읽는 듯했다. 그가 육군
대학을 졸업할 때도 어학과 군사 지식에 뛰어나다고 칭찬이 많
았다. 조용히 혼자 책을 보는 그는 늘 우울한 얼굴을 하고 있었
지만 그 우울한 얼굴 뒤에는 그만의 나라가 꿈틀거리고 있을 것
이었다. 세계시와 국제 정세에 유난히 신경을 쓰는 이유도 그 저

변에 대한제국에 대한 사랑과 그 나라를 짓밟은 일본에 대한 분노가 뒤엉켜 있기 때문일 터였다.

"곧 모든 일이 잘될 거예요. 좋은 날이 있을 거예요."

그렇게 얼버무릴 수밖에 없는 자신의 처지가 마사코는 더할 수 없이 민망하고 미안했다.

"그래야지. 광풍은 멈추어야 해."

사뭇 위험한 말일 수도 있는 말이었다. 주변에 그의 행동과 말을 살피는 눈이 있다는 걸 감안하면 더욱 그러했다. 마사코는 목소리를 낮추어 속삭이듯 말했다.

"저도 그날을 위해, 당신에게 걸맞은 황태자비가 되기 위해 조선의 문화와 황태자비가 지녀야 할 예법을 열심히 배우고 있답니다."

진심 어린 말이었다. 언젠가 조선 땅으로 돌아가 황태자비로서 살아야 할 때, 일본인이라서 제대로 하지 못한다는 말을 듣지 않기 위해 마사코는 나름대로 준비를 하고 있었다. 그의 얼굴에 엷은 미소가 감돌았다.

"오호, 그래야지. 고맙소. 그대가 있는 한 나는 두려울 것이 없소."

비로소 그의 얼굴에 번지는 편안한 미소가 고마웠다.

"간 김에 좋은 음식도 먹고 편안하게 즐기다 와야겠소."

그는 긴장을 푼 얼굴로 모처럼 환하게 웃었다. 그럴 때 그는 아무것도 생각하지 않는 아주 단순하고 호쾌한 사람 같았다. 여행의 설렘에 들떠 있는 그는 지금은 어떤 그늘도 없어 보였다. 마사코는 그를 찬찬히 살피다 부드럽게 손을 비볐다. 따스한 체온이 전해져 왔다. 그를 휘젓고 있는 마음의 고통은 말하지 않아도 충분히 헤아릴 수 있었다. 진정으로 그를 사랑하고, 진정으로 그의 조국을 사랑하며, 진정으로 그의 든든한 내조자가 되고 싶었다. 그런 마음으로 그의 손을 더욱 힘주어 잡았다.

여전히 햇살 가득한 정원에는 어디선가 날아온 새 한 마리가 시끄럽게 울고 있었다.

유
럽
여
행

　1927년, 마침내 두 분의 유럽 여행이 이루어졌다. 시공을 초
월한 나의 몸은 아버지 곁으로 날아갔다. 그동안은 아버지에게 심
적 고통을 주는 사건들이 많았다. 불편한 기억들을 훌훌 털어버
리고 멀리 떠나는 일에 아버지는 조금 들뜬 표정이었다. 어머니는
아름다운 실크 드레스를 입고 그동안의 심적 고통을 지우려는 듯
화사하고 즐거운 표정으로 갑판 위를 서성거렸다.
　1년 동안의 유럽 여행. 비공식 여행이라고는 하지만 그것은
분명 유쾌하고 신나는 일임에 틀림없다.
　아버지의 공식적 신분은 백작이었다. 사실은 순종 황제가 붕
어하신 후 아버지는 공식적으로는 조선의 왕이어야 했다. 허나
속국의 왕은 허울뿐이었다. 일본의 백작 신분으로 떠나는 여행
은 아버지에게 치욕이 될 수도 있는 부분이었으나 그런 내색은

하지 않으셨다. 속에서는 상처가 곪아 고름이 흐르고 있을지도 모르는데 당신 스스로 하시는 말씀은 '괜찮다'였다. 잠시, 아버지의 입장 때문에 어머니도 조심스러워 했으나 여행을 앞둔 설렘에 어머니의 마음도 얼마간 편안해진 것 같았다.

"전하, 진정 편한 마음으로 여행을 즐기시면 좋겠어요."

어머니는 아버지의 마음이 진정 편안하기를 빌었다.

수행원은 시노다 차관 이하 일곱 명이었다. 그들은 전하의 일거수일투족을 살피고 상부에 보고하는 일을 하겠지만 그런 것은 그리 마음 쓸 일이 아니었다. 어머니는 할머니가 늘 이야기하던 베네치아에 가볼 생각에 몹시 들떠 보였다.

5월의 햇살은 맑고 투명했다. 바람도 부드럽게 어머니의 어깨를 어루만졌다. 벚꽃이 꽃비처럼 흩날리는 봄날, 하코네마루 호가 정박해 있는 요코하마 항에는 외할머니 이츠코 비와 고모인 덕혜옹주도 배웅하러 나왔다.

"마사코, 드디어 가는구나. 많은 것을 보고 오렴."

결혼 후 마음고생이 많은 딸을 바라보는 외할머니의 눈빛은 우울하고 눅눅했다. 어머니를 그윽하게 바라보는 눈길에 애잔함이 묻어났다. 고모 덕혜는 잘 다녀오시라는 짧은 인사말을 한 후엔 입을 다물고 여기저기 멀뚱멀뚱 생각 없이 바라보았다.

겉으로는 분명 사사로운 여행이었다. 그러나 특별 경호라는 명분으로 상하이까지 동행하기로 한 미와 아자부로 경부(한국의 경감에 해당하는 지위)의 존재는 그 여행이 사사롭기만 한 여행이 될 수 없다는 암시이기도 했다.

그러나 하코네마루에 승선한 순간부터 어머니는 날개를 달았다. 그동안의 아픔과 고통이 눈 녹듯 사라진 듯했다. 배 안에서의 일정은 빡빡하게 짜여 있었지만 심적으로 자유로워진 부모님을 구속할 수 없었다.

방문국은 프랑스, 영국, 독일, 벨기에, 네덜란드, 덴마크, 스웨덴, 노르웨이, 폴란드, 이탈리아, 스위스……. 말만 들어도 아름다운 나라들이었다. 1년이라는 기간 동안의 호사스러운 여행이 될 것을 믿어 의심치 않았다. 어머니 마사코는 그동안의 힘들었던 일상을 보상받을 수 있을 거라는 생각에 아주 행복해 보였다.

"아, 이 비릿한 바다 냄새. 저 갈매기들 좀 봐요. 자유 그 자체로 보이지 않나요?"

어머니는 들떠서 아버지의 어깨에 기대며 큰 소리로 말했다.

"그래요, 구속 없는 자유로운 비행이로군."

아버지는 애써 담담한 표정이었다. 구속 없는 자유로운 비행은 아버지의 소원일 터였다.

"우리도 자유로운 영혼이 되기로 해요."

어머니 마사코는 철없는 아이처럼 잔뜩 들떠 있었다.

"으흠, 그렇게 되도록 애써봅시다."

아버지도 희미하게 웃었다.

"저는 프랑스에 가서 돈을 쓸 거예요. 한 번도 사고 싶은 것을 사기 위해 내가 돈을 써본 적이 없으니 이번엔 꼭 그리 해볼

거여요."

어머니의 목소리에는 설렘이 가득했다.

"허허, 그러시오."

아버지도 어머니의 등을 다정하게 어루만지며 고개를 끄덕였다.

드디어 하코네마루 호가 바다를 가르기 시작했다.

바다는 광활했고 걸림 없이 펼쳐진 푸른 보자기처럼 넉넉했다. 아침 7시 기상을 시작으로 하루의 일정이 잡혀 있지만 바다를 바라보고 노을을 바라보며 속삭일 수 있는 시간은 충분했다.

조식 8시 30분, 9시에서 11시까지는 독서, 11시부터 12시 30분까지는 운동, 그리고 점심시간, 3시까지 휴식, 3시부터 5시 30분까지 운동, 저녁 7시, 취침 10시로 짜인 일정은 모처럼 여유로웠다. 그동안 그들을 옥죄고 답답하게 했던 일들도 여행 기간 동안만은 훌훌 털 수 있을 것 같았다.

그러나 특별고등경찰인 미우라 경감의 얼굴이 보이자 아버지는 금세 불편한 표정을 지었다. 결코 반갑지 않은 얼굴이었다. 상하이 임시 정부에서 뭔가 꾸미고 있다는 소식을 들었는데 그의 승선은 그 일과 무관하지 않아 보였다.

"나는 여행조차 한가로이 할 수 없구려."

아버지의 얼굴이 어두워졌다.

"상하이까지만 동행한다지 않아요. 너무 염려 마시어요."

어머니는 굳이 그 일로 기분이 흐려지기를 바라지 않았다.

하지만 아버지의 눈빛은 다시 어두워졌다.

미우라 경부는 경성의 종로경찰서 특별고등경찰 주임이었다. 그는 조선 독립운동가들을 잡아내는 데 귀신이라 했다. 그런 그가 승선해 있다는 사실은 뭔가 아버지와 연결되는 모종의 일이 비밀리에 진행되고 있다는 의미였다. 한창수도 얼쩐거렸다. 아버지의 얼굴이 점점 굳어갔다. '손오공의 손바닥'이라는 느낌을 지울 수 없었기 때문일 터였다. 배가 고베에 도착하자 한창수가 거만하고 차가운 목소리로 말했다.

"상하이 임시 정부가 뭔가 일을 꾸미고 있다는 정보가 들어왔습니다. 총독부에서 전하의 순탄한 여행을 위해 엄중한 경계를 하고 있으니 너무 걱정은 마십시오, 미우라 경부가 전하를 잘 모실 겁니다."

겉으로는 자유로운 여행이라 하였으나 그것은 미명일 뿐이었다. 이 역시 자유로울 수 없는 여행일 터. 그러나 이 여행은 꼭 가야 한다.

"잘 알겠소."

아버지는 마음을 숨긴 채 아무렇지도 않은 듯이 대꾸했다.

상하이 임시 정부. 그곳엔 이승만과 김구를 위시한 반일 운동의 투사들이 모여 있다. 그들이 뭔가를 꾸민다면 그것은 바로 아버지를 모셔가는 것이 목표일 것이다. 특히 김구는 일본 헌병을 살해해 사형 선고까지 받은 인물이지만 황제의 특사로 사형만은 면한 독립투사가 아닌가. 그는 조국을 위해서라면 죽음도 불사할 인물. 천황에게 폭탄을 던진 이봉창과 상하이에서 일본 육군 시라카와 대장을 죽인 이봉길 등이 그와 뜻을 같이하는 사람들이었다. 그에 더하여, 폭탄 세 발이 모두 불발에 그치고 말았지만 결국 상하이 의열단의 김지섭 단원이 사형된 니주바시 사건도 일본에 큰 충격을 주었다. 그뿐인가. 관동대지진이 일어나기 이틀 전에는 천황을 제거하려던 박열이 체포되기도 했다. '무뢰한 조선인'이라는 말이 신문 지상에 연일 오르고 일본인들은 분노하며 조선인을 금수처럼 여겼다.

그런 상황에서 아버지가 할 수 있는 일은 아무것도 없었다. 그저 종이로 만든 인형처럼 힘없이 존재하고 있을 뿐이었다. 아무것도 할 수 없는 입장에서 아버지가 할 수 있는 일은 도피가 유일했다. 그러지 않으면 정말 머리가 터져버릴 것 같았으리라. 그런 아버지를 여행길에 오를 수 있도록 애쓴 고 사무관과, 후에 이왕직 장관이 되는 시노다는 고마운 사람이라 할 수 있었다. 아버지는 한껏 들뜬 마음으로 콧노래를 부르고 있는 어머니를 덤덤하게 바라보았다. 눈을 가느스름하게 뜨고 바다를 바라보는 어머니의 어깨 위에 햇살이 눈부시게 내려앉고 있었다.

"상하이에서는 무엇을 살까요?"

어머니는 잔뜩 들떠 있는 게 분명했다. 아버지는 말을 아꼈다. 동중국해를 항해하고 있는 해군 군함 '야쿠모'가 상하이항에서 경계하고 있다는 걸 아는 아버지는 결코 어머니의 기분에 동조할 수 없을 것이었다. 침통한 아버지의 얼굴을 보고 어머니가 물었다.

"전하, 어디 불편하십니까? 전의를 부를까요?"

자신의 행동이 너무 경박했다고 느꼈는지 어머니가 표정을
달리하며 조심스럽게 다가와 아버지의 안색을 살폈다.

"아, 아니오. 머리가 조금 무거울 뿐이오."

아버지는 어머니의 걱정스러운 얼굴을 보며 표정을 바꾸었다.

"저는 전하가 불편하신 거 아닌가 싶어서요."

어머니가 아버지의 얼굴을 찬찬히 들여다보았다. 아버지는
고개를 돌렸다. 눈을 마주하기가 불편했으리라. 마치 눈을 마주
치면 마음속의 모든 것을 어머니에게 들킬 것 같아서였겠지.

"다음에 머물 항구는 어디죠?"

어머니는 그런 아버지의 마음을 얼핏 읽은 듯했다. 그래서
일부러 분위기를 바꿀 양으로 묻는 것이리라.

"홍콩이라 하오."

"아, 홍콩."

"총독을 방문하게 된다 하오."

아버지의 말투는 사뭇 사무적이었다.

"그럼 조금 피곤해지겠네요. 그런 일정 없이 정말 개인적으
로 맘대로 다니면 좋겠는데."

어머니는 내리쬐는 태양을 손차양으로 막으며 중얼거렸다.

"그래도 여유가 많지 않소. 황궁에서 경비를 마련해주었으
니 그 정도의 의례적인 일은 감수해야 하지 않겠소?"

아버지의 목소리가 조금 밝아졌다.

"으흠, 그런가요?"

"곧 자유로워질 것이오. 일정에 홍콩 다음에는 싱가포르에 정박한다니까 거기서야 우리를 감시할 일이 있겠소."

"아, 그럼 오늘 저녁에는 가장 예쁜 옷을 입고 춤을 추어요. 많은 이국인들이 음악을 틀어놓고 즐기는 걸 보았어요. 이 배에는 세계 각국의 사람들이 많아요."

"그러기로 합시다. 분명 기분을 바꾸어야 할 때요."

모처럼 아버지도 한껏 밝은 음성으로 말했다.

선박으로 가는 여행은 지루하기도 하지만 새로운 사람들을 느긋하게 만나는 기쁨도 있었다. 즐거운 사람들과 아름다운 음악이 어우러진 자유로운 서양식 파티는 황홀한 경험이었다. 아버지는 함선 사령관과 그의 부인, 함장을 초대해 만찬을 열기도 했다. 기무라 포병 중위와 가토 해군대좌 같은 군인들의 강의를 들을 때도 있었다. 모든 것이 한창수의 눈에 다 잡히는 일이지만 저녁이 되어 하루 일정이 끝나고 방으로 들어가시면 더 이상의 감시는 불가능했다.

한창수는 매일 보고를 위한 일기를 쓰고 있었다. 아버지가 하루 종일 한 일에 대한 세세한 기록일 것이었다. 그날의 날씨까지 꼼꼼하게 적는 것 같았다.

저녁이 되면 아버지는 혼자 있는 시간이 많았다. 축음기로 서양 음악을 듣기도 하고 책을 보기도 했다. 그리고 무인가를 쓰기도 했다. 원래 혼자 있는 것을 즐기는 아버지를 위해 어머니는 짐짓 모른 척했다. 아버지가 홀로 있는 시간에 어머니는 여러 나라 사람들과 어울렸다. 귀부인들은 갖가지 보석으로 치장하고 가벼운 술을 마시며 어머니의 화려한 치장에 깊은 관심을 보였다. 서로 보석 자랑을 늘어놓기도 했다. 어머니는 즐거웠고 행복했다. 그녀들도 보석을 자랑했지만 어머니의 보석에 견줄 수준은 아니었다. 아름다운 옷을 입고 갑판을 우아하게 거닐며 행복에 겨운 듯 재잘대는 여인들 틈에서 어머니는 더없이 행복한 나날이었다. 겉으로 보기엔.

***

한창수는 영왕의 일거수일투족을 관찰했다. 가까이서 빈틈없이 모신다는 명분으로 매일 전하의 일상을 관찰하고 그 행적을 꼬박꼬박 적었다. 한창수는 그것이 자신의 일이라고 생각했다.

모든 기록은 나중에 역사가 될 것이다. 그 역사의 현장에 자신이 있었고 그 기록자가 자신이라는 생각을 하면 뿌듯한 생각까지 들었다. 조선인으로 출세할 수 있는 최고의 자리까지 오르는 일이 한창수의 목표였다. 어차피 조선이라는 나라는 망해서 일본의 식민지로 전락했다. 그렇지만 자신만이라도 그 구덩이에서 헤쳐 나올 방법을 찾고 싶었다. 그것이 일본에 대한 충성으로 이어졌고 그 충성은 자신의 나라 조선의 황실 인물들을 이용하는 것이었다. 덕혜옹주를 일본으로 데려온 것도 그런 맥락이었다.

한창수는 자신의 출세를 믿어 의심치 않았다. 그는 자신이 조선인이라는 사실도 싫었다. 뼛속까지 일본인이 되고 싶었다. 그렇게 할 수만 있다면 무슨 일이든 할 참이었다.

영왕의 일상을 감시하는 것은 그가 숙소로 들어가는 시간까지만 가능했다. 일단 숙소로 들어가시면 더 이상은 감시의 눈길을 뻗칠 수가 없다. 그래서인지 영왕은 하루 일정이 끝나면 상처받은 동물이 동굴 속으로 몸을 숨기는 것처럼 부지런히 숙소로 들어가버렸다.

영왕이 숙소로 들어간 후에야 한창수도 하루를 정리했다. 마사코 왕비야 굳이 감시하지 않아도 좋을 인물이므로 어디에서 무엇을 하든 신경 쓸 필요가 없었다. 유럽 여행의 환상에 빠져 늘 기쁘고 행복한 얼굴을 하고 있지 않은가. 춤과 노래와 약간의 술로 이국인들과 즐거운 대화를 하는 모습은 귀엽기까지 했다. 그녀는 그냥 보기 좋은 풍경이므로 그대로 두면 되었다.

하루의 마무리는 새로운 내일을 위한 충전의 시간이지만 그 전에 꼭 해야 할 일은 일기를 쓰는 것이었다. 날씨까지 꼼꼼하게.

6월 9일(목) 맑다가 때때로 소나기.

오전 7시, 하코네마루가 싱가포르에 도착.

영국 관헌과 경비를 위해 영국인 1명, 인도인

수 명을 파견. 두 분의 안부를 묻기 위해 총영
사대리 영사관보, 일본인회 회장, 우편선 화사
지사장, 관민 수 명과 동부인을 알현받고 동일
9시에 상륙, '크리포드' 총감의 관저를 방문하
시고 총독과 회담을 나누고 기념 사진을 찍은
다음 일본인 소학교에서 교장과 학생들과 국
가를 합창하시고 학예품을 둘러보신 후 자동
차로 고무 재배지, 고무 제재소, 식물원 등을
순방 후 일본 총영사 관저에서 오찬을 하시면
서 임석한 주요 인사들과 환담. 오후 2시에 영
사 관저에서 나와 싱가포르 골프장에서 운동
후 6시에 귀선하셨다. 7시에 두 분 전하는 총
독 관저 만찬에 참석, 10시에 귀선해 영사관보
의 재외 국민의 알현을 받고 이들은 항해의 안
전을 빌었다. 또 양 전하의 경비를 위해 요코
하마로부터 따라온 조선총독부 순경들은 임무
를 마치고 싱가포르 총영사관을 통해 귀국하
였다.

한창수는 일기에 전하의 하루 일을 그대로 적었다. 여행 기
간 동안 내내.

***

　바다는 넓었다. 눈이 아려올 만큼 드넓은 바다에는 파도가 넘실대고 있었다. 이 은은 옆에 앉은 마사코의 손을 살며시 잡았다. 그녀의 눈동자에 가득 고인 도시, 그녀가 그토록 꿈꾸어오던 물의 도시 베네치아가 저 멀리로 보였다. 마사코의 표정은 마치 연인을 만나는 처녀처럼 설렘이 가득했다.

　"아, 이 싱그러운 바다 냄새."

　눈을 지그시 감고 바다 냄새를 들이키는 마사코는 진정 자유로워 보였다. 마사코는 유난히 바다를 좋아했다. 아마 오오이소 별장에서 바라보던 상모만의 바다를 마음에 품고 있는 터라 그러려니 여겼다.

　"좋소?"

　이 은은 마사코의 손을 더욱 힘주어 잡으며 다정하게 물었다.

　"그럼요. 얼마나 오고 싶었던 곳인지, 당신도 알잖아요."

　바다 저편에 그림 같은 건물들이 보이기 시작하자 마사코는 더욱 흥분한 목소리로 재잘댔다. 사실, 단 하루만이라도 홀로 있고 싶었다. 아니, 감시의 눈길이 없는 공간에서 진정 자유롭고 싶었다. 유럽 여행은 일본에서의 생활보다는 분명 자유롭고 편안했지만 감시의 눈길은 여전했다. 가는 곳마다 일본 무관이 나왔고 그들은 이 은을 모신다는 평계로 늘 곁에 붙어 있었다. 마치 보이지 않는 거미줄이 온몸을 감싸고 있는 듯한 기분이 썩 유쾌하지 않았다.

"이렇게 아름다운 물 위의 도시가 있다니, 꿈만 같아요. 어머니가 늘 이야기하던 물의 도시라 더 그런 것 같아요. 어머니는 제게 아주 많은 영향을 주신 분이죠. 이탈리아에서 자란 어머니 덕에 어려서부터 그런 얘기를 자주 들었는데, 그래서 제 마음속에 진작부터 베네치아가 자리하고 있었겠죠? 깊이를 알 수도 없는 바다에 도시를 세운다는 것이 가당키나 한 일인가요? 인간의 의지가 얼마나 대단한지 느낄 수 있어요. 저 아름다운 성당을 봐요. 땅에 지은 성당 건물보다 더 아름다워요. 그것은 인간의 염원이 차곡차곡 모인 곳이라 더 그렇게 느껴지는 걸 거예요."

산 마르코 성당의 지붕이 저 멀리 보였다.

"흠, 그렇기도 하군."

"늘 곤돌라를 타고 싶었어요. 사공의 노래도 듣고 싶었죠. 척박하고 불운한 삶을 노래로 승화하는 사공들의 눈빛을 보고 싶었어요."

마사코의 음성은 꿈결처럼 간절했다.

"당신의 꿈이 이루어졌구려."

이 은의 음성은 조금 쓸쓸했다.

"당신은 기쁘지 않은 것 같아요."

마사코가 살짝 서운한 투로 말했다.

"당신과 내가 보는 관점이 달라서 그럴 것이오. 나는 이 도시를 세운 수많은 사람들을 생각하오. 땅을 떠나 물 위에 집을 지을 수밖에 없었던 무리들의 슬픔을······."

"그렇기도 하지요. 하지만 고통을 이겨내고 인간 승리를 이루는 그들의 투지가 얼마나 대단한가요. 난 그들의 절박한 아름다움을 칭송하는 거여요."

"그래, 그래요. 그래서 더욱 나는 슬프오."

우울한 표정의 이 은을 보며 마사코는 조금 무안해졌다. 그에게 들뜬 마음을 너무 드러낸 것 같아 입을 다물었다. 미안한 마음이 들어 그에게 슬며시 몸을 기댔다. 그는 마사코를 밀쳐내지는 않았다. 하지만 그녀를 포옹하지도 않았다.

"베네치아는 120여 개의 작은 섬들을 400여 개의 다리로 연결해 만들었다고 하오. 바다 위에 수많은 파일을 박아 땅을 만드는 일을 어찌 생각했을까? 진정 대단한 인간의 의지요."

굳은 표정의 이 은과 마사코의 관점은 분명 달랐지만, 마사코는 슬그머니 이 은의 이야기에 귀를 기울였다. 그러다 슬쩍 희망의 메시지를 얹어 말했다.

"인간은 그렇게 위대한 존재인가 봅니다. 절망을 희망으로 바꾸고 불가능을 가능으로 바꾸는······. 때로 그렇게 위대한 인간들이 세상을 바꾸어가나 봅니다. 무엇보다 중요한 것이 마음가짐이겠지요. 불교에서도 일체유심조라 하지 않았나요?"

마사코는 마냥 즐거운 표정을 거두고 진지하게 말했다.

"으흠, 그러하다 하지요. 베네치아의 역사는 6세기부터 시작됐다고 알고 있소. 이민족에게 쫓겨 갈 곳 없어진 피난민들이 모여 바다 밑 연약한 개펄에 수만 개의 말뚝과 돌을 박아 만든 베네치아. 이는 불가사의한 인간의 능력이오."

그는 베네치아의 역사를 꿰고 있었다. 이번 여행을 위해 관련 서적들을 많이 읽은 게 분명했다.

"그래요. 불가사의한 게 맞아요."

마사코의 대꾸는 궁색했다. 그저 여행에만 온통 마음이 가 있기 때문이었다.

"그러한 능력이 어디에서 온 것이라 여기오?"

"글쎄요……. 인간을 하나로 뭉치게 하는 힘은 종교가 으뜸 아니겠어요?"

"그렇겠지요. 통치자의 힘은 아닐 것이오. 그런데 물 위에 집을 짓지 않으면 살 수 없는 그 절박한 사정들이 연민을 불러일으키는구려."

마사코는 그렇게 말하는 이 은의 얼굴을 올려다보았다. 미끄러지듯 달리는 배 위에 앉아 그를 올려다보는 일은 특별한 기분을 자아냈다.

"전하는 훌륭한 군주가 되실 분이십니다."

마사코는 아주 부드러운 목소리로 이 은의 귓가에 속삭였다.

"아니오. 그렇지는 않소. 나는 너무도 부족한 인간이오."

그는 정색을 하고 고개를 저었다. 하지만 듣기 싫은 건 아닌 듯했다.

"너무 자책하지 마셔요. 언젠가는 전하의 위엄을 찾으실 날이 올 것입니다."

그는 먼 곳을 바라보며 말이 없었다. 작은 배는 파도에 몹시 흔들렸다. 하늘이 휘청거렸다. 마사코는 더욱 이 은 곁으로 바짝 다가앉았다. 그리고 애써 부드러운 음성으로 말했다.

"전하는 너무 겸손하십니다. 조금 부정적이시기도 하고요. 저는 상당히 긍정적인 시선으로 사물을 보려 하는데 전하는 매우 조심스러우십니다."

"아마 서로의 입장 차이 때문일 것이오."

"입장 차이?"

마사코가 고개를 갸웃했다.

"당신은 지배국의 왕녀, 나는 종속국의……."

마사코는 얼른 손바닥을 펴 이 은의 입을 막았다.

"그만해요. 왜 자꾸 그런 생각을 하는 거죠? 우리는 부부예요."

마사코는 정색을 하고 이 은을 바라보았다.

"그렇지. 부부지. 그런데 왜 이런 문제들이 불거지면 당신이 낯설게 보이는지 모르겠소."

그가 잠시 마사코를 바라보다가 다시 시선을 거두며 저 멀리로 눈길을 던졌다.

"아, 우리는 왜 이런 문제로 늘……."

마사코의 음성이 가늘게 떨렸다.

"미안하오. 하지만 늘 잊을 수 없는 문제요."

이 은의 얼굴에도 깊은 수심이 어렸다.

"그렇지요. 당신의 입장이 있으니……. 우리는 언제쯤 평온해질까요?"

마사코의 표정에도 그늘이 졌다.

"그러게 말이오. 떠나오면 홀가분해질 줄 알았는데 여기서도 나는 여전히 감시의 대상이오. 이 기분이 어떤지 당신은 모를 거요."

그의 눈길이 닿는 곳이 어디인지 알 수 없었다. 아니, 짐작은 가지만 굳이 확인하고 싶은 마음은 없었다.

"제가 어찌 전하의 깊은 의중을 알 수 있겠습니까. 저는 다만 전하의 마음이 평온하기를 바랄 뿐이옵니다. 당분간만이라도 평온한 마음을 가지실 수는 없으신지요."

마사코의 마음은 진정 그랬다.

"미안하오. 나는 늘 당신에게 이런 말만 하게 되는구려."

마사코의 어깨 위로 이 은의 손길이 닿았다.

"괜찮아요, 전하의 마음을 헤아리면 오히려 제가 미안합니다."

마사코의 말에 이 은은 말없이 그녀의 손을 꽉 잡았다. 이 여인이 무슨 잘못이 있겠는가. 그녀 또한 역사의 소용돌이에 휘말린 것뿐인데…….

이 은은 표정을 바꾸어 점점 다가오는 섬을 바라보았다. 산 마르코 성당의 돔 지붕이 햇살을 받아 부드럽게 빛났다.

"우리 저 성당에 가서 기도를 올립시다. 우리의 마음을 평온하게 유지할 수 있도록 도와달라고."

화해를 청하듯 이 은이 말했다.

"네, 그리고 곤돌라도 타야죠."

"당신은 곤돌라를 타기 위해 온 사람 같소."

이 은은 애써 웃으며 마사코를 바라봤다.

"그럼요. 극한의 현실을 노래로 이겨내는 사람들의 마음을 읽고 싶어요."

마사코의 단정한 웃음이 이 은의 눈동자에 담겼다.

"좋소. 극한의 현실을 이겨내고 바다 위에 집을 지은 사람들의 마음을 느껴봅시다. 그 정신을 배워봅시다."

요란하던 뱃소리가 잠시 조용해지는가 싶었더니 어느새 선착장에 배가 도착했다.

"이제부터는 즐거운 것만 보아요. 눈에 거슬리는 것들은 안 보이는 것으로 치부해버려요. 오늘 하루만이라도."

선착장에 내리면서 마사코가 속삭였다. 챙 넓은 실크 모자에 닿는 햇살이 부드럽고 맑았다.

"그럽시다."

선선한 그의 대답에 마사코도 기분이 한결 편해졌다.

산 마르코 광장은 그리 넓지 않았다. 유구한 역사를 자랑하는 카페 '플로리안'에는 핫초코를 마시는 사람들의 행복한 웃음이 평화로웠다. 마사코가 카페 플로리안 쪽으로 떠밀듯이 걸어갔다. 그러더니 프랑스어로 주문을 하는 것이 아닌가.

"Un expresso, s'il vous plaît(에스프레소 한 잔 주세요)."

마사코의 말에 상냥한 프랑스 아가씨가 에스프레소 한 잔을
내밀었다.

"C'est combien?(얼마죠?)"

마사코는 핸드백에서 지폐를 꺼내 내밀었다. 물건 값을 내고
거스름돈을 받는 데 재미를 느끼는 것 같았다. 스스로를 위해 돈
을 써본 적이 거의 없기 때문에 그럴 수도 있겠다 싶었다.

"너무 진할 것 같아 한 잔만 시켰어요. 나누어 마시려고요.
괜찮죠?"

이 은은 고개를 끄덕이며 마사코를 사랑스럽게 바라봤다.

"언제 프랑스어를 배웠소?"

"아주 조금 말할 수 있어요. 어머니께 배웠죠."

부끄러운 듯 살짝 고개를 숙이는 마사코의 모습이 참 순결해
보였다.

광장에는 가면을 파는 가게들이 무척 많았다. 올망졸망한 가
면들이 우묵한 눈으로 모든 것을 살펴보고 있는 것 같았다.

"베네치아엔 가면 축제가 유명하대요. 2주 동안이나 열린다
는데 볼 수 있으면 좋았을 것을. 700년 전 역사적 사건을 재현하
면서 가면 축제가 시작됐대요. 오늘 우리도 가면을 사서 그 속으
로 숨어봐요."

붉은 휘장이 드리워진 노천카페에서 살짝 윙크를 하는 마사

코의 얼굴엔 악동의 짓궂은 표정도 녹아 있었다.

"허허, 공부를 많이 했구려."

"전하께는 카사노바 가면을 사 드릴게요. 저는 귀부인의 가면을 사야겠어요."

마사코는 핸드백을 흔들며 웃어 보였다.

"그럼 내가 오늘은 그 유명한 카사노바가 되는 거요?"

그가 어이없다는 듯 허허 웃었다.

"하루쯤 용서해드리죠. 하지만 저만 유혹하셔야 해요. 다른 여자에게 눈길을 주시면 안 돼요."

기분이 풀어진 마사코는 가면의 역사를 이야기했다.

"한때, 오스트리아가 베네치아를 통치하던 시절에는 가면 축제도 제한을 했었대요."

"으흠. 왜 그랬을까?"

"며칠간의 일탈이 주어진다면 누구나 빠져들지 않겠어요? 가면 축제로 시민들의 일탈이 자유로워지자 통치자들은 두려웠을 거예요. 영혼이 자유로워지면 통제가 어려워지니까요. 그래서 축제를 제한했겠죠?"

"그렇겠지. 현실을 벗어나는 유일한 방법이 가면 축제라면 사람들은 거기에 더 빠져들겠지."

"가면 축제는 페스트로 인구가 급격하게 줄었을 때 생긴 축제라는 말도 있더군요."

"오, 그래요?"

"정확한 이야기는 아니지만 인구를 늘리기 위한 방편이었다는 이야기도 있어요. 축제 기간 동안은 모든 것을 묵인한다는 뭐 그런……."

더 이상 말하기가 무안한지 마사코가 말끝을 흐렸다. 볼에 살풋 홍조가 어리는 듯도 했다.

"그렇다 해도 그건 인간에게 숨통을 틔워주기 위한 방편이었을 것이오."

"우리도 그렇게 즐겨요. 산 마르코 광장에서."

마사코는 마치 거추장스런 옷을 벗어버린 소녀처럼 어디든 나폴나폴 날아다닐 것 같았다. 표정도 맑고 가벼웠다. 산 마르코 광장을 자유롭게 돌아다니던 마사코는 기어코 카사노바 가면을 사서 이 은의 얼굴에 씌웠다. 우스꽝스러운 모습에 깔깔거리며 자신도 귀부인 가면을 쓰고 즐거워했다. 곤돌라를 탈 때는 아이스크림을 핥으며 곤돌리에의 노래를 따라 불렀다.

"창공에 빛난 별 물 위에 어리어……."

곤돌라는 바다의 골목을 요리조리 헤집고 다녔다. 물 위에 세운 집에서는 여전히 인간의 삶이 이어지고 있었고 베란다에 얹힌 화분이 어여뻤다. 아름다운 선율이 흘러나오는 찻집도 있었다. 사람들은 좁은 수로를 지나다니는 곤돌라에 웃음을 보낼 뿐, 물 위에 사는 어려움을 드러내 보이지는 않았다. 딛고 선 곳이 바다일 뿐, 사람들의 삶은 여전히 향기롭고 여유롭고 느긋해 보였다.

산 마르코 성당에 들러서 마사코는 이 은의 손을 잡고 아주 긴 기도를 올렸다. 비록 종교를 갖고 있지는 않지만 신이 있다면 자신의 기도를 들어주리라 믿었다.

"사랑하게 하소서. 사랑하며 살게 하소서."

마사코는 그 말을 수도 없이 되뇌었다.

이 은은 카사노바 가면을 벗으려 했다. 그러나 마사코의 손길이 그를 저지했다. 마사코는 전에 없이 요염한 눈길로 이 은의 팔을 잡았다. 이마에 닿는 그녀의 입맞춤이 달콤하나 어지러웠다. 빙글빙글 세상이 돌았다. 마치 뱃멀미가 날 때처럼 어지러웠다. 이 은은 현기증을 느끼며 카사노바 탈을 벗으려 했다. 맞지 않는 옷처럼 불편했다. 하지만 마사코는 자꾸 가면을 덧씌웠다.

"불편하오."

이 은은 정색을 하고 말했다.

"일탈의 필요성도 있어요. 오늘 하루만 카사노바의 탈을 쓰고 편안하셔요."

마사코는 자꾸만 이 은의 얼굴에다 카사노바의 가면을 덧씌웠다. 숨이 막혀 왔다. 그런데도 마사코는 여전히 웃으며 가면을 벗지 못하게 했다.

"당신을 잊으세요. 오늘 하루만이라도, 숙소로 돌아갈 때까지만이라도."

"답답하오."

마사코가 손을 들어 가면을 벗으려는 이 은을 지지했다.

"안 돼요. 오늘 당신은 카사노바예요."

마사코의 눈빛은 어느새 딴사람처럼 변해 있었다. 이 은은 버둥거렸다. 이건 고문이다. 숨이 막혀 왔다. 숨을 쉴 수가 없었다. 이 은은 필사적으로 마사코의 손아귀를 벗어나려 애썼다.

"수, 숙소로 돌아갑시다."

이 은의 걸음이 비틀거렸다. 마사코가 바짝 붙어 따라오고 있었다.

"조금만 더 놀다 숙소로 돌아가요."

비틀거리는 이 은의 팔을 마사코가 움켜잡았다. 그 손길이 두려웠다. 마치 악녀의 손에 잡힌 것 같았다. 이 은은 정신없이 바다로 뛰어들었다. 마사코도 따라서 뛰어들었다. 물속에서 가면을 벗으려는데 마사코가 필사적으로 방해했다. 얼굴 표정도 험악해진 마사코는 평소의 모습과는 너무도 달랐다.

"아, 왜 이러시오? 살려주시오."

이 은은 마사코에게 사정했다. 마사코의 매정한 손길이 이 은의 목을 짓눌러왔다. 겉으로는 웃는 모습인데 손아귀의 힘은 살인적이었다. 현실감 없는 공포는 더 두려웠다. 숙소로 돌아온 후에도 이 은에게 그곳은 여전히 불안한 물 위의 집이었다. 피로가 파도처럼 밀려왔다. 침대에 몸을 뉘였지만 침대가 흔들거렸다. 눈을 감으면 나락으로 떨어져버릴 것만 같은 공포가 밀려왔다.

"피곤하시다더니 안 주무세요?"

마사코가 다가왔다. 이 은은 두 손으로 얼굴을 가리고 신음을 쏟았다.

"나를 혼자 있게 내버려 두오."

이 은은 눈을 질끈 감았다. 그래야 숨을 쉴 것 같았다. 마사코의 얼굴 대신 집채만 한 파도가 달려왔다.

아, 안 돼! 이 은은 필사적으로 헤엄쳤다. 저만치 거대한 바다의 소용돌이가 휘돌고 있었다. 돌아설 수도 없는 절망의 벼랑. 높은 파도는 큰 물기둥이 되어 갈기를 세운 말처럼 이 은에게 덤벼들었다. 이제 끝이다. 얼굴엔 카사노바 가면을 쓴 채 이 은은 소용돌이 속으로 휩쓸려 들어갔다. 숨이 쉬어지지 않았다.

캄캄한 어둠. 이 은은 잔뜩 움켜쥐었던 주먹을 풀었다. 아득한 벼랑 아래로 끝없이 떨어지는 느낌.

"전하, 왜 이러시옵니까? 어디 불편하시옵니까?"

마사코의 불안한 목소리가 둥둥 떠다녔다. 단정하고 정숙한 마사코의 음성. 아까와는 전혀 다른 목소리였다.

이 은은 눈을 떴다. 온몸이 식은땀으로 축축했다. 마사코의 다정한 얼굴이 눈앞에 있었다.

"아, 잠시 졸면서 꿈을 꾼 모양이오."

이 은은 흠뻑 젖은 몸을 일으키며 마사코를 바라봤다.

"몸살이 나신 듯합니다. 요즘 매일의 일정이 무리셨던 것 같습니다."

"아, 아니오. 악몽을 꾸었소."

이은은 얼른 고개를 저었다. 꿈이 현실인 양 생생했다. 인생
도 다를 바 없다. 이은은 마사코가 타 온 꿀물을 벌컥벌컥 들이
켰다. 그러고는 마사코를 뜨겁게 끌어안았다. 그곳은 양지였다.

그
럴
수
밖
에
없
었
다

여행이라고는 하지만 한창수가 짜놓은 일정대로 움직이는
일은 마치 꼭두각시놀음과 다를 바 없었다. 각 나라를 돌아다니
며 순방하고, 주요 인사들과 간담하고, 그곳에 머무는 일본인들
을 만나고, 만찬을 베풀고, 호위라는 명목 하에 일본 무관들에게
둘러싸여 짜여진 일정대로 움직이고…….

하지만 소득이 전혀 없는 것은 아니었다.

각국의 군사 시설을 살펴보고 현지 브리핑을 받는 일은 후
일을 도모할 때 요긴하게 쓰일 수 있으리라 생각되었다. 가는 나
라마다 배속되어 있는 일본 무관은 친절하고 상세하게 그 나라
의 현지 사정을 알려주었다. 싱가포르에서는 고무 재배지를 돌
아보고, 영국에서는 영국 주재 일본대사관에서 영국민의 일반
현황에 대해 듣기도 했다. 스코틀랜드 지방을 여행할 때는 해군

대좌의 안내로 병기 공장과 조선소도 방문했다. 유독 눈여겨보았다. 언젠가는 내 나라를 위해 그런 일을 해야 할지도 모른다는 생각 때문이었다.

런던에서는 로얄 파레스 극장에서 극을 관람하기도 하고 자동차 타이어 공장을 견학하였다. 육군 공병학교의 각종 병기 제작 과정을 둘러보고 포병학교도 둘러보았다. 독일에서는 독일 해군의 현황, 일본 해군과 독일의 특징을 브리핑받기도 하였다.

폴란드에서는 대통령으로부터 폴란드 부흥대수훈장을 받았고, 덴마크에선 국왕 부부의 초청으로 화레덴스포리 궁에서 환담을 나누기도 했다. 그 모든 것이 일본 왕족으로서의 자격이었다. 쇼와 천황은 이 왕 부부가 일본국 천황에 속해 있는 왕족임을 유럽 열강에 보여준 셈이었다. 이 은에게는 더없는 치욕의 일들이나 선택의 여지가 없는 일이었다. 이 은은 꾹 참아냈다.

"나는 개인의 자격으로 여행하는 것이다."

이 은은 스스로에게 최면을 걸듯 그렇게 중얼거렸다. 그러다 스스로에게 세뇌당하고 있다는 생각이 들면 이를 악물고 또 중얼거렸다.

"나는 일본 군인으로 여행을 온 것이다."

각국에 산재한 일본 군인들을 격려하는 일도 이 은의 임무 중 하나였다. 그가 일본군 장교였으므로 그것은 당연한 일처럼 보였다. 그러나 무엇이든 허투루 보지는 않았다. 겉으로는 일본 왕족의 신분이나 속내는 조선의 황태자가 아닌가.

아아, 치욕스런 날이여. 나는 분명 조선의 황태자인데.

혼자 있을 때 이 은은 눈물을 쏟았다. 하지만 그 누구에게도 눈물을 보이지는 않았다. 마사코에게조차도!

1926년 10월, 벨기에의 브뤼셀을 거쳐 네덜란드 헤이그에 도착했을 때는 마음이 무척 고되었다. 헤이그 밀사 사건이 떠올랐기 때문이었다.

'아바마마……'

누구에게도 말하지 않고 마음속으로만 앓고 있는 병은 다름 아닌 그리움이었다. 절절했다. 겉으로는 화려한 향연과 만찬, 이어지는 연회로 즐거운 듯 보이지만 이 은의 속마음엔 언제나 울음이 꽉 차 있었다. 아바마마의 용안이 꿈마다 나타나 괴로웠다. 그럼에도 불구하고 일정은 차질 없이 계속되었다. 힘을 잃어버린 나라의 황태자는 꼭두각시에 불과했다.

'조선의 독립은 아바마마의 꿈이셨지. 헤이그 밀사 사건만 성사되었다면……'

우울한 건 이 은만이 아니었다. 우울한 전하를 바라보는 마사코의 마음도 우울했다. 무능한 황태자의 비애를 절감하며 불효의 통곡을 하는 이 은은 헤이그에 머무는 동안 더욱 비통해했다. 암스테르담의 국립박물관 등을 둘러보는 동안에도, 일본 명예 영사인 필립 씨의 안내로 항구를 둘러보는 동안에도, 이 은의 머릿속은 온통 조선 독립에 대한 생각뿐이었다. 그런 생각을 하면 이 은은 절망스러웠다. 앞이 보이지 않았다. 총으로 스스로 목숨을 끊고 싶은 생각도 들었다. 그런 막다른 생각은 그곳이 헤이그였기 때문에 더 심했다.

"전하."

조용히 지켜보다 마음을 어루만지는 듯한 말소리. 마사코였다. 마사코는 언제나 이 은의 마음을 어루만져주었다. 이 은의 표정을 읽어내고 그에 적당한 언행을 했다. 그래서 가끔씩은 혼자만 갖고 있던 비밀한 마음을 토해낼 때도 있었다. 마사코에게는 경계를 허무는 힘이 있었다.

"안중근이 가지고 있던 권총은 7연발인데 그중 여섯 발을 쏘았소. 세 발은 모두 이토 히로부미의 가슴에 적중했소. 한 발은 수행원 모리의 팔과 어깨를 관통하고 한 발은 가와카미 하얼빈 영사의 팔에 박혔지요. 또 한 발은 다나카 만주철도 이사의 다리를 관통했다오."

그녀가 들으면 결코 반가울 리 없는 그런 말도 마음이 풀어지면 생각 없이 내뱉곤 했다. 그래도 마사코는 표정을 바꾸지 않고 이 은의 말을 잘 들어주었다. 때론 누가 몰래 듣는 이는 없는가 하고 주변을 살펴가면서까지.

여행은 치욕스런 면도 없지 않았지만 가슴에 새길 몇 가지 다짐을 얻어내는 기회이기도 했다. 특히 스웨덴의 구스타프 황태자는 이 은에게 큰 힘을 주었다. 그는 과거에 조선과 일본을 방문한 적이 있었고 타국의 역사와 문화에도 깊은 관심을 가지고 있는 따뜻한 황태자였다. 그는 영왕을 반갑게 맞이하며 영왕이 처한 상황을 이해하고 배려하였다.

"신라의 문화는 동양 문화 중에서도 아주 뛰어나다고 들었습니다. 나는 고려자기를 아주 좋아합니다. 서양에는 그렇게 훌륭한 예술품이 없어요."

그의 말에 가슴이 다 훈훈했다. 부끄럽기도 했다. 마치 벌거벗고 있는 느낌이 들었기 때문이다. 그는 조선의 문화를 알고 이은을 위로했다. 이 은은 구스타프 황태자의 말에 진정으로 감사한 마음이었지만 겉으로는 목례만 했을 뿐, 아무 말도 할 수 없었다. 하지만 마음속으로는 기뻤다. 구스타프 황태자의 말은 '당신의 나라는 곧 일어설 것입니다'라는 말의 다른 표현이었다. 구스타프 황태자를 만나고 온 날, 이 은은 모처럼 단잠을 잤다. 꿈속에서는 하얀 백자를 안고 떠다녔다. 그날 이후 때때로 구스타프 황태자가 생각났다.

여행이 막바지에 이를 즈음엔 일정이 빡빡하지 않았다. 매일 일거수일투족을 살피고 기록하는 한창수도 조금 느슨해진 것 같았다. 그래서 편안했다. 이 은은 나름대로 메모를 했다. 언제 어떻게 활용할 수 있을지는 모르지만 기록은 먼 훗날 큰 자산이 될 수도 있다. 아니 나라를 경영할 때 큰 밑그림이 될 수도 있을 것이었다.

이 은은 손바닥만 한 아주 조그만 수첩을 늘 주머니에 넣어 가지고 다녔다. 다니면서 틈틈이 메모를 했다. 손바닥보다도 더 작은 수첩은 숨겨 가지고 다니기에도 안성맞춤이었다. 틈틈이

한 메모는 타국에 대한 역사 공부였다.

프랑스는 대개 지금의 일본과 마찬가지로
소-중-대의 교육 제도가 있다. 영국은 귀족의
자식과 차이가 있어 다른 학교에 다닌다. 또
학급도 따로 정해져 있지 않고 개인 교육을 중
심으로 하고 있다. 시험도 적다. 대학 학비도
프랑스와 영국은 상당히 다르다. 체육은 영국
이 상당한 열의로 가르치려고 한다. 프랑스도
현재 전쟁 후의 방침으로 체육을 장려하고 있
다. 일본의 교육은 모방 수업 교육이다. 제도,
방법도 모두 서양과 닮아 있다. 주민의 성정에
적합한 것이 아니라 서양 것을 그대로 흉내낸
것이다. 종래부터 모방성이 풍부한 일본인은
이 점을 주의하지 않으면 안 된다.

재정 문제에 있어 영국과 프랑스의 친교
는 엷어져가는 경향이 있다. 최근 미국이 등장
해서 이 두 나라의 친목에 도움을 주려 한다는
소문이 있다.

영국은 독일과 러시아와 협상을 회복해서

자신들의 상업적 처지를 만들려고 노력한다.

프랑스는 반대로 독일에게만 배상금을 원한다.

영국과 프랑스의 근황. 육군 기병중좌 다
테가와 요시츠구. 프랑스 라틴계, 성급민활,
신장은 작다. 영국 튜튼계, 온화 냉정, 인내심
이 강하다. 프랑스인은 대체로 활발하다⋯⋯.

이 은은 언젠가 쓸 날이 있을 거라 여기며 은밀하게 메모를
했다. 유럽 여행은 나름대로 성과가 있다 생각했다. 당장은 아닐
지라도 그 언젠가 유용하게 쓰일 자료들. 때로 메모를 할 수 없
는 아픈 기억도 있었다. 기록해두지 않아도 영원히 머릿속에 각
인될 그런 일⋯⋯. 오랜 세월이 지나도 잊을 수 없는 화인 같은
것. 그런 일이 있었다⋯⋯.

또 그들의 꿈을 꾸다 깨었다. 악몽을 너무 자주 꾼다. 실제
로 그들이 남긴 편지를 본 적은 없다. 그들의 말을 직접 들은 적
도 없다. 얼굴을 본 적은 더더욱 없다. 바람처럼 떠도는 소문을
들었을 뿐이다. 독립운동을 하는 사람들이 이 은을 만나기 원했
고 우유부단한 황태자의 태도를 비난하며 직언을 하기 위해 호
시탐탐 기회를 노린다는 말은 들었어도 철통 같은 차단막을 그
들이 뚫어낼 수는 없는 거였다. 시노다 차관이 그들의 편지를 숨

겼고 그들이 보낸 인삼 상자를 감추었다는 일은 후일 듣게 되었는데 그날 이후로 어쩐 일인지 꿈을 꿀 때마다 그들의 편지가 이 은을 옴짝달싹하지 못하게 했다. 꿈속에서는 수시로 그들이 나타나 이 은을 협박하기도 하고 애원하기도 하고 호통을 치기도 하였다. 그들 중에는 관동대지진 때 아카사카 저택에 몸을 숨겼던 오정수가 있을지도 모른다는 생각이 들었다. 그때마다 움찔움찔 놀랐다. 가슴이 벌렁거렸다. 그러다 식은땀을 흘리며 소스라치게 깨나곤 하였다.

'전하께선 부디 대의명분을 분명히 하시고 고종 황제의 숭고한 뜻을 저버리는 일이 없도록 부탁합니다.'

궁을 떠나던 날, 오정수가 했던 말이 잊히지 않았다.

그런 부탁이 아니라도 네덜란드는 이 은에게도 특별한 감정을 느끼게 하는 곳이었다. 고종의 숭고한 뜻을 아들인 이 은이 어찌 모르랴. 그런데도 사람들은 이 은을 아무런 감정도 없이 제 안위만 지키려는 형편없는 인물로만 보는 것 같았다. 그에 대해 할 말이 있는 것도 아니다. 무슨 말을 하랴……

캄캄한 어둠. 흐릿한 달빛에 희붐하게 드러나는 방 안, 책상에 엎디어 잠이 들었던 모양이다.

"그렇게 불편하게 주무시니 좋지 않은 꿈을 꾸시지요."

마사코는 이 은이 서재 방에 들어가 있는 것을 별로 좋아하지 않았다. 혼자만의 공간에서 그가 꾸는 꿈을 마사코는 모를 것이다.

그림자 같은 마사코조차 그립지 않은 시간, 혼자 있는 시간이 가장 편안하다, 이렇게 말하면 마사코는 서운해할 것이다. 자신의 뜻으로 정한 배필은 아니지만 지금은 가장 의지하고 사랑하는 여인이 아닌가.

사랑? 그 말을 하고 이 은은 잠시 고개를 갸웃했다. 진정 그녀를 사랑하는 것일까? 그런 생각을 할 때가 있다. 우리는 그저 양국의 희생양으로 만난, 정략의 희생물일 뿐이다, 라고 생각하다가도 그녀의 맑은 눈을 들여다보고 있으면 그런 생각이 싹 사라졌다.

당신을 사랑해요, 라고 그녀가 말한 적은 없지만 말보다 더 깊은 눈길이 그에게 머무를 때는 이 은도 그녀를 사랑한다는 걸 확인하고는 했다.

철천지원수의 나라. 그 나라의 황녀인 그녀. 그런 그녀를 사랑한다고 하면 사람들은 이 은을 뼬 빠진 인간이라고 말할지 모른다. 하지만 인간은 인간 그 자체로 평가되어야 한다.

그녀는 현명하고 진실하고 우아하고 단아하다. 매사에 침착하게 대응하고 흐트러지지 않으며 이성적이고 이지적이다. 단정하고 음전하며 경박하지 않다. 이 은은 그런 그녀가 자신의 배필인 것에 진실로 감사하고 아름다운 여자라는 생각을 하지만, 가끔 그런 자신에게 소스라치게 놀랄 때가 있다. 사람의 감정이 마음대로 되는 건 아니지만 서로 참 많이 노력하고 있다는 사실을 확인하는 순간 소스라치는 것이다. 현실을 보면 결코 서로 어울릴 수 없는 처지다. 아니 어울릴 수 없는 것은 그녀와 개인 이은이 아니라 벗어버릴 수 없는 신분 때문이다. 이 은은 속국의 황태자, 그녀는 지배국의 황녀라는. 물과 기름. 가끔씩 그 사실을 인정해야 할 때는 몹시 슬프다. 무엇이 우리를 결박하고 있는가. 때로 분노한다. 외로운 사람끼리 서로 의지하고 믿으며 서로의 아픔을 다독이는 일이 왜 따가운 눈총을 받는 대상이 되어야 하는지. 그것은 인간 이 은이 가지는 의문이다. 그러나 그에게는 인간 이 은이 아닌 조선의 황태자라는 멍에가 있다. 이름뿐인 그자리. 그래도 그는 그 멍에를 벗을 수 없다. 유학이라는 빌미로 일본에 온 후 처음으로 고종 황제를 뵈러 갔을 때 마침 붓글씨를 쓰시던 고종 황제가 조용히 이 은을 불렀다.

"아기야, 이 글귀를 읽어보아라."

고종 폐하의 음성은 다정했고 따뜻했다.

"선천하지우이우 후천하지낙이낙(先天下之憂而憂 後天下之樂
而樂)……."

"오호, 그래. 잘 읽는구나. 무슨 뜻인지 일러보라."

"천하의 걱정은 먼저 걱정하고 천하의 즐거움은 나중에 즐긴다는 뜻이옵니다."

"그렇지. 이 말을 잊지 말라. 너는 대한제국의 황태자이니라. 제왕이 되는 사람은 백성의 걱정을 백성보다 먼저 하고 즐거운 일은 백성보다 늦게 즐겨야 한다는 말, 뜻을 알겠느냐?"

"예……."

그 말을 듣고 이 은은 입술을 악물었다. 나는 대한제국의 황태자다. 나는 대한제국의 황태자다. 입 속으로 그 말을 수없이 외며 '先天下之憂而憂 後天下之樂而樂'을 곱씹었다. 그런 그가 일본 여자를 아내로 맞았다. 그래서 둘은 결코 다가설 수 없는 그만큼의 거리를 가질 수밖에 없는 것이다.

망망대해, 바다를 건너 일본에 처음 왔을 때 이 은은 사지에 내몰린 것만 같았다. 겉으로는 자애로운 미소를 띠고 보살피지만 그들은 아버지의 나라를 강압적으로 짓밟고 집어삼킨 원흉들이다. 아버지의 나라에 피는 꽃들을 무참하게 분지르고 그의 어린 아들 이 은을 그들의 소굴로 끌고 왔다. 작고 어린 소년이었던 이 은은 두려움에 떨며 벼랑에 서 있는 것 같은 나날을 지냈다. 주위에 사람은 많았지만 진정으로 마음을 나눌 사람은 없었다. 아니 없다고 생각했다. 사방으로 둘러싸인 사람들은 하나같이 미소를 짓고 있지만 이 은은 그들의 미소를 믿을 수 없었다. 그러나 겉으로는 양순하고 겸손한 아이로 자라나야 했다. 그들이 이 은에게 마련해준 것들은 안온하고 호화롭고 번지르르했다. 메이지 일왕은 도쿄의 큰 저택을 이 은의 거처로 내주었다.

영국식으로 지은 우아한 건물은 호화스러울 정도로 웅장하고 아름다웠다. 2층으로 오르는 난간에서 바라본 툭 트인 풍경은 답답한 마음까지 시원하게 했다. 그들 왕족보다 더 여유롭고 더 넓은 저택에서 지내는 동안 부족함도 무례함도 없었다. 그것이 일왕의 특별한 배려란 걸 알고 있었지만 썩 유쾌한 기분은 아니었다. 태자대사 이등박문―이토 히로부미 또한 이 은에게 깍듯한 예의와 온정으로 대했다. 용의주도한 정략가로서의 일면도 있었지만 정한론자들의 성급한 주장을 명분과 대의를 내세워 대처했던 인물이기도 하다. 하지만 '새가 울지 않으면 올 때까지 기다리라'는 그의 지론은 서늘하게 느껴지기도 했다.

"부족한 것이 있으면 언제든지 불러주십시오."

그는 허리를 깊이 숙여 이 은을 감쌌다. 그가 하얼빈에서 안중근에게 암살되어 운명을 달리할 때까지 이 은에 대한 정성은 한결같았다. 하지만 이 은이 부족한 것은 그에게서 취할 수 없는 것들이었다. 눈으로 보이는 것들이 아니었다. 그가 구해 올 수 있는 것도 아니었다. 바다 저 건너, 경성의 구중궁궐 안에 있는, 꿈에서도 그리운 이들이었다. 어머니, 아바마마, 조선의 흙과 나무, 꽃⋯⋯.

처음 일본 땅에 도착했을 때는 두려웠다. 절해고도가 따로 없었다. 그래서 이토 히로부미의 손을 움켜잡았다. 그의 손은 따뜻했고 믿음직스러웠고 강건했다. 허옇게 센 머리칼과 수염이 완고해 보였던 이토 히로부미를 아버지처럼 따랐다. 아버지보다 더 부드러운 눈빛으로, 더 온화한 목소리로 그를 살피는 이토 히로부미는 살갑고 친절했다. 어린 마음에 이 은은 감동했다. 아무도 믿을 수 없는 현실에서 부드럽고 자애롭게 자신을 품어주는 이를 믿지 않을 수 없었다. 비록 그 부드러움 속에 날카로운 발톱이 있다 하여도 그때는 그럴 수밖에 없었다. 세상이 무서웠으므로 자신의 몸을 숨길 은신처가 필요했다. 그건 본능이었다. 그러나 그 은신처가 바로 도둑의 소굴이라는 걸 느끼기 시작한 것은 자신에게 혹독하게 가해지는 현실을 느끼면서부터였다. 마음을 추스르고 다스려 후일을 도모해야겠다는 생각이 들었다.

아버지보다 자애로운 이토 히로부미의 보살핌은 빈틈없이 짜인 작전이었다. 일본으로 온 후 방학만을 손꼽아 기다리는 이 은에게 이토 히로부미가 내민 건 일본 관서 지방을 여행하자는 제안이었다. 제안이라고 하지만 그것이 번복이 되거나 이 은의 의사가 존중되는 일이 없다는 것은 이미 알고 있었다. 그의 말은 법과 같았다.

"방학이 되면 조선으로 보내준다지 않았어요. 어머니 아버지를 뵙게 해준다고……"

이 은의 목소리는 거의 울음에 가까웠다.

"물론 그랬지요, 하오나 앞으로 조선을 통치하실 황태자인 전하께서는 공부가 우선이라 여겨지옵니다. 관서 지방을 순행하는 것은 일본의 문화와 정서를 알고 일본 백성들에게 전하의 건재하심을 알리는 일이옵니다."

"……"

알 수 없는 일이었다. 조선의 황태자가 왜 일본 땅을 순행해야 하며 그것이 어찌 조선을 다스리는 일과 연관이 된다는 것인지. 입을 다물고 이토 히로부미의 얼굴을 올려다보는 이 은의 표정은 복잡하기만 했다.

"전하, 순행은 전하만 하시는 것이 아니옵니다. 천황께옵서도 젊은 시절 일본 전역을 몸소 순행하셨나이다."

"……."

이토 히로부미의 하얀 수염이 여우의 꼬리처럼 보였다. 교활한 늙은이. 하지만 그를 이길 사람은 아무도 없다. 이 은은 고개를 떨구었다. 곁에 있던 고희경 사무관도 아무 말이 없었다. 둘이 있을 때 엄하게 꾸짖던 고희경의 노한 음성은 어디에서도 들리지 않았다.

"전하, 전하는 대한제국의 황태자임을 한시도 잊어서는 아니 되옵니다. 명심, 또 명심하소서!"

쟁쟁하게 울리는 그 목소리는 이 은의 뇌리에 깊이 박혀 있었지만 출구 없는 미로처럼 답답하기만 했다. 이 은 마음대로 할 수 있는 건 별로 없었다. 시무룩한 이 은의 표정을 본 이토 히로부미가 설탕 발린 목소리로 다시 말했다.

"방학은 겨울에도 있사옵니다. 아바마마나 어마마마를 뵙는 일은 그때도 늦지 않사옵니다."

이토 히로부미의 말은 자못 진지했으나 이 은은 이미 그 말을 신뢰할 수 없다는 걸 느끼고 있었다.

"하라는 대로 따르겠습니다."

굴욕의 자리에서 이 은은 오히려 담담했다. 그들의 목적이 무엇인지 알고, 자신의 힘으로는 그것을 뒤집을 수 없다는 것을 아는 이상, 순순히 그의 계획을 따를 수밖에 없었다.

조선을 합병한 후 이 은을 데리고 다니면서 그들이 조선에 베푼 일들을 알리고 진정 조선이 일본의 속국임을 알리려는 심보와 청일전쟁과 러일전쟁으로 피폐한 일본의 국민 정서를 고양시키려는 목적도 있었던 것이었다. 일본의 국운이 건재하다는 것을 조선 황태자의 순행으로 과시하려는 목적도 있었던 것이었다.

그러나 그러한 사실을 알고 있다 해도 볼모인 처지에 빠져나갈 방법은 없었다. 이 은은 조선에서 보내온 주머니 속의 조약돌을 만지작거리며 눈물을 삼켰다.

"나는 지금 꼭두각시라오. 저들이 하라는 대로 춤을 출 수밖에 없는."

중얼거리듯 내뱉은 그 말을 알아들은 이는 고희경 사무관뿐이었다. 고희경 사무관이 바짝 따르며 나지막히 아뢰었다.

"잊지만 마시오소서."

이 은은 고희경 사무관이 한 말을 진정으로 가슴에 품었다. 눈물이 흘렀지만 이 은은 얼른 눈물을 닦았다. 눈물은 약한 자들이 흘리는 것이다. 아픔을 안은 세월을 견디어내는 것이 자신의 도리라는 생각이 들었다.

아카사카,
그 집의 추억

1931년, 마사코는 아기를 낳았다. 기쁘다는 말로만 표현할수 없을 정도로 행복한 일이었다. 그동안 두 번이나 유산을 한적이 있어서 임신이라는 말을 믿을 수 없었다. 처음엔 기쁘지 않았다. 혹시나 하는 우려 때문에 오히려 더 우울하고 두려웠다. 기다리다 지쳐갈 즈음이었다.

"이번엔 별일 없을 것이오, 마음을 편하게 가지시오."

늘 우울한 얼굴이던 이 은도 임신 소식을 듣고는 모처럼 밝은 얼굴로 마사코를 위로했다.

"네, 이번엔 꼭 건강하게 잘 키우고 싶어요."

진 왕자를 잃은 후 10년 만에 일어난 일이기에 더 조심스럽고 두려웠다. 다시 출산의 기쁨을 맛볼 수 있을까 조바심을 냈던터라 소망은 더욱 깊었다.

모든 일에 조심했다. 걸음도 천천히 걷고 음식도 가려 먹었다. 과일도 흠 없는 좋은 것만 골라 먹었다. 조금씩 배가 불러오기 시작할 때도 마사코는 기쁜 마음을 애써 숨겼다. 경거망동하여 또 유산이 될까 걱정스러웠던 것이다. 햇살이 좋은 날을 골라 일부러 일광욕을 했다.

마사코는 주로 안방에서 지냈는데 햇살이 잘 드는 넓은 다다미방은 멀리 시마가와 바다가 보였다. 툭 트인 바다처럼 너른 마음을 가지려 애썼다.

이 은은 1층 원형 응접실 바로 위로, 넓은 베란다가 붙어 있는 방에 있는 시간이 많았다. 베란다에 서면 도쿄만과 후지산이 한눈에 보였다. 머리가 복잡할 때 이 은은 베란다에서 후지산을 바라보았다.

아카사카 저택은 방이 30여 개나 되는 대저택이었다. 2층의 어둑한 방에는 조선 역대 왕의 신위를 모셔두었다. 이 은은 그 방에서 거르지 않고 제사를 지내고 혼령들과 이야기를 하는 것처럼 혼자서 중얼거리기도 했다.

"바다처럼 깊고 너른 성품을 가진 왕자가 태어나게 하소서."

사실 마사코의 욕심은 왕자였다. 진을 잃고 난 후 더욱 그런 욕심이 생겼다.

마사코는 전에 없이 모든 사람들을 경계했다. 티 없이 순결한 영혼을 지켜내자면 그럴 수밖에 없다고 생각했다. 이번에 왕자가 태어나면 성인이 되기 전에는 질내로 조선에 가시 않으리라, 마음속으로 그렇게 다짐했다.

마사코에게 조선에 대한 기억은 좋지 않았다. 납득할 수 없는 진의 죽음은 지금도 가슴에 유리 조각처럼 박혀 있었다. 이번에는 절대로 내 아이를 잃지 않으리라, 조금씩 불러오는 배를 감싸며 마사코는 다짐하고 또 다짐했다.

칼날 같은 삭풍이 아카사카 저택을 뒤흔들 듯이 불었지만 창문을 꼭꼭 여미어 닫은 아기의 방은 그 어떤 곳보다 따듯하고 평화로웠다. 한겨울 태어났음에도 아기는 봄날처럼 따스했다. 출산은 죽음과 맞바꿀 만큼의 고통이었지만, 아기가 태어나는 순간 모든 것이 평화로워졌다. 체온이 따뜻한 아이의 이름을 '구'라 지었다. 아기의 웃음으로 하루가 열리고 아기의 웃음으로 평온하게 마무리되었다. 출산은 여자가 누리는 복록 중에 가장 존귀하고 대단한 가치였다.

마사코는 기꺼운 마음에 와카를 자주 불렀다.

쌓이고 쌓인 십 년간의 괴로움
오늘 가시어
소리 높은 아기 소리
아아 반갑도다.

마사코는 천지를 얻은 듯하였다. 진을 잃은 후 날카롭던 마음이 조금씩 녹기 시작했다. 눅눅한 여름이 지나고 쌀쌀한 가을을 넘어 마음속의 불안도 조금씩 진정되어 갔다. 전하의 표정도 많이 평안해졌다. 작고 귀여운 아기 손을 만지고 있을 때 전하의 눈빛은 좀 복잡해 보였지만 전처럼 불안한 얼굴은 아니었다.

"아기가 내게 평화를 가져다주었소."

창밖의 금송을 바라보면서 전하는 밝은 목소리로 말했다. 아카사카 저택 현관 입구의 금송은 무척 아름다웠다.

"아기가 쑥쑥 자라는 걸 보시면 행복해지실거예요."

마사코의 말에,

"저 금송처럼 말이오?"

하고 창밖을 바라보며 전하가 화답했다. 맑게 닦인 창밖에는 금송 한 그루가 늠름하게 서 있었다. 전하의 목소리에 밝은 기운이 느껴졌다. 그것은 순전히 구를 얻은 이후의 변화였다.

마사코는 유모가 아기를 어르는 동안에도 눈을 떼지 않았다. 믿을 만한 유모라 하지만 온전히 믿을 수는 없었다. 수유나 기저귀 가는 일, 아기가 노는 시간에도 마사코는 늘 곁에 있었다. 어쩌다 공식적인 일이 있어도 반드시 아기를 데리고 나갔다. 그것이 어려울 때면 어머니에게 아기를 맡겼다. 진 왕자를 잃은 후 마사코는 그 누구도 믿을 수 없었다. 자식의 양육 문제에 있어서 믿을 수 있는 단 한 사람은 오로지 어머니뿐이었다. 사람을 의심해서가 아니라 흉흉한 세월을 믿을 수 없었기 때문이었다.

어머니인 이츠코 비는 유난히 구를 어여삐 여겼다. 그럴 수밖에 없는 것이, 진 왕자를 잃은 두려움이 이츠코 비의 가슴에도 자리하고 있기 때문일 터였다. 가끔씩 전하와 함께 다니러 가면 아이를 안고 내려놓을 줄을 몰랐다. 경쾌하고 아름다운 음악을 틀어주고 구를 위해 손수 피아노 연주를 하실 때도 있었다.

구가 태어난 1931년 겨울 이후, 겉으로는 별 탈 없는 일상이 펼쳐지고 있었다. 일본은 전쟁 중이었지만 온실 속 같은 아카사카 저택에 있는 마사코는 안온하게 살 수 있었다. 일본은 가는 곳마다 승승장구했고 아버지 모리마사 장군의 위엄도 점점 높아만 가는 것 같았다.

전하도 겉으로는 일본군 장교로서 자신의 임무를 완수했다. 구가 태어난 이후 평화로운 나날이 이어졌다. 구가 네 살이 되던 해에는 우쓰노미야 사단으로 전임이 되고 육군대좌로서 제59연대의 연대장이 되었다. 승승장구라는 말이 어울릴 정도였다.

그들 사이에는 아무런 문제도 없어 보였다. 나라에 대한 걱정만 없다면 그들은 평범한 가정의 부부처럼 행복했다. 서로를 사랑하고 자식을 보듬고, 먹고 싶은 것, 가고 싶은 곳을 함께하며 사는 일. 사람 사는 일은 그렇게 사소한 일에서 행복을 느끼게 되는 것 같았다.

"늘 이만큼만 행복했으면 좋겠어요."

마사코는 아주 조용한 목소리로 살얼음 위를 걷는 듯한 날들에 대한 불안을 그렇게 털어났다.

제
2
장

떠
도
는 영
혼

　나는 다시 나의 모습으로 돌아왔다. 어디나 갈 수 있는 나의
영혼은 이제 아버지의 유택이 있는 '영원'으로 간다. 잘 가꾸어
진 소나무 아래 영원으로 향하는 길이 있고 거기 중간쯤 나의 유
택이 있다.
　대한제국 황족들의 서러운 영혼이 모인 땅, 영험한 지관이
망국의 터라고 지목한 땅에 고종의 유택을 만들었다는 이야기
를 들었고, 이후로 그 후손들을 이 땅에 차례차례 묻었다지. 나
역시 아버지와 어머니의 유택 아래 조그맣게 터를 잡고 있다. 일
부러 일러주지 않는다면 그저 범부의 무덤으로 보일 초라한 터.
그나마 햇살이 따사롭게 내려앉아 춥지는 않다.
　어디선가 거친 숨소리가 들린다. 누군지 알 것 같다.
　등이 아주 많이 구부러진 노인이 힘겹게 언덕을 오르고 있다.

장 할머니다. 내가 응석 부리듯 꼬부랑 할매라 놀리던 노인이다. 나이에 비해 유난히 등이 굽어서 멀리서 보면 영락없는 꼬부랑 할매 모습이다. 한국어에 서툰 내게 할매라는 말을 가르쳐준 이도 장 할머니다. 어머니를 그림자처럼 모시던 충성스런 할매, 장수옥.

등 뒤에 봇짐 하나를 메고 언덕을 오르는 할매는 듣는 이도 없는데 혼자서 중얼거린다.

"하이고, 숨차라. 인자 갈 때가 다 되는갑십더. 모질어빠진 목심이 아직 붙어 있는 것은 내 죗값을 갚고 오라는 하늘의 뜻 같은데, 몸뚱이는 나날이 땅으로 처박히니 우얍니꺼. 병신 새끼 내 손으로 죽이지도 몬하고 그저 마마님 덕에 살았는데 인자는 숨차서 죽겠심더. 내 죽으모 저 병신 새끼 거두어 줄 사람도 엄꼬, 마마님도 없으니 우짜면 좋을지 모리겠심니더."

경상도 산골 어딘가에 살다가 아픈 자식 살려보겠다고 서울로 올라왔다는 할매는 어머니를 만난 날부터 붙박이가 되었다. 하도 사는 게 힘들어서 자식 목을 졸라 죽이고 자신도 죽으려 했지만, 자식 목숨 줄이 길었던지 할매를 밀치고 도망갔다지. 그 사실이 신문에 보도되자 비정한 어미라느니, 사회복지의 사각지대라느니 말이 많았지만 실제 상관이 없는 남들이 떠드는 말은 곧 사그라진 불씨처럼 차가워졌다. 죽지 못해 사는 목숨. 할매의 입만 열리면 터져 나오는 한탄은 그래서 더 절절했다.

닐이 **눅눅**하여 길을 나시기가 내키지 않일 빕도 한데 초하루, 보름, 한 번도 빠지지 않고 10년을 넘게 오르내리는 저 충신.
나는 슬몃 할매의 옷깃을 잡아당긴다. 그녀가 즉각 반응한다.

"아이고, 힘들어요. 황태손께서도 올라오셔서 한술 드시고
가십시오."

누가 들으면 정신 나간 할매쯤으로 여길 언사다. 하지만 내
눈엔 모든 게 보이고 느껴진다. 저승길이 가까운 할매의 넋두리
를 제대로 알아듣는 사람은 있을까?

"아이고, 마마, 그동안 춥지는 않으셨습니까?"

할매는, 나의 유택을 지나 어머니와 아버지가 함께 누워 계
신 능에 올라서는 두 손을 높이 들어 큰절을 올린다. 그런 다음
주변 정리를 한다. 바람에 날려온 쓰레기와 검불을 치우고, 배낭
에 넣어온 자리를 펴고, 상석 위에 준비해온 음식을 진설하는 모
습이 경건하고 진실하다.

배 한 알, 사과 한 알, 귤 다섯 개, 오징어 한 마리, 멧밥, 명태
전 조금에 세 가지 나물이 진설하는 제수의 전부다. 점점 제수가
줄어든다. 지난번엔 조그만 문어도 한 마리 얹어 놓더니 이번엔
없다. 그녀가 가진 세상에 대한 욕망이 줄어드는 것처럼 제수도
줄어든다. 하지만 아무도 그녀를 탓할 사람이 없다. 문산에서 예
까지 멀고 먼 길을, 그것도 대중교통을 이용해 새벽부터 휘이휘
이 저어오는 길. 자글자글한 얼굴에는 힘든 기색이 역력하다.

할매의 나이 구십을 넘었다. 살아 있으나 누워 있으나 매한
가지인 나이다. 헛것도 보일 것이고, 현실도 헛것으로 느끼고 싶

을 때도 있을 것이다.

"에고, 허리야. 비전하, 이젠 저도 곧 마마 곁으로 갈 때가 되었나 봅니다."

하지만 알 수 없다. 저 소리를 한 지가 벌써 10여 년이나 지났으니. 팔십이 되면서부터 하던 소리를 아직도 변함없이 하고 있는 할매. 가슴에 시퍼렇게 서려 있는 한을 어찌 풀어낼 수 있을까.

"지난달에는 도쿄에 다녀왔습니다. 간 김에 아카사카에도 다녀왔지요. 거기만 가면 저는 화가 납니다. 화가 나서 미칠 지경입니다. 터는 그대로인데 주인은 사라지고……. 옛 시조에 그런 게 있지요. 산천은 의구한데 인걸은 간 데 없다, 그런 구절이 참 아프게 느껴집니다."

아, 아카사카! 그 말만 들어도 가슴 저 밑바닥에 파문이 인다. 다들 잊어가는 그곳에는 왜 또 가셨던고. 몸은 구부러진 활처럼 휘었는데도 여기저기 잘도 돌아다니신다. 그건 분노의 힘이다. 늘 미세하게 떨리는, 축 늘어진 볼살이 그걸 증명한다.

아버지를 생각하면 나도 모르게 눈물이 흐른다. 혹자는 무능하고 의지 없는 왕족이라는 말을 서슴지 않는다. 사람에 대한 평가는 그 사람이 처한 상태로 내려진다. 그가 태양 아래 있는 사람인지 그늘에 있는 사람인지, 혹은 시시때때 변하는 달의 그늘에 있는 사람인지.

나는 아버지의 그늘진 얼굴을 생각하면 도쿄 아가사카 저택의 그 너르고 은밀하던 제2의 종묘를 생각한다. 아버지는 나약한 인간이 아니며 책임감이 없는 사람이 아니며 또한 생각이 없는 분도 아니다.

아버지는 내가 누구인지 알게 하셨다.

내가 유치원에 들어가던 해에 아버지는 집에서 가장 크고 넓은 방을 수리하셨다. 시종 근엄한 얼굴로 뭔가를 도모하시는 아버지의 얼굴에서는 알 수 없는 긴장감이 느껴졌다. 아버지와 승마하는 일이 즐거웠던 나는 아버지의 그러한 행동이 낯설었다. 그토록 재미있는 승마를 한 번이라도 더 했으면 좋겠는데 방 안에서 두문불출하시며 무슨 생각을 하시는 걸까, 그렇게 생각했다. 그때 나는 한없이 어리고 철이 없어서 아버지의 깊은 속뜻을 알 수 없었다. 후일 아버지의 뜻을 알고 나는 몹시 부끄러웠고 아버지가 존경스러워지기 시작했다.

아버지는 서울 종묘에 모셔져 있는 열성조 존영을 본떠 남봉 우라는 서예가에게 81위의 위패를 베껴 쓰게 해서 도쿄 집에 종묘를 차리셨다. 틈이 날 때마다 할아버지와 선왕들에 대한 이야기를 해주셨는데, 그럴 때 안타까운 표정으로 나를 살피셨다.

"너는 대한제국을 이끌어가야 한다."

아버지의 소원은 진실로 그것이었다. 어린 나에게 축 읽는 법을 비롯해 제례 때 술 따르는 법을 알려주셨다. 무슨 일이 있으면 꼭 종묘에 고해야 한다고도 일러주셨다. 한식, 추석에도 다례를 지내며, 조상에 대한 예를 일러주셨다. 조상에 대한 예야

필부라도 그리하겠지만, 나라를 빼앗긴 아버지의 심정은 더할 수 없이 애통하고 막막하고 한탄스러우셨을 것이다. 어린 나에게 그리 애타게 일러두시는 것은 언젠가 내가 혼자 되었을 때를 대비하심이란 걸 그때는 알지 못했다.

"전하는 자상하고 속 깊은 분이셨지. 너를 끔찍하게 사랑하셨고. 윤 대비마마도 너를 끔찍하게 여기셨다. 황실의 대를 이을 자손이니 잘 보살피라고."

어머니는 가끔 나를 앉혀놓고 그런 말씀을 하셨다. 아주 오래된 옛날이야기를 하듯.

내가 아버지를 떠난 것은 세상에 대한 균형도 익히기 전이었다. 유난한 보호 속에 자라 철도 들지 않은 어린 때였으므로 머릿속에 각인된 풍경 외에는 어머니의 말씀으로 아버지를 읽었다. 어쩌다 손님처럼 불쑥 보는 아버지는 낯설었고 불편했다. 더구나 말씀도 많이 하지 않아서 그분의 속내를 정확히 짚어낼 수 없었다. 그런 데다 내 의지와는 상관없이 일찍 미국으로 가서 공부하게 된 탓에 나는 생각도 어느새 서구화되어 가고 있었다. 자신의 운명을 거스르지 못한 아버지가 때로는 대면하기 싫었다. 나를 미국으로 보낸 것도 싫었다. 일본의 항복으로 전쟁은 끝이 난 듯 보였지만 세상은 점점 더 알 수 없는 소용돌이로 휘말린다는 생각을 하셨을까. 아버지와 어머니는 나를 멀리 미국 땅으로 밀어내 두는 것이 안전하다고 생각하셨던 모양이다. 외롭고 힘든 미국 생활에서 줄리아를 만나 사랑에 빠진 것도, 어쩜 그것조차 아버지의 뜻이었을지도 모르겠다.

"금송이 없어졌어요. 썩을 놈들, 그 귀한 금송을 얻다 뽑아 내버렸는지!"

금송을 뽑아 내던지듯, 할매가 명태전 하나 집어 내 유택을 향해 던진다. 나 먹으라는 소리다.

제수를 어머니와 아버지께서 흠향하셨다 싶으면 내 유택에 던지는 것은 할매 방식의 예다.

나는 그런 할매의 거칠고 예의 없는 행동조차도 기특하다. 어머니를 진심으로 따르던 사람이다. 물론 그조차도 자신의 자식이 장애인이었다는 데서 기인하는 거지만, 그렇다 처도 그 정성은 변함이 없다.

"마마, 이제는 쇤네도 기력이 없어서 자꾸 게을러집니다. 동 태전하고 나물도 오다가 경동시장에서 사 왔어요."

그럴 만하다. 내가 지켜보아 오는 중에 할매는 몸피가 반으로 줄었다. 이제는 거의 땅바닥에 붙을 지경이어서 딱하기 그지 없다.

"앞으로 몇 번이나 더 올 수 있을지 몰라요. 저 밑에 계신 황 태손 전하한테도 이젠 따로 상을 차리지도 못하고……."

그 말을 하고 할매는 한숨을 길게 쉰다.

"나도 얼른 마마 곁으로 갔으면 좋겠지만 저놈을 어찌하고 가야 하는지 가슴이 답답합니더. 내 손으로 목 졸라 죽이고 갈 수도 없고……. 기운이 을매나 센지 내가 죽일 수가 없심더."

눈물을 찍어낸다. 어머니가 보았다면 자애로운 눈빛으로 눈물을 닦아주셨을 텐데. 나는 그 할매를 참 편하게 여겼다. 먹고 싶은 것, 갖고 싶은 것, 다 그 할매를 시켰다. 그때마다 군말 없이 다 들어주던 할매는 나를 볼 때마다 자신의 아들을 보는 것 같다며 말끝을 흐렸다.

"감히 어디다 대고 비교를 하느냐."

낙선재의 상궁 하나가 아주 엄한 표정으로 나무랄 때도 할매는 나를 쳐다보는 따뜻한 눈길을 거두지 않았다.

"할매요, 이제 그만 목숨 거두고 내 옆으로 오시오."

나는 진정 그 말이 하고 싶었다. 고독한 내 곁에 편안한 누군가가 있어주면 좋을 것 같아서다. 계산 없는 이, 혹은 사심이 없는 이. 하지만 그 할매도 사심이 왜 없으랴, 계산이 왜 없으랴. 인간이란 모두 자신의 욕망을 이루기 위해 존재하는 것을.

그쯤에서 나는 할매도 포기한다. 한 30분 그렇게 앉아 혼잣말을 해대다가 다시 한번 큰절을 올리고 돌아서는 이. 어기적어기적, 뒤뚱뒤뚱 걷는 걸음으로 내 유택 앞을 지나면서는,

"이제 편하신교? 고마 마 다 잊아뿌소."

한다.

꿈엔들 잊을 수가. 내 한 많은 생을 어찌 잊을 수가! 그럼에도 불구하고 나는 할매의 말에 나도 모르게 고개를 끄덕인다.

할매가 지나가는 그 언저리로 바람이 분다. 바람의 한 자락 잡고 나도 할매를 따라나선다. 어디든 갈 수 있는 이 자유로움은

목숨과 바꾼 평화로움이다.

내가 선연하게 기억하는 풍경 중에 오래오래 남아 있는 그림이 있다.

1943년 7월 20일, 아버지는 제1항공군 사령관이 되었다. 나라에 충성하는 군인으로서는 더없이 영광스러운 일일 것이나 아버지는 오히려 담담한 표정이었다. 속마음을 알 수 없는 그 표정을 보고 측근들은 나름대로의 상상을 만들어냈으나 아버지는 그러한 일에도 무관심하고 무표정했다. 어머니 마사코로서도 불안한 일일 것이었다. 아버지의 눈빛에는 언제나 쓸쓸함이 가득했다.

"전하, 축하드리옵니다."

어머니는 진정을 담아 그렇게 말했다. 하지만 돌아오는 말은 담담하고 건조했다.

"고맙소."

전쟁의 소용돌이에서 아버지의 진급이 진정으로 축하할 만한 일이 아니라는 것을 나도 알고 있었다. 마냥 전진만 있을 것 같던 전쟁은 어느새 그 힘을 잃기 시작하여 국민들의 희생을 강요하기 시작했다.

아녀자들을 동원해 바케쓰 릴레이를 하는 일이나 응급치료법 등을 연습하게 하는 일은 전선의 불안한 상황을 말해주는 것이었다. 어머니도 예외는 아니었다. 대일본국의 황후 폐하를 도와 징용된 여자들의 근로 상황을 시찰하는 일이나 병원 위문 같은 일도 해야 했다. 몹시 힘들고 피곤한 일이긴 하지만 어머니는 견뎌낼 만한 일이라고 생각했고 당연히 해야 되는 일이라고 생각했다. 전승을 위해 국민으로서 마땅히 해야 하는 신성한 의무라고 여겼기 때문이었다. 특히, 징용된 학도병들과 지원병들이 비장한 모습으로 군가를 부르는 모습은 감동적이기까지 했다. 적어도 그때까지는 나도 그리 생각하고 있었다.

그러나 쓰러진 나무는 다시 일어설 수 없다. 그들이 목청껏 불러대는 비장한 군가가 그들이 뱉어내는 항변일 수도 있다는 사실은 나도 눈치채지 못한 일이었다. 자신들의 모국인 일본에 대한 원망과 저주가 그들 눈빛에 가득하다는 사실도 그때는 몰랐다.

전쟁은 일본인들의 희생적 노력에도 불구하고 곳곳에 널린 시체와 환자의 상처에서 나는 지독한 냄새로 절망을 가르쳤다.

그런 상황에서 아버지가 제1항공군 사령관으로 진급했다는 사실은 조선의 백성들에게는 오히려 저주를 퍼부을 수도 있는 일이었다. 그러나 그조차 나는 읽어내지 못했다. 코앞의 현상에만 눈이 머물러 있을 뿐이었다. 그런 상황에서 아버지께서 잠시 조선에 성묘를 위해 다녀온 일이 있는데 그때 대비마마께서 하신 말씀이 어머니를 일깨웠다.

"도쿄는 공습이 심하다니 부디 구를 잘 살피시오."

대비마마의 말씀에 번개를 맞은 듯했다는 어머니!

내 아들 이 구. 어머니가 입에 달고 사는 말이다. 대비마마의 분부가 아니라도 어머니는 나를 극진히 보살폈다. 그렇다고 무조건 귀애하는 것은 아니었다. 어머니는 자애롭되 엄격한 기준을 두었다. 거들어주는 이가 있어도 장난감을 손수 정돈하게 하는 일이나, 시간이 걸려도 혼자서 옷을 입게 하는 일은 나를 스스로 자립할 수 있는 아이로 키우고 싶은 어머니 마사코의 마음이었다. 아버지도 그랬다. 자신이 뜻대로 한 일이 없다 하여 웬만한 것은 나 자신의 결정을 존중해주었지만 절대적으로 지켜야하는 것은 있었다. 예를 들면 한식과 추석에 차례를 지낼 때는 꼭 나에게 술 따르는 법이나 제를 지내는 차례를 익히도록 하는 일이었다. 그것은 내가 여섯 살 때부터 시작된 일이었다. 한글을 가르치는 일 또한 엄격했다.

"한글은 세종대왕이 이루어낸 역사이다. 문자를 가진 민족은 그리 많지 않다. 자긍심을 가져야 한다."

그런 말을 할 때 아버지의 얼굴엔 아주 진중한 학자의 면모도 보였다. 아버지는 시간이 날 때마다 아주 열심히 한글을 가르쳤다.

"'ㄱ'에 'ㅏ'를 붙이면 '가'가 되고 'ㅜ'를 붙이면 '구'가 된다. 이 얼마나 과학적인 구조이냐. 이 얼마나 창의적인 문자이냐!"

아버지는 나에게 한글을 가르칠 때마다 아주 즐거워하였다. 또 다양한 스포츠를 익히게 하는 일도 게을리하지 않았다. 남자

는 몸과 마음이 탄탄해야 한다며 승마, 스키, 스케이트, 골프 등
을 골고루 익히게 했다. 특히 승마를 할 때는 단호했다. 내가 승
마를 어려워하여 장애물을 넘을 땐 늘 눈을 질끈 감는 버릇이 있
었는데 그때마다 아버지는 호령했다.

"눈을 감으면 안 돼! 눈을 똑바로 뜨고 앞을 보아라."

그건 어쩜 조선에 대한 당신의 시선을 암시하는 듯한 말이
었다. 하지만 나는 일본의 전통과 가치관을 더 익숙하게 여겼다.
일본인 어머니의 보살핌을 받은 나로서는 어쩜 당연한 일이었
다. 조선 왕실에서 보면 서운할 일이 한두 가지가 아니었다. 그
래도 나는 이 은과 마사코를 잇는 유일한 통로였다.

나는 영특하고 밝고 음전했다. 나날이 커가는 조선의 대통,
어쩜 아버지의 마음은 나에게 다 와 있기에 모든 굴욕과 절망의
나날을 견뎌내고 있는 것일지도 모른다는 생각이 들었다.

그러던 어느 날이었다. 어머니와 아버지가 모처럼 한가한 마
음으로 쉬고 있는데 사무관이 들어와 낮은 목소리로 말했다.

"조선에서 전하를 뵙겠다고 온 학생들이 있습니다."

"조선에서?"

아버지의 눈썹이 바짝 올라붙었다.

"예."

"어느 학교 학생이라더냐?"

"수명여고라 하옵니다."

"오, 숙명여고 학생이랴? 어서 들게 하라."

아버지는 반색을 하며 몸을 일으켰다. 숙명여고는 내 할머니
인 엄비가 세운 학교 중의 하나로, 수학여행이나 운동 경기가 있
어 일본에 오게 되면 꼭 영왕저를 방문하곤 하였다. 들뜬 모습의
아버지는 찻물을 따르고 있던 어머니의 손을 잡으며 빠르게 말
했다.

"조선에서 학생들이 왔다 하오. 당신도 함께 만나봅시다."

아버지가 빠르게 말할 때는 아주 기쁜 일이 있거나 분노할
때였다. 아버지는 몹시 들떠 있었다. 창밖에 시선을 던지며 왔다
갔다 하는 모습이 영락없이 기대에 들뜬 아이 같았다. 두 손을
마주 잡고 비비다가 허리춤에 두 손을 얹기도 하고 머리를 문지
르기도 했다. 불안하기도 하고 반갑기도 하고, 한 마디로는 표현
할 수 없는 감정이 아버지를 휘젓고 있는 증거였다.

"예."

어머니의 대답은 간결했지만 진실했다. 그녀로서는 그리 기
쁜 일은 아니지만 전하가 그리 기뻐하니 자신도 기뻐해야 할 것
같은 느낌을 받는 모양이었다. 어머니는 옷을 갈아입고 아버지
뒤를 따랐다. 군복 차림을 한 아버지와 단정한 양장을 한 어머니
가 응접실로 들어서자 50여 명의 여학생들이 그림처럼 조용히
서 있는 모습이 보였다. 그들은 하나같이 고개를 숙이고 있었다.
똑같은 옷을 입고 선 50여 명의 여학생들은 아버지가 들어서자
긴장한 표정이 역력했다. 아버지의 표정도 사뭇 달랐다. 조선에

서 오는 사람들과의 만남을 자제하는 일본인 사무관이나 경호
원들도 숙명여고 학생들의 방문만은 예외로 여겼지만 아버지의
태도도 그랬다.

양정, 숙명, 진명, 세 학교는 할머니인 엄비가 사재를 털어 세
운 학교라, 아버지도 각별한 애정을 갖고 있는 터였다. 더구나
그들이 예를 갖추어 방문할 때는 아버지도 조선의 황태자라는
것을 스스로 일깨우는 것 같았다.

"경례!"

여학생들을 인솔해온 일본인 교사가 큰 소리로 호령하자 여
학생들은 허리를 깊숙이 굽혀 인사했다.

"먼 길 오느라 수고가 많았소."

아버지가 아주 흡족한 얼굴로 여학생들을 둘러보며 인사를
하자 여기저기서 흐느끼는 소리가 흘러나왔다. 일본인 교사가
당황하여 "바로!"를 외쳐도 여학생들의 흐느낌은 줄어들지 않
았다. 여전히 고개를 숙인 채로 흐느끼는 여학생들을 보면서 아
버지의 눈에도 물기가 돌았다. 하지만 애써 눈물을 삼키며 차분
한 목소리로 말했다.

"자세를 편하게 하시오."

그제야 여학생들이 고개를 들고 소맷부리로 눈물을 훔쳤다.
그중에는 큰 소리로 울음을 터트려 일본인 교사의 주의를 받는
여학생도 있었다. 유난히 앳되어 보이는 그 여학생은 연신 눈물
을 닦아내느라 여념이 없었다. 아버지가 오래도록 그 여학생을

바라봤다. 그런 모습을 보며 어머니도 손수건을 눈가에 갖다 댔다. 하지만 그런 시간은 길지 않았다. 마치 찰나의 영상처럼 스쳐 지나간 순간이었지만 유난히 소리 내어 울던 학생 유은애에게는 기억 저 깊은 곳에 화석처럼 박힌 그림이 되었다.

접견을 마친 아버지는 몹시 우울한 얼굴로 접견실을 나왔다. 먼 길을 온 여학생들과 마주하고 앉아 이런저런 조선의 이야기를 물어보고 싶었지만 영왕을 감시하는 눈들은 그런 시간을 길게 놔두지 않았다. 이야기를 나눈다 해도 형식적인 이야기뿐일 터였다.

아버지의 몹시 우울한 표정을 본 어머니는 또 얼마나 마음을 앓으실까. 한 번씩 불쑥불쑥 찾아오는 조선인들이 아버지의 마음을 뒤흔들 때마다 어머니는 더욱 힘들어하는 것 같았다. 그때마다 폭풍에 내던져지는 듯한 느낌이었을 것이다.

'아, 언제까지 이 폭풍에 휘말려야 하는지. 평온하고 평범하게 사는 일은 왜 이리 힘이 드는 것인가.'

타고난 운명에 반기를 들 수 있다면 나도 어머니를 따라 큰 소리로 외치고 싶었다.

"제발 우리를 흔들지 말아요. 평범하게 살도록 내버려 둬요!"

하지만 그것은 우리의 욕심일 뿐이었다. 물살에 내던져진 나뭇잎은 저 스스로 운명에 대항할 힘이 없다.

아버지는 학생들이 돌아가자 더욱 우울해했다. 그럴 때는 나도 어머니도 난감했다. 어떻게 해야 아버지의 마음을 되돌릴 수 있는지 알 수 없기 때문이다. 숙명여고 학생들이 다녀간 이후 아버지는 또 혼자만의 동굴로 돌아가 상처 난 영혼을 학대하곤 했다. 그럴 때마다 흘러나오는 노래가 있었다.

이 강~산 낙화~유~수 흐르는 봄에
새파란 잔디 얽어 지은 맹~서야
세월에 꿈을 실~어 마음을 실~어
꽃다운 인생살이 고개를 넘~자

지극히 조선이 그리울 때, 아버지는 그 노래를 불렀다. 조선 악극단이 아카사카 저택을 방문한 후부터 생긴 버릇 같은 것이었다.

혼자 있을 때 부르는 노래. 그 노래에는 아버지의 눈물이 고여 있었다. 어머니는 그 노래를 들을 때마다 진저리를 쳤다. 나도 왠지 가슴이 시렸다. 아버지를 위해 아무것도 할 수 없다는 자괴감 때문이었다. 그때 어머니가 불현듯, 한 마디 하셨다. 어머니가 일본 속담 하나를 생각해내신 것이었다.

'물속의 흙부처라 했다.'

어머니는 천천히 아버지 쪽으로 다가갔다. 아버지의 축 처진 어깨를 부드럽게 감싸 안으면서 아주 나직한 음성으로 말했다.

"전하, 일본 속담에 '물속의 흙부처'라는 말이 있사옵니다."

"물속의 흙부처?"

정신을 놓은 듯이 앉아 있던 아버지가 돌아보았다.

"흙으로 빚은 부처는 물속에 넣으면 오래지 않아 흐물흐물 녹아버립니다. 오래가기 어렵거나 곧 망가질 존재를 지칭하는 말로, 스스로 자신을 올곧게 지켜내지 않으면 그리 될 수도 있다는 말이옵니다."

아버지가 입을 다물었다. 이미 무슨 말인지 안다는 뜻이었다.

"스스로 자신을 불속에 넣어 연마하여 단단한 도자기로 태어나지 않으면 자신을 지키기 어렵다는 말이지요."

"……."

꾹 다문 입술. 어머니가 한마디 덧붙였다.

"단단해진 도자기는 어떤 물로도 녹일 수 없지요. 순백의 조선백자처럼. 전하는 그리 되셔야 합니다."

"그만하오!"

아버지의 음성에 짜증이 묻어 있었다. 어머니도 그쯤에서 입을 다물었다. 이미 알고 계신 일을 어찌 경망스럽게 말로 뱉었는지.

언제까지나 풀리지 않을 것 같은 양국의 문제가 늘 아버지와 어머니 관계를 불편하게 했다. 어쩌다 찾아오는 조선의 백성들을 만나고 나면 아버지의 표정에는 기대와 절망과 회한이 뒤섞였다. 조금 다가섰는가 싶으면 멀어지고, 그만큼의 거리를 회복하려면 또 적잖은 시간과 정성을 기울여야 한다. 그런 생각이 들

때마다 어머니는 살얼음 위를 걷는 것처럼 보였다. 나 역시 다르지 않았다. 낯선 사람처럼 등을 돌리고 앉은 아버지를 바라보는 일은 참으로 쓸쓸했다. 그러나 어머니는 아버지를 위해 순백의 조선백자 같은 아내가 되리라 다짐했다. 단단해지는 일은 외로움을 이겨내는 일이기도 하였다.

아버지가 돌아가기 원하는 조선은 아직 저 멀리에 있었다. 나는 그즈음 아버지의 그늘을 벗어나고 싶다는 간절한 열망을 품었다.

"물 좀 드셔요."

조그만 소녀가 어머니의 입에 물그릇을 갖다 댔다. 미지근한 물이 입 안으로 흘러들어도 어머니는 물조차 마실 수 없다. 물이 목을 타고 흘러내렸다.

"뭐라도 드셔야지 이렇게 맥을 놓으면 어쩌십니까?"

걱정이 섞인 목소리로 보아 어머니를 걱정하는 사람이 분명하다. 늙은 하인의 말에 어머니가 억지로 눈을 떴다. 흐릿하게 보이는 몇 사람의 형체. 늙은 하인 하나와 어머니 곁을 지키고 있는 아버지, 그리고 아버지 뒤에서 우묵한 눈으로 어머니를 지켜보고 있는 어린 소녀 하나. 누굴까?

"마사코, 정신을 차리시오."

아버지의 눅눅한 음성이 바로 곁에서 울렸다. 어머니는 고개를 주억거렸다. 하지만 몸은 석고덩이에 간혀 있는 것처럼 꼼짝

하지 못한다. 애써 눈을 치켜뜨고 아버지를 바라보는 눈에 힘이
없다.

"황송하옵게도……."

어머니는 입술이 바짝 말라 말을 할 수가 없다. 쩍쩍 갈라진
입술에 물기라곤 없다. 황송하옵게도 전하께서 지켜봐주시다
니……. 그 말을 하고 싶은데 입술만 달싹거릴 뿐 말이 되어 나
오지를 않는 모양이다. 늙은 하녀가 물그릇을 들고 나가면서 긴
한숨을 쉬었다. 아버지의 따뜻한 손이 어머니의 머리를 짚고 볼
을 어루만졌다. 그러다 다시 우울한 목소리로 하시는 말이 웅웅
거리며 울렸다.

"당신이 이렇게 드러누우면 나는 어쩌란 말이오……."

어머니는 필사적으로 몸을 일으켜보려 애썼다. 그러나 마음
만 앞설 뿐, 일어나려다 쓰러지고 다시 일어나려다 쓰러졌다.

"그렇게 애쓰지 마시오. 그냥 더 주무시오. 그게 약일 것 같
소."

아버지의 물기 묻은 음성이 잔잔하게 울려 퍼졌다.

어머니는 고개를 저었지만 몸을 일으킬 수는 없었다. 아버지
가 문을 닫고 나간 자리에 찬바람이 잠시 맴돌았다.

'아아, 어서 일어나야 할 텐데.'

어머니의 생각은 그럴 것이나 저절로 눈이 감기는 걸 이기지
못했다. 어머니의 눈길이 가닿는 곳에 환영처럼 보이는 형상 하
나가 어른거렸다. 어머니는 다시 힘을 다해 눈을 떴다.

어둑한 방 안에 남아 있는 이, 달무리 같은 빛에 싸인 듯 어둠 속에서도 환하게 빛나는 어린 소녀를 어머니가 바라보고 있었다.

"넌 누구니?"

본 적 없는 아이라 그리 물었다. 소녀는 빙긋이 웃을 뿐 말이 없었다. 손을 뻗어 소녀의 손을 잡으려 했지만 어머니의 손은 닿지 않았다. 허공만 휘저을 뿐이다. 소녀의 차분한 눈빛이 어머니를 어루만졌다.

"어서 일어나야 할 텐데……."

어머니의 입술이 하는 말을 눈으로 읽은 소녀가 걱정스런 눈빛을 거두고 좁고 긴 어두운 통로를 빠져나갔다. 어머니의 허망한 손길이 허공을 휘휘 저을 뿐이었다.

어떤 현실이 어떤 이에게는 기쁨이 되고 또 어떤 이에게는 슬픔이 된다는 것을 나는 여태 경험해본 적이 없었다. 그저 세상은 아름답고 풍요로운 천국의 다른 이름으로 존재하는 공간일 뿐, 그곳엔 절망이나 환란은 없는 거였다. 적어도 지금껏 살아온 동안에는 그렇다고 믿었다. 그렇다고 해서 아주 아무런 일도 없었던 것은 아니었으나 그것은 여름날 내리는 소나기처럼 잠시 스치고 지나갔을 뿐이었고, 이겨낼 힘도 있었다. 그러나 이번에 어머니는 달랐다. 어머니가 헤쳐 나갈 수 없을 것 같은 커다란 해일이었다.

"일본이 항복했대. 히로시마에 원폭이 투하되고 천황 폐하가 항복 선언을 하셨대. 이제 일본은 망했대. 우리가 망한 그날, 조선은 해방을 맞았대. 조선의 황태자도 조선으로 돌아갈 거래. 화족들은 재산을 몰수당하고 일반 평민으로 돌아간대."

그런 말을 어디서 들었던 걸까, 마치 귓속에 사는 작은 악마가 속살거리듯 하는 말을 누군가에게 들은 걸까?

일본이 망했대, 일본이 망했대, 일본이 망한 그날, 조선은 해방을 맞았대. 조선의 황태자는 돌아갈 거래…….

견딜 수 있는 것은 견딘다. 그러나 자신의 무게로 받아낼 수 없는 것 앞에서는 무참하게 스러질 수밖에 없다. 이즈음 어머니 앞에 벌어진 일은 결코 견디어낼 수 없는 무게의 운명이었다.

돌이켜 보면 어머니도 일본의 패망 소식 앞에 의연해지려고 애쓰는 것 같았다. 받아들일 수밖에 없는 상황이었다. 사실 일본의 운명은 그리 갈 수밖에 없는 거대한 힘의 끌림이 있었는지도 모른다. 생각지도 않았던 원폭 투하…… 이어진 일본의 패망…… 엄청난 그 상황을 담담하게 받아들여야 된다고 생각했었을 것이다. 아니 그렇게 생각했다. 헤어날 수 없는 거대한 파도를 만났을 때는 몸을 맡길 수밖에 없다는 생각이 어머니를 힘들게 했다. 문득 오오이소 별장에서 보았던 상모만의 잔잔한 바다가 생각난 어머니는 그토록 잔잔한 바다가 이렇게 커다란 해일을 일으킬 수도 있는 거구나, 하고 놀라고 있는 것이었다.

일본의 패망은 많은 것을 앗아갔다. 넓은 정원과 아름다운 집을 정리하고 어머니는 그 많던 하인들을 다 내보내야 했다. 화족들의 재산 몰수로 하인들의 거처에 짐을 부리고도 허리를 애써 꼿꼿하게 폈다. 물속의 흙부처를 이야기하던 마음으로 어수선하고 불안한 상황에 의연하게 대처하려 했다. 가지고 있는 패물을 팔아 연명해야 하는 시기가 온다고 해도 견딜 수 있으리라 생각했다. 불안한 시선을 굴리는 나를 안고 등을 다독이며 일렀다.

"이 일은 잠시 지나가는 바람이다. 걱정하지 말아라."

훌쩍거리는 나와 입을 다문 아버지를 번갈아 보며 어머니는 그래도 삶의 의지를 다졌다. 그러다가, 그러다가…….

"영왕 전하가 조선으로 돌아갈지 모른다는구나."

할머니 이츠코 비의 말을 듣고 어머니는 다리에 힘이 빠졌다. 전부터 들려오던 소문을 일축해 왔던 어머니였다.

"조선의 대통을 이을 전하께서 일본 여자를 왕비로 맞이한다는 것은 있을 수 없는 일이오. 그 여자를 내치소서. 그동안은 일본에게 대항할 힘이 없어 그랬다지만 이제는 일본 여자를 내치시는 것이 마땅하옵니다."

일본 내에 남아 있던 황족들, 조선에서 온 신하들이 자주 아버지를 찾았다. 그들은 이제 감시의 눈이 없어진 전하를 자주 찾아와 흔들었다.

아버지는 여전히 입을 다물고 있었다. 표정도 없이 그들의 말을 듣고 있었다. 어떠한 결정도 언질도 주지 않았다. 눈은 아래로 내리깔고 칼을 쥔 손에만 힘이 잔뜩 들어가 있었다.

내치소서, 내치소서, 내치소서, 내치소서, 내치소시, 내치소서, 내치소서, 내치소서……

처음엔 조그맣게 들렸던 말들이 점점 커지면서 나중엔 확성기로 떠드는 것처럼 고막을 찢을 듯이 어머니를 짓눌렀다. 가슴에 큰 돌을 짓눌러 놓은 것처럼 숨이 막히고 고통스러웠다. 어머니는 나날이 수척해져 갔다. 일본은 들쑤셔 놓은 벌집처럼 불안하고 어수선했다. 시모노세키의 관부연락선은 매일 조선에 가려는 사람들로 전쟁을 불사할 정도로 혼잡하고 무질서했다. 여기저기서 방화와 약탈이 거침없이 행해지는 상황이었다.

"아, 정말 전하는 떠나실 것인가?"

어머니의 가장 큰 불안은 그것이었다. 아버지의 심중이 어떠하리라는 짐작도 할 수 없었다. 게다가 일본국헌법 시행령에 따라 조선 왕공족이 폐지되었다. 그동안 조선 왕실 신분으로 누려왔던 모든 특혜도 다 사라졌다. 아버지의 마음은 어떨까?

처음부터 마음에 없는 결혼이었을 것이다. 나라의 치욕을 겪으며 한 결혼이 흡족할 리 있을까. 그런 생각이 불쑥불쑥 들자 어머니는 더욱 불안했을 것이다. 어떤 언질이라도 있으면 차라리 마음 편할 텐데 아버지의 입은 열릴 줄 몰랐다. 혼자서 구석방에 들어가 두문불출하는 날이 많았다. 전에도 그런 일이 심심찮게 있었지만 그때는 어머니가 견뎌낼 수 있는 상황이었다.

이제 아버지의 나라가 해방이 되었다. 이는 분명 기뻐하고 경하할 일이나 어머니는 결코 그런 말을 하지 않았다. 아버지의 나라는 해방이 되었으나 어머니의 나라는 패망하였다. 서로의 운명이 뒤바뀐 상황에서 어머니는 알 수 없는 두려움에 몸을 떨었다.

인간을 시들게 하는 건 마음의 병이다. 시름시름 마음을 앓던 어머니가 쓰러진 건 예정된 수순이었을지도 모른다.

"마마, 왜 이러시옵니까."

밭에서 푸성귀를 뽑고 있었던가, 늙은 하인의 목소리가 유난히 뜨거운 태양빛 아래 화살이 되어 어머니의 눈을 찔렀다. 아! 화살처럼 박힌 햇살은 어머니의 몸을 허물어트렸다. 세상의 모든 소리가 아득해지고 움직이는 풍경들이 몽환의 그림이 되는 순간, 어머니는 눈을 감았다. 다행이라 생각했다. 쉬셔야 한다, 살아 있는 육체는 쉬어야 한다. 나는 소녀를 따라가 이야기를 할 셈이었다. 하지만 어느 만큼 가던 소녀가 발걸음을 돌렸다. 눈가가 촉촉했다.

"넌 누구니?"

모두가 떠나는 마당이었다. 다정했던 얼굴 표정을 사납게 바꾸고 친절했던 웃음을 싹 거둔 채 사라지는 사람들 틈에서 몹시 외로웠을 어머니. 그런데 그 소녀는…….

소녀가 조그만 소리로 말했다.

"아리사."

"아리사?"

소녀가 고개를 끄덕였다.

"어디서 왔니?"

소녀의 손가락 끝이 저 멀리에 가닿았다.

"조선."

"조선에서 왔어? 아버지의 나라에서?"

소녀가 맑게 웃으며 고개를 끄덕였다. 조선에서 왔다는 말에 나는 긴장했다.

"무엇 때문에 왔어?"

소녀가 대답 대신 순백의 하얀 찻잔을 어머니 앞으로 내밀었다. 따뜻한 차가 따스운 김을 모락모락 피워 올리자 어머니가 눈을 떴다.

"마시면 한결 기운이 날 거여요."

어머니가 그 찻잔을 받았다. 약간 쌉싸름한 맛의 차를 한 모금 머금으며 어머니가 물었다.

"이게 뭐지?"

"인삼차."

"인삼차?"

"조선의 인삼."

소녀가 또 발그레 웃었다. 조선이라는 말에 어머니는 입 안에 감돌던 향기를 꿀꺽 삼켜버렸다.

"이제는 눈을 감고 잠을 청하셔요."

노랫소리처럼 나직나직한 소녀의 음성이 휘감았다.

"나는 일어나야 해. 어서 몸을 추슬러야 해."

소녀가 일어나려는 어머니의 손을 잡고 고개를 저었다.

"일어나려면 자야 해요. 다시 일어나려면 쉬어야 해요."

소녀의 부드럽고 차가운 손이 어머니의 눈자위에 닿았다. 마치 주문을 걸듯 그 말을 하며 어머니의 눈 주위를 부드럽게 쓰다듬었다.

어머니는 다시 잠이 들었다.

일어나려면 자야 해요. 다시 일어나려면 쉬어야 해요. 일어나려면 자야 해요. 다시 일어나려면 쉬어야 해요…….

아득한 아리사의 목소리가 어머니를 감쌌다. 나는 그저 어머니와 소녀를 바라보고만 있었다.

***

사흘 낮밤쯤 쓰러져 잤을 것이다, 마사코는 그렇게 생각했다. 세상의 모든 근심 다 놓아두고 아무것도 생각하지 않은 채 혼신을 놓았던 시간. 그 시간의 색깔이 하얬던 걸까, 혹은 새까맸던 걸까, 그조차도 기억이 없었다.

"정신이 좀 드오?"

눈을 떴을 때, 마사코를 내려다보고 있는 건 전하였다.

"물, 물 좀……."

전하가 다탁에 놓여 있던 물주전자를 가져와 유리컵에 가득 물을 따라 내밀었다. 미지근한 물이 목젖을 타고 흐르자 마치 메말랐던 도랑에 물이 치는 듯한 느낌이 들었다. 연거푸 두 잔이나

물을 마시고 나서야 정신이 들었다. 방 안엔 전하 외에는 아무도 없었다. 늙은 하녀도 없는 빈 방을 전하가 지키고 있었던 것일까. 햇살이 잘 드는 조그만 창밖으로 회갈색 어둠이 내려앉아 있었다. 얼마나 시간이 흐른 걸까.

마사코가 벌떡 일어나 앉았다. 현기증에 잠시 어지러웠으나 곧 괜찮아졌다.

"일어나도 괜찮소?"

전하의 걱정스런 목소리에 물기가 어려 있었다.

"네, 이젠 괜찮아요. 너무 허약한 모습을 보여 죄송합니다."

마사코는 진정 그런 마음이었다. 정작 힘든 건 전하이시다. 그런데도 픽 쓰러져 누운 건 자신이었으니 송구한 마음이 하늘 같다.

"아니, 아니오. 이렇게 깨어나주어 고맙소."

전하는 마사코의 손을 잡고 수없이 다독였다. 진정한 마음이 전해져 오는 걸 느낄 수 있었다. 그러나 그렇게 느끼는 것이 더욱 아팠다.

"그 소녀는 어디 갔나요?"

마사코는 주변을 두리번거렸다.

"소녀?"

의아한 표정으로 전하가 물었다.

"하얀 옷을 입고 있던 조선의 소녀."

"조선의 소녀라니?"

"따뜻한 인삼차를 주던 소녀 말이에요."

마사코의 말에 전하의 눈빛이 혼란스러워졌다.

"무슨 말을 하는 거요?"

"아리사라는 조선의 소녀가 제 시중을 들었잖아요."

"아리사? 아무도 오지 않았소. 이 집엔 당신과 나 외에 아무도 없소. 누구도 온 적이 없소. 이제 우리는 옛날의 황족이 아니오. 부릴 사람도 없고 부릴 능력도 없어졌단 말이오. 늙은 하녀가 하나 남아 있을 뿐이오."

전하의 음성은 지칠 대로 지친 기색이 역력했다. 마사코는 입을 다물었다. 전하의 절망적인 표정을 보면서 현실을 직감했다. 그렇다면 꿈을 꾼 것인가. 꿈이라기엔 너무도 생생한데……. 부드러운 손길로 마사코를 감싸던 아리사의 감촉, 굳은 온몸을 풀어주는 듯한 따뜻한 인삼차의 향기, 늙은 하녀의 슴슴한 손길이 밴 미음까지, 몸이 기억하는 것들을 현실에서는 느낄 수 없다니. 사방을 둘러보아도 그 기억을 고집할 아무런 증거가 없다.

"아, 제가 꿈을 꾸었나 봐요."

마사코는 얼른 자신의 기억을 접었다.

"어제 인삼차를 타긴 했었소."

"누가요?"

"어제 잠시 우가 다녀갔소. 오는 길에 조선에서 인편으로 보내온 것이라며 인삼차를 가지고 왔었소. 당신을 보고 몹시 걱정했소. 어려울 때일수록 긴장해야 한다며……."

잘생긴 조카 우가 머릿속에 떠올랐다. 의왕 전하를 꼭 빼닮은 조카는 씩씩하고 늠름했다.

"아, 그랬군요……."

마사코는 고개를 주억거리며 기억을 더듬었다. 분명 그 소녀도 있었는데. 기억이 또렷하기만 한데…….

"당신은 사흘이나 의식이 없었소. 그러니 그럴 만도 하오. 마음이 심란하니 헛것도 보이지 않았겠소. 이제 마음을 단단히 먹어야 하오. 우리는 이제 왕족도 아니고 평민이오. 국적도 제3국인이 되어 있소. 재일한국인으로 등록을 해야 하오. 차라리 잘된 것인지도 모르오. 모든 굴레에서 벗어난 느낌이오."

"전하……."

"마음을 접는 일이 이리 편한 것을. 이제 편안한 마음으로 살려 하오."

그가 억지웃음을 애써 지어 보였다. 가슴이 미어지듯 아팠다.

"……."

어쩜 전하의 그 말은 진심일지도 몰랐다. 허울뿐인 황태자의 위치에서 모든 것을 벗어던져버린 홀가분한 마음에 그리 말씀하실 수도 있다. 그러나 마사코의 생각은 달랐다. 마사코가 의식을 놓고 있는 동안 전하는 스스로의 마음을 그리 달래셨던 것 같았다.

"나는 당신만 건강하면 되오. 내 가족만 같이 있으면 되오, 그것만 바라오."

전쟁이 끝난 후 히로히토 천황은 인간선언을 했다. '나는 신이 아니고 사람이다.' 천황이 인간임을 자처하는 상황에, 소중한 것은 인간뿐이다.

'전하는 조선으로 가시옵니까? 저를 버리고 가시옵니까? 그 말이 하기 어려워 그리 저를 위로하십니까?'

묻고 싶은 말은 그것인데 맘속의 말은 입 밖으로 나오지 않았다. 마사코는 전하의 쓸쓸한 얼굴을 한참 올려다보다 몸을 일으켰다.

"왜 일어나시오?"

"한바탕 몸살을 앓았으니 이제 정신을 차려야죠. 어수선한 집도 좀 치우고 전하 드실 맛난 것도 좀 만들어야겠고요."

아직까지 으슬으슬 한기가 느껴졌으나 마사코는 일어났다. 누워 있으면 계속 심신이 허물어져 내릴 것만 같았다. 얇은 스웨터를 걸치고 머리도 얌전하게 묶었다. 전하의 얼굴에 미소가 감돌았다. 마사코는 잿빛 구름처럼 내려앉은 어둠을 거둘 듯이 환하게 웃었다.

고
려
신
사

세상이 어찌 돌아가는지도 모르던 어린 시절이었다. 나는 그저 응석받이 어린아이일 뿐이었다. 어머니는 그때도 봉사 활동에 열심이셨다.

바자회를 앞둔 어느 날이었다. 어머니의 그림과 칠보 작품, 아이들이 만든 소품들이 어지럽게 널려 있는 가운데 그날은 왠지 어머니의 손이 건성 놀고 있다는 생각이 들었다.

"어머니, 어디 편찮으세요?"

내 말에 어머니가 피곤한 시선으로 나를 바라보았다.

"이제 어미도 늙은 모양입니다."

그 말에 울컥해서 나는 어머니의 손을 잡았다.

"아닙니다. 어머니는 아직 예쁘고 젊습니다."

내 말에 어머니가 희미하게 웃었다.

"어디 바람이라도 쐬러 갈까요?"

내 말에 어머니의 눈빛이 반짝, 생기를 찾는 듯했다. 하지만 곧 감정을 추스르는 눈빛이 된 어머니가 차분하게 말했다.

"고려신사나 가보았으면 싶습니다만 너무 멀어요."

어머니는 고개를 저으며 쓸쓸하게 웃었다.

나는 어머니가 말하는 고려신사를 생각해보았다. 어릴 때 어머니의 손을 잡고 기도하러 다니던 신사였다.

"고려신사요?"

"그래, 우리가 함께 갔던 곳. 진이의 영혼이 머물러 있는 곳."

어머니가 가느스름하게 눈을 뜨고 먼 데를 바라보았다. 아련한 기억 하나가 어머니를 잡고 있었다. 그 기억은 내 기억과도 닿아 있었다. 나는 아련한 추억 한 자락을 떠올렸다.

1942년 봄, 어머니는 어린 내 손을 잡고 고려사에 참배하러 가셨다. 그때는 뭐 하러 가는 건지도 모른 채 그저 봄 소풍 가는 기분으로 어머니를 따라갔다. 마음이 골방에 가 있는 아버지께 같이 가자 할 수도 없어서, 어머니는 나를 앞세우고 길을 나섰다.

"전하는 하실 일이 많으신 분이니 저 혼자 구를 데리고 다녀오겠나이다."

아버지는 말리지 않았다. 마치 그 말을 기다리고 있기나 한 듯이 일어나 성큼성큼 골방으로 가시는 것이 아닌가. 어머니는 낮은 한숨을 삼키며 어린 내 손을 잡고 방을 빼져나왔다. 환한 햇살에 얼핏 어머니의 눈물이 반짝 빛나는 것 같았다. 곁에 서 있는 나의 얼굴을 쓰다듬던 어머니가 나를 재촉했다.

"길이 멀다. 얼른 다녀오자."

그날, 어머니는 나를 앞세운 채 고려사에 갔다. 도쿄에서 기차를 타고 갔다. 흘러가는 풍경 사이로 어머니의 슬픈 얼굴이 자주 보였다. 아주 한적한 고려사 역에 내릴 때까지, 나는 흘끔흘끔 어머니를 훔쳐보았다.

고려사 사자춤을 보던 그날의 북소리가 둥둥 울리는 것 같았다. 나는 천천히 어머니 곁으로 갔다. 그리고 만져지지 않는 어머니의 손을 슬그머니 잡았다. 내 영혼에 물기가 잘랑잘랑 고이면서 추억하는 그날이 현실처럼 보이기 시작했다.

그날은 아주 청명한 날이었다. 인연의 고리를 따라 이어지는 바람의 흐름이 그 신사에 머물던 날, 나는 그녀를 처음 보았다. 처음엔 눈부신 햇살 때문에 그녀를 보지 못했다. 하얗게 빛나는 그녀의 얼굴이 햇살에 가려서 보이지 않았다. 사자춤을 보고 난 후였다. 애수를 머금은 피리 소리가 경내에 나지막이 울려 퍼질 즈음, 마치 한 마리 나비처럼 사뿐히 내 곁에 앉던 아이.

"넌 누구니?"

"아리사."

아주 희미하게 웃는 그녀의 가지런한 이가 눈부셨다. 어머니가 기도하는 동안 나는 경내의 소나무 아래에 앉아 있었다.

"아리사?"

"응."

"어디에 사니?"

"여기."

"신사에 살아?"

"그냥 여기. 언제나 여기."

신비로운 눈빛이 나를 가만히 훑어보고 있었다.

나는 손을 들어 흐트러진 아이의 머리칼을 만지려 하였다. 그때 어머니가 내 손을 잡았다. 제법 의젓해진 내 모습이 믿음직한 듯 나를 바라보는 어머니의 눈빛이 따뜻했다.

"진 왕자도 컸으면 너처럼 이렇게 의젓했을 텐데."

나는 그 순간 어머니가 나를 앞세워 가끔씩 오는 이 산사가 진의 영혼을 위해 기도하러 오는 곳이라는 사실을 알았다. 나의 무병장수와 행복을 비는 것은 차후의 일이었다. 어머니는 나를 한번 돌아보고는 다시 두 손을 모았다. 어머니는 간절하게 기도를 올렸다. 먼저 하늘나라로 간, 내 형이며 당신의 아들인 진의 명복을 간절히 빌었다. 기도 속에 나와 진이 들어 있다는 것, 슬프고도 애련했다.

고려신사는 소원을 잘 들어주는 신사로 유명했다. 지나온 아픈 시간들이 여기 오면 말갛게 치유되는 듯한 느낌을 받곤 한다고, 어머니는 어린 나를 앉혀놓고 그런 말을 했다. 아리사가 또 보였다. 눈에 보이는 것이 진실이 아닐 때도 있다. 또한 눈에 보이지 않는다고 진실이 아닌 것도 아니다.

"몇 살이야?"

나는 어머니께 들리지 않을 만큼 아주 작은 목소리로 물었다.

"열일곱."

그 말을 하면서 소녀는 후후, 하고 소리 내어 웃었다.

"참 예쁘구나."

희미하게 웃는 그녀의 미소가 아련했다. 그녀가 다가와 내 옆에 쪼그리고 앉았다. 어머니는 바깥으로 나와서도 여전히 간절한 기도를 하고 있었다. 나는 헬쑥한 얼굴로 기도하는 어머니를 감정 없이 바라보았을 뿐이다.

"언제까지 기도해요?"

철없는 나의 질문에 어머니는 그제야 기도를 멈추었다. 그러고는 내 머리칼을 쓰다듬으며 말했다.

"혼자 있으려니 심심했던 모양이구나. 미안하다."

나는 어머니의 낯빛과 닮은 창백한 아리사의 얼굴을 바라보다 어머니에게 말했다.

"꽃다운 소녀와 이야기를 하고 있었어요."

내가 한 말에 어머니가 주변을 돌아보았다. 나도 주변을 둘러보며 아리사를 찾았다. 그녀는 어느새 사라지고 없었다.

"소녀가 어디 있어?"

어머니가 주변을 두리번거렸다.

"바로 제 옆에 쪼그리고 앉아 있었어요."

어머니는 다시 눈길을 돌려 내 옆자리를 보았다.

"누가 있다고 그러니?"

어머니의 눈빛엔 의혹이 그득했다. 무엇을 걱정하는지 알 것 같았다.

"분명 여기, 이 자리에 있었어요. 창백한 소녀가."

나는 내 옆의 풀밭을 손으로 탁탁 치며 억울하다는 듯이 목소리를 높였다.

"몸이 허해서 헛것을 본 모양이구나."

어머니의 목소리에 근심이 어렸다.

"아니에요, 분명 옆에 있었어요. 이야기도 한걸요."

어머니는 딱하다는 듯이 나를 한참 바라보더니 이내 걸음을 재촉했다. 저만치 모여 있는 사람들 쪽으로 시선을 옮겨봤지만 소녀는 보이지 않았다. 눈부시게 퍼진 햇살만 어지러웠다.

"도쿄까지 가려면 서둘러야 한다. 어서 가자."

어머니는 내 말을 그리 심각하게 듣지 않았다. 내 손을 잡고 머리에 떨어진 벚꽃 잎을 털었다. 작은 꽃잎이 하늘하늘 날아가 도랑에 떨어졌다. 졸졸 흐르는 도랑물 위로 꽃잎이 두둥실 흘러갔다.

4월의 두 번째 일요일, 천 년을 이어온 이 신사에서 추는 사자춤은 애조 띤 피리 소리로 사람들의 마음을 흔들었다. 바람에 벚꽃이 쏟아지듯 흩날렸다. 그 사이사이로 나비가 팔랑팔랑 날았다. 꽃비가 내리는 산사의 오후는 꿈속처럼 나른했다. 눈부시게 하얀 마당을 한 바퀴 돌아보고 산사를 나올 때 저만치에서 소녀가 손을 흔들고 있었다.

　　고려사에는 아리사와 내 형 진과 내가 어머니의 염원을 먹고
살고 있었다.

흐르는 물은 길을 찾는다

"요코하마 항에서 구가 떠난 지 벌써 1년이 되었어요. 잘 지내고 있겠죠?"

어머니는 틈이 날 때마다 지도를 펼쳐 놓고 미국 지도를 살펴보았다. 여권 발급조차 쉽지 않아서 우여곡절 끝에 겨우 미국행 비행기를 탈 수 있었던 나를 생각하면 어머니는 조선의 위정자들이 밉고 야속하다 했다. 그러자니 더욱 마음이 짠했다. 아버지도 분명 그러한 마음은 있었을 것이나 내색하지 않았다.

나는 아버지와 어머니에게 생의 희망이었다. 모든 것이었다. 그래서 모든 것을 나에게 걸기로 하신 것 같았다. 그것을 자신들의 생을 바쳐 마지막으로 이루어내야 할 과업이라 생각하는 것 같았다. 그래서 힘들게 내린 결론이 나를 미국으로 유학 보내는 것이었다. 유학은 일사천리로 진행되었다.

"암, 자신이 가야 할 길을 잘 알고 있는 영특한 아이요. 걱정하지 않아도 될 것이오."

아버지는 나에 대해 굳건한 믿음을 가지고 있었다. 열한 살 어린 나이에 자신의 뜻과는 상관없이 일본으로 오셨던 아버지는 나의 미국행을 누구보다 찬성하였다.

"자신의 뜻을 펼칠 수 있도록 밀어줍시다. 우리가 못한 일을 구는 하도록 해주어야 하오."

어머니보다 아버지가 더 적극적이었다.

한국전쟁으로 수심이 가득하던 여름날, 내가 떠나기 전에 아버지는 나를 앉혀 놓고 담담하게 말했다.

"후회 없이 네가 하고 싶은 일을 하거라. 책임과 의지를 가지고 네 뜻을 펼쳐라. 만약 실패를 하더라도 다시 하면 된다. 당당하게 자신이 선택한 길을 가거라. 너는 이 아비를 넘어서 자유롭게 네 자신이 하고 싶은 일을 하거라."

그것은 자신이 이루지 못한 미래를 아쉬워하는 아버지의 당부였다. 그 말을 할 때 아버지의 목소리가 몹시 떨리고 있었다.

나의 미국 유학은 1950년 8월 3일에야 이루어졌다. 요코하마 항에서 내가 탄 배를 향해 손을 흔들던 아버지는 끝내 손등으로 눈물을 훔쳤다.

"아, 전하."

어머니는 그 순간, 또 다른 결심을 했다고 했다.

'이제부터는 전하가 하고 싶은 것을 하시도록 내가 강해져야겠다. 혼자 계시는 시간을 서운해하지 말며 혼자 하시는 일을 알려고 하지도 말자. 전하는 깊은 물처럼 소리 없이 계획하시는 분. 하시는 모든 일에 의미가 있을 것이다. 내가 전하를 지켜야 한다.'

언젠가 어머니는 나를 앉혀두고 그런 말을 했다.

하지만 인생은 늘 마음먹은 대로 되지 않았다. 세상은 늘 풍파로 출렁거렸다. 한국전쟁이 나서 아버지의 마음을 뒤흔들더니 고모인 덕혜옹주가 마츠자와 정신병원에 입원하는 불운한 일이 있었고, 사촌 형인 이 우는 원자 폭탄에 맞아 죽었으며, 어머니의 아버지 나시모토노미야 장군이 전범으로 몰려 스가모 감옥에 들어가는 불운까지 겹쳤다.

아리사가 또 보이기 시작했다. 그녀는 늘 말없이 저만치 떨어져서 어머니를 살폈다. 하얀 얼굴에 우묵한 눈, 차가운 손은 여전했다.

"아리사, 왜 왔지?"

어머니가 물었다.

"비전하를 지키려구요."

"날 어떻게 지켜? 나는 지금 너무 힘들어. 이를 악물지 않으면 짓밟힌 풀잎처럼 쓰러질 것 같아."

"쓰러지면 안 돼요. 스러지면 안 돼요."

아리사는 안타까운 얼굴로 어머니를 건너다봤다. 그녀가 나타날 때마다 어머니는 눈물을 흘렸다. 그녀는 어머니를 치유하

는 힘을 가지고 있는 듯했다. 그녀의 손이 닿으면 어머니는 평온
해졌다. 아니 쓰러지지 않을 힘이 솟는 것 같았다. 그럴 때마다
볼을 타고 흐르는 눈물이 참 따뜻하다고 느꼈다. 어머니가 아버
지에게 몇 번인가 아리사 이야기를 했지만 아버지는 한 번도 그
아이를 본 적이 없다고 했다. 어쩜 당연한 일이다.

"그 아인 늦은 밤이나 새벽에만 나타나요. 모두가 잠들어 있
을 때."

어머니는 아리사의 존재를 믿었다. 위안이 되는 아이. 곰곰
생각해보니 어머니가 심한 몸살을 앓고 있을 때 그녀가 나타났
다. 아버지는 어머니가 힘들어서 헛것을 보는 것으로 치부했다.
그런 아버지의 눈에는 불안이 스며 있었다. 어머니는 아버지의
염려를 씻어내기 위해 입을 다물었다. 괜한 걱정을 하게 만들기
싫어서였다.

미국에서 나는 간간이 소식을 전했다. 그 소식에 아버지와
어머니는 힘을 얻었다. 내 성적이 우수한 것도 두 분의 기쁨이
되었다.

두 분의 마음이 온전히 가 있는 곳은 바로 나였다.

***

1945년, 해방이 되었다. 일본의 통치에서 벗어난 사실만으

로도 조선 땅은 들썩거렸다. 그러한 사실은 웅크려 있던 조선의 민심을 단숨에 살아오르게 했다. 거리마다 넘쳐나는 환호의 몸짓, 뭔가 새롭게 움트려는 왕성한 기운 사이에 그만큼의 혼란도 섞여 있었다. 광복 과정에 미국과 소련의 개입이 있었고 그런 사정으로 광복 이후 미국은 남쪽, 소련은 북쪽에 주둔하며 군정을 실시했다. 결국 남과 북으로 나뉘어, 단독 정부를 수립하게 되었다는 사실은 더 큰 혼란을 야기하는 원인이 되었다. 민족주의자와 공산주의자들의 대립이 날이 갈수록 심해지고 거족적으로 결성된 건국준비위원회도 삐거덕거렸다. 서울 거리는 이런저런 플래카드를 앞세운 시위로 어지러울 지경이었다.

유은애는 종로 거리를 걷고 있었다. 미술 대학에 입학했다가 그만두고 그동안 집 안에 틀어박혀 그림만 그렸다. 나라 잃은 설움에 온 나라가 휘청거리는데 독립운동은 못할망정 공부를 한답시고 학교 다니는 일이 부끄러웠다. 자신만 편안하게 사는 것 같아 그게 부끄럽기도 했다. 그 부끄러움을 추위에 부러진 나무를 그리며 견뎌냈다.

사실 그녀는 모든 게 혼란스러웠다. 무엇이 나라를 위한 일인지, 무엇이 자신을 위한 일인지도 확실히 알 수 없었다. 그저 힘없는 풀처럼 스러져 자신이 할 수 있는 방법으로 민심을 그릴 뿐이었다. 그것이 나름대로의 항변이고 애국이었다. 다행히 집안 형편은 어렵지 않아 그녀가 그림만 그리고 지내도 될 만했다. 그러나 부모님의 걱정은 그녀가 결혼할 생각을 않는다는 거였다. 과년한 처녀가 그림에만 미쳐 지내는 꼴이 누가 보아도 정상으로 보이지 않는다고 걱정했다. 더구나 시국이 어지러운 때이니만큼, 빨리 결혼시켜야 안심을 하겠다는 생각인 것 같았다. 하지만 은애는 결혼할 마음이 없었다. 마음 가는 남자도 없을뿐더러 결혼하여 한 남자를 수발하며 착실하게 아내 노릇을 할 자신도 없었다. 뭔가 다른 일을 해야 한다는 생각이 불쑥불쑥 솟구쳤다. 마음속에 들끓는 것은 있는데 그것이 무엇인지 구체적으로 떠오르지는 않았다.

'나는 뭘 하며 살고 싶은 걸까?'

스스로에게 질문을 던져보았지만 마땅한 답이 떠오르지 않았다. 그러는 동안 화실로 쓰고 있는 구석방에는 화폭에 그려진 나무들만 무성하게 자라났다. 제자리에서 꼼짝도 할 수 없이 운명을 받아들여야 하는 나무의 그늘이 유은애의 마음속에 가득했다.

종로 3가 단성사 골목으로 꺾어 들었다. 오정수를 만나기로 한 건 그림 때문이었다. 미전 입상 동기이기도 한 오정수는 한동안 사라졌다가 나타났다. 소문에는 일본에 가서 그림 공부를 한다는 이야기도 있었지만, 사실 그에게 별 관심이 없었던 은애는 소문의 진위를 알고 싶지도 않았다. 다만, 사라졌다 나타난 오정수는 전과 달라 보였다. 특히 눈빛이 그랬다. 뭔가 조심스럽고 은밀한 눈빛이었다. 누군가를 동행하고 나온다 해서 모처럼 단정하게 양장을 하고 나왔는데 거리를 걷자니 어색하기 이를 데 없다. 유은애는 저만치 국밥집 간판이 보이자 자신의 행색을 다시 살폈다. 긴 머리가 거추장스럽다는 생각보다 촌스럽다는 생각이 들었다. 그럼에도 자신의 외양을 꾸미거나 바꿀 생각은 없었다.

오정수는 예상대로 긴 머리를 고무줄로 질끈 묶고 있었다. 그 역시 자신의 외모를 가꾸는 스타일은 아니다. 다 해진 청바지를 입고 애써 자유로운 영혼인 양 보이려 애쓰고 있지만 어딘가 어색했다. 마치 타인의 옷을 잠시 걸쳐 입은 것 같은 느낌이 들었다. 그는 창가에서 유은애가 들어오는 모습을 지켜보고 있다가 눈이 마주치자 한쪽 눈을 찡긋하며 인사를 건넸다.

"잘 지냈어?"

유은애가 앉자마자 오정수가 반가운지 덥석 손을 잡았다. 옆에 앉은 새파란 눈의 외국인이 환하게 웃으며 손을 흔들었다. 나이는 들어 보였으나 표정은 소년처럼 부드러운 청년이었다.

"누구?"

유은애는 눈짓으로 물었다.

"친구."

오정수는 짧게 대답하고는 또 눈을 찡긋거렸다.

"아직도 눈병이 안 나은 거야?"

그러자 오정수는 킬킬거리며 웃었다.

"내 눈병이야 네가 낫게 해줘야지. 그나저나 해방된 나라에서 그림 그리는 거, 어때?"

"갑자기 해방 타령은. 무슨 일이야?"

"저마다 애국의 방식을 찾고 있는데 우리는 어떤 방식으로 애국을 할까 생각했지."

그의 표정은 자못 심각해 보였다. 말이 끝나자마자 담배에 불을 붙여 무는 것이 그랬다. 깊숙이 들이마셨던 담배 연기를 뿜어내는 모습이 몹시 골똘해 보였다.

"무슨 일인데 사설이 길어?"

"좋은 소식이 있어서."

오정수가 다리를 달달 떨며 담배를 한 번 더 깊이 빨았다. 손가락 끝을 달달 떠는 것으로 보아 빈속인 듯하다. 지난밤, 자신의 영혼을 얼마나 채찍질했을지…….

"친구라면 인사를 시켜주어야 하지 않아?"

그동안 조용히 이야기를 듣고 있던 미국인이 한국말로 끼어들었다.

"맞네. 깜빡했어요."

그제야 오정수가 제 머리를 치며 허둥거렸다.

"내 친구, 해리. 사진 기자야."

그의 옆에 커다란 사진 가방이 놓여 있었다.

"안녕하세요? 저는…….”

"알고 있어요. 유은애 씨."

청년이 밝은 목소리로 말했다. 깊은 눈빛이 믿음직스러워 보였다.

"어떻게?"

은애는 조금 당황했다. 모르는 사람이 자신을 알고 있다는 사실이 불편했다.

"정수가 자랑 많이 했어요."

해리가 눈을 찡긋거렸다. 정수는 그저 고개를 끄덕이며 웃었다.

"뭘 자랑할 게 있다고……. 정수 말을 그대로 믿으시면 안 돼요."

민망해서 그렇게 말하고 말았다. 해리는 그냥 웃었다. 김이 모락모락 나는 국밥이 놓이자 은애도 시장기를 느꼈다. 그녀가 국밥을 두어 숟가락 먹었을 때, 묵묵히 국밥을 퍼먹던 오정수가 불쑥 말했다.

"은애야, 우리 미국 유학 가자."

그의 표정이 몹시 진지했다.

"뭐라고?"

은애는 국밥을 뜨다 말고 정수를 바라보았다. 평소 뜬금없이 불쑥불쑥 말하는 버릇이 있기는 하지만 갑자기 유학 이야기라니, 은애가 놀라는 것도 무리가 아니었다.

"해방된 나라에서 우리가 할 일은 없다. 수많은 애국자와 기득권을 차지하려는 사람들에게 맡겨두어도 나라는 잘 굴러갈 거고, 환쟁이인 우리는 그냥 붓질이나 하면 되지 않겠어?"

그동안 몇 번 국전에서 상을 탄 적이 있는 정수는 일본인 화상에게서 일본으로 가서 미술 공부를 하라는 제의를 받은 적도 있었다. 물론 숙식에 학비도 대고 후한 용돈까지 지급한다는 조건이었다.

"전에 일본인 화상이 제의할 땐 마다하더니?"

"내가 아무리 그림 공부가 하고 싶기로 쪽바리한테 신세를 져가면서까지 하고 싶지는 않아."

그는 유난히 화난 표정으로 이를 악물었다. 일본 얘기만 나오면 갑자기 얼굴이 굳어지는 걸로 보아 일본 땅에서 겪은 일들을 말할 수 없는 사정이 있는 모양이라고 생각했다.

"그런 사람이 일본엔 왜 갔어?"

은애의 말에 오정수가 잠시 은애를 쏘아보았다.

"공부하러 갔다, 왜? 내 돈으로, 아니 부모님 돈으로!"

정수는 오히려 은애가 이상하다는 듯이 고개를 외로 꼬며 언성을 높였다. 그건 표나게 독립운동에 참가하지도 못한 자신을 겁쟁이나 비열한으로 여길 때 나오는 정수의 반응이었다.

"왜 그렇게 시비조야? 일본 이야기만 나오면 이를 악무네. 왜 그래?"

은애는 그 부분이 영 마음에 걸렸다. 차마 말하지 못한 비밀이라도 있는 건지……. 다리를 다친 곳도 일본이라 했지.

"그거야 당연한 거 아냐? 쪽바리 새끼들한테 배울 게 없더라."

그가 다시 담배를 태워 물었다.

"그런데 갑자기 미국 유학은 왜? 너, 영어도 못하잖아."

은애는 그가 미국으로 가고 싶어 하는 이유가 자못 궁금했다.

"영어야 살면서 익혀도 되고. 약간의 의사소통은 가기 전까지 이 친구한테 배워도 되고. 요즘엔 사람마다 가는 길이 다 따로 정해져 있는 것 같다는 생각이 들어. 아무튼 조선 바닥에서 하는 그림은 한계가 있어. 개구리는 펄쩍 뛰어야 멀리 갈 수 있어."

그가 한 손엔 담배를 쥔 채로 입이 터지게 국밥을 밀어 넣으며 열변을 토했다.

"그런데 내가 왜 너랑 가야 해?"

은애가 정색을 하고 물었다.

"네가 나랑 가는 게 아니라 내가 너랑 가는 거야."

"그건 또 무슨 궤변?"

"나 혼자는 너무 외롭잖아. 그러니 너랑 같이 가면 서로 자극도 받을 수 있고⋯⋯."

은애는 정수의 눈을 보며 그가 몹시 외로워하고 있다는 생각이 들었다.

"언제부터 미국 유학 생각했던 건데?"

"지난달."

"지난달?"

"우연히 해리를 알게 됐지. 해리가 제안했어."

해리는 고개를 끄덕이며 조용히 듣고만 있었다.

"음, 글쎄⋯⋯."

전혀 동하지 않는 것은 아니었다. 지겨울 만큼 몰아치는 결혼에 대한 압박을 벗어날 수 있는 절호의 기회! 그러나 부모님이 허락할 리 없다. 결혼이라도 하고 떠나면 몰라도.

"은애야, 가자!"

간절한 정수의 목소리가 전에 없이 진실하게 느껴졌다.

"우리 부모님이 허락을 하시겠니?"

"그렇지, 그게 문젠데⋯⋯. 그럼 나랑 결혼하겠다 그러면 어때?"

"너랑? 내가?"

어이없어 쳐다보는 은애의 손을 잡으며 정수가 다시 진지한 눈빛을 들이댔다.

은애는 정수의 달뜬 눈을 보며 조금 불안했다. 저 눈으로는 분명히 조선을 뜨고 말 것이다. 그것도 빠른 시일 내에.

"해리가 미국 오면 자기 방을 빌려줄 수도 있다고 했어."

정수가 해리를 쳐다보며 웃자 국밥을 먹다 말고 해리도 따라 웃으며 고개를 끄덕였다.

"우리 집 뉴욕에 있어."

해리가 말했다.

"뉴욕?"

"응, 메트로폴리탄 미술관 가까운 곳에."

해리의 말에 정수의 눈은 이미 저 멀리 뉴욕의 거리를 걷고 있었다.

"음, 거기 늘 가고 싶어 하더니⋯⋯."

"아무튼 난 미국 갈 거야. 너랑 같이 가면 더 좋겠지만 안 되면 나 혼자서라도 간다. 내년 봄이 되기 전에. 해리를 따라서."

그의 결심은 단단해 보였다. 그러나 목소리는 어느새 풀기가 죽어 있었다. 그가 정말 진정을 담아 나랑 가고 싶은 것일까? 저할 말만 하고 고개를 숙인 채 국밥만 퍼먹는 정수를 은애는 한참 동안 바라보았다. 생뚱맞기는 하지만 정수의 제의는 분명 신선했다. 이 땅을 벗어나 좀 더 넓은 세상을 경험하고, 거기서 느끼는 것들을 그림으로 담을 수 있다면. 그런 생각을 하자 가슴이 벌떡거리기 시작했다.

"은애 씨, 정수랑 미국 가요. 내가 도울게요. 애국은 반드시 몸으로 하는 것만이 아니잖아요. 예술가는 예술로 애국하면 되죠. 오히려 영향력은 더 클 수 있어요."

은애는 잠시 망설였다. 좋은 기회일 수도 있다. 그러나⋯⋯.

"당장 결정하기 쉽지 않다는 거 알아요. 하지만 곰곰 생각해봐요. 나, 정수랑 은애 돕고 싶어요."

세상이 아무리 험하다 하여도 이런 귀인을 만나기도 하는구나. 은애는 속으로는 기분이 무척 좋았다. 자신의 그림을 인정하고 도와주겠다는 사람을 만났다는 사실에 기분이 우쭐했던 것이다.

"은애야, 같이 가자."

정수의 목소리는 거의 애원에 가까웠다. 미음처럼 얼른 대답할 수는 없었다.

"생각할 시간을 좀 줘."

"그래요, 충분히 생각해봐요. 후회할 일을 하면 안 되니까요."

정수의 말보다는 해리의 말에 훨씬 믿음이 갔다.

창밖에는 쌀쌀한 봄바람이 불고 있었다. 창경원의 벚꽃이 흐드러지게 피었겠다. 벚꽃은 일본인들이 좋아하는 꽃이라던데 왜 창경궁에다 잔뜩 심었는지, 불쾌한 생각에 벚꽃을 보기도 싫었던 기억이 새삼스러웠다.

은애는 그쯤에서 일어났다. 해리도 정수도 함께 일어났다. 쌀쌀한 봄바람에 흔들리는 나뭇잎들이 몹시 추워 보였다. 어디선가 경찰의 호각 소리가 날카롭게 울려 퍼졌다. 정수의 표정이 몹시 불안해 보였다. 흔들리는 조각배 같은 이 나라에 또 무슨 일이 일어나고 있는지…….

***

세월은 참으로 빠르게 흘러간다. 마치 꿈결처럼 흐르는 세월 동안 참으로 많은 일이 일어났지만 인간은 그 많은 시련을 잘도 이겨냈다. 일본이 패망한 후 나라가 몹시 어지럽기는 하지만 그 또한 차츰 바른 길을 모색할 것이다.

아버지가 애타게 그리워하는 한국도 사정이 그리 좋지 않았다. 독립을 했다고는 하지만 미국과 소련이 나누어 통치하는 나라는 혼란스럽고 소란스러웠다. 그러다 기어코 전쟁이 터졌다. 북한 공산군이 남북군사분계선인 38선 전역에 걸쳐 불법 남침을 시작했다는 소식이 들려왔다. 일본 신문도 그 사실을 대서특필했다. 〈아사히 신문〉도 1면 톱기사로 다루었다.

경성에 위기절박, 38도선 총공격, 침입군 임진강 돌파!

〈아사히〉뿐만이 아니라 〈마이니치〉와 〈요미우리 신문〉도 그 사실을 보도했다.

1950년 6월 25일 새벽 4시경. 전쟁의 어떤 조짐도 느끼지 못했던 남한은 제대로 대항하지도 못한 채 3일 만에 북한군에게 서울을 내주었다고 했다. 북한은 기세등등하게 낙동강까지 밀고 내려왔고 낙동강 방어 전선에서 45일간이나 전투가 계속되었다는 소식을 들었다. 아버지는 잘 드시지도 못하는 술을 입에 대기까지 했다.

"아, 어찌할꼬."

아버지의 수심은 깊을 대로 깊어 또 한바탕 마음을 앓아야 할 것 같았다. 일본에 앉아서도 조국의 정세를 살피는 아버지는 군사 전문가인 만큼 특별한 불안을 가지고 있었다. 곧 일어날지도 모르는 조국의 불온한 미래에 대해 아버지는 깊은 한숨을 내쉬며 걱정했다. 거기에, 아버지의 귀국을 놓고 설왕설래하는 일들이 잦아지자 더욱 고통스러워하셨다. 그것은 당신 자신에 대한 자책으로도 이어졌다. 잠이 들었다가도 벌떡 일어나 밖으로 나가는 일이 잦았다. 밤새 골방에 들어가 자책을 하기도 하고 걸음을 제대로 못 걸을 정도로 취해 비틀거리기도 했다. 어떤 땐 음악을 크게 틀어놓고 침묵에 빠지는가 하면 어떤 땐 거칠게 화를 내며 집 안을 뱅뱅 돌았다.

그런 중에도 아버지가 쓰러지지 않고 버틸 수 있도록 하는 힘이 있었으니 그건 바로 아들인 나였다.

마음속에 사람을 품고 있는 일은 무척 행복한 일이다. 그것이 평생을 두고 사랑할 수 있는 존재라면 더더욱.

나는 어머니에게 분명 그런 존재였다. 아버지의 우울한 일상이 이어지고 때로는 분노로 밤을 새우는 일이 있을 때에도 어머니는 나를 생각하면 마음의 평정을 찾을 수 있다고 했다. 아버지는 점점 우울 증세를 보이고 대화도 잘 하려 하지 않았다. 이런 저런 일들이 아버지의 심기를 불편하게 하고 있음을 아는 터라 어머니는 전보다 더 조심했다. 혼자 생각할 시간을 갖도록 하는 것이 훨씬 낫다는 생각을 한 것이다.

"저 좀 잠시 나갔다 올게요."

아침 식사를 하고 난 후 따뜻한 차 한 잔을 전하게 드리고 나서 어머니는 집을 나섰다. 오래전부터 해온 봉사 활동을 하기 위해서였다. 아버지의 뜻이기도 하지만 어머니도 봉사하는 삶을 살고 싶어 하셨다. 그래서 틈틈이 실천을 하고 계셨다. 아버지 혼자 있는 시간을 만들어드린다는 생각도 없지 않았다. 사람들과 부대끼는 일을 아주 불편해하는 아버지는 때때로 어머니를 바라볼 때조차 낯선 사람을 대하는 듯한 눈길이 느껴졌다. 그럴 때는 아버지 혼자 있는 시간을 드리는 것이 도움이 되겠다 싶었던 어머니는 하루 중 일정 시간 동안 집을 비웠다. 그것이 얼마나 도움이 될지는 모르지만 이즈음 그 누구도 곁에 두고 싶어 하지 않는 듯한 아버지를 보고서 내린 결정이라 했다. 한 고개를 넘으면 또 고개가 보이는 힘든 상황에서는 반드시 붙어 있는 것만이 서로가 함께하는 것이 아니라는 사실을 알게 된 때문이었으리라. 가까이 있어도 타인일 수 있고, 멀리 떨어져 있어도 늘 그리운 대상이 있을 수 있다는 아주 평범한 진실이 어머니에게 조금 더 큰 마음을 가질 수 있도록 해준 것 같았다.

그런 중에도 머릿속에 나를 떠올리고 걸으면 그리 쓸쓸하지 않다고 했다. 나와 함께 걷던 오솔길, 혹은 나와 함께 갔던 작은 문방구나 서점을 기웃거리면서 어린 시절 나의 서글서글한 모습을 그려보는 것도 나쁘지 않다고 했다.

"내 아들, 잘 있는가?"

멀리 아들이 있는 하늘을 올려다보며 혼자서 중얼거리다 보면 내가 어느새 어머니 곁으로 다가와 있곤 했다고 했다. 아리사가 보이는 이유가 있는 것이다.

그렇게 한 바퀴, 쓸쓸한 산책을 하고 장애인 봉사 일을 마지

고 돌아오는 길에는 아버지께서 좋아하시는 군것질거리를 사기
도 하고 저녁 찬거리를 한두 가지 사가지고 오기도 했다. 아무리
우울한 날이라도 집 근처에 오면 어머니는 표정을 바꾸었다. 밝
은 미소를 머금은 얼굴로 들어서면서,

"전하, 마사코 왔습니다."

하고 목소리를 높였다.

그런 일들이 무척 서글플 때도 있지만 대체로 그 일은 아버
지를 기쁘게 하였다.

혼자 계시던 시간을 접고 거실로 나와 어머니를 맞는 아버지
의 얼굴에 한결 부드러운 미소가 감돌고 있다는 것을 어머니는 느
낄 수 있었다. 그것이 그를 위한 헌신이라고 생각하지 않고 둘의
사이를 오래도록 끈끈하게 이어갈 수 있는 방법이라 생각했다.

"혼자서 어딜 다녀오시오?"

그렇게 말하는 날에는 아버지가 혼자 있을 때 많은 생각을
정리하고 난 후거나 어머니에 대한 미안함으로 당신 혼자의 시
간을 접었을 경우가 많았다.

"가끔씩 혼자서 다녀보는 것도 나쁘지 않아요."

그러면서 한두 가지 저녁 찬거리를 내려놓으면 아버지의 얼
굴엔 안도의 빛이 어린다고 했다.

사랑은 독점하는 것이 아니다. 상대를 배려하고 이해하고 도
와주는 것이 진정한 사랑이다. 조금은 거리를 두고 지켜보는 것
이 더 따사로울 수도 있다.

어머니는 날마다 사랑에 대한 정의를 새롭게 내리며 아버지에 대한 마음을 다독였다. 그건 아버지를 위해 헌신하기로 마음먹은 이후의 노력이며 안간힘이었다. 가까이 붙어 있으면서 서로의 상처를 비벼대는 것보다 조금 떨어져 있으면서 상대의 마음을 보듬어줄 수 있는 것이 오히려 깊은 사랑이라 여겼기 때문이었다.

하지만 때때로 어머니는 혼자서 조용히 울었다. 뜨거운 눈물을 혼자서 삼켰다.

잃
어
버
린
집

'엎친 데 덮친 격'이라는 말이 있다. '믿었던 도끼에 발등 찍
힌다'는 속담도 있다. 이 은은 그런 속담을 입 속으로 중얼거리
며 지끈거리는 관자놀이를 세게 눌렀다. 관자놀이에서 펄떡펄
떡 맥이 뛰는 것을 느끼니 살아 있는가 싶을 뿐, 몸뚱이는 굳어
버린 석고상 같다. 한 나라의 황태자로서 제대로 한 일은 없지만
이즈음 일어나고 있는 일은 어처구니가 없다.

'구황실재산처리법'

그것이 이즈음 이 은을 혼란스럽게 만들고 있다. 구 왕실의
재산은 동산과 부동산을 막론하고 전부 국가 소유로 만드는 대
신 구 왕족의 직계와 배우자에 대해서는 생활비를 지급한다는
내용이었다. 이 은은 다소 서운한 생각도 있었지만 통치자의 뜻
이니 그럴 수도 있다고 생각했다. 그러나 그 약속도 지켜지지 않

왔다. 국유화되어버린 창경원과 덕수궁 같은 곳의 수입은 제쳐놓고라도 생활비조차 제대로 지급되지 않는 것은 어이없는 일이었다. 혹간 사람들은 이 은의 존재에 대한 불만을 털어놓기도 했다.

"왕위를 이어갈 사람은 의왕이오. 영왕은 일본 여인을 취했을 뿐만 아니라 황태자로서의 자격도 없소. 의식조차 일본 사람이오."

가슴 아프고 치욕스런 말이지만 형님인 의왕이 왕위를 계승한다 해도 그에 대한 불만은 없었다. 그러나 왕정 복고는 어려운 일이 되고 이승만 정권이 들어선 것이었다. 사실 나라를 되찾았다 해도 이 은은 돌아가 왕위를 계승할 생각이 없었다. 스스로 한 사람의 평민으로 돌아가 소박하고 조용하게 살고 싶을 뿐이었다. 이승만이 대통령이 되었다는 소식을 듣고도 그리 서운하지 않았다. 그러나 그가 행한 일만큼은 서운하고 야속하고 황당했다.

아카사카 저택은 넓고 아름다웠다. 뜨락의 금송이 휘파람 소리를 내면 하얗게 떨어지던 겨울의 눈송이가 마치 그림 같았다. 구가 뛰어놀던 푸른 정원과 햇살이 따스하게 스며들던 아름다운 거실, 통통통 튀어오르는 공처럼 구가 오르내리던 계단……. 저택은 도쿄에서도 알토란 같은 지역이었다.

그 아름다운 집에서 사람들이 사라지기 시작했다. 하인들이 사라지고, 전하를 감시하던 힌병도, 순사도, 사무관도 사라진 아카사카 저택은 을씨년스럽기 그지없었다. 그래도 이 은은 불평하지 않았다.

"나는 어찌해도 좋으니 대비마마나 편하게 지냈으면 좋겠다."

이 은은 도쿄로 찾아온 기자에게 그렇게 말했다. 대비마마께서 창덕궁으로 들어가지도 못하고 남의 집 신세를 지고 있다는 소식을 듣고 이 은은 참담한 표정으로 고개를 떨구었다.

일본에서도, 조선에서도, 이 은의 자리는 불안했다. 그런 소식을 들은 일본인 변호사가 찾아와 이 은에게 말했다.

"전하, 한국 정부에서 전하의 재산을 다 빼앗고 생활비도 드리지 않는 것은 엄연한 법률 위반입니다. 어찌 그럴 수가 있다는 말입니까? 정부를 상대로 배상 청구를 하심이 옳은 줄 아옵니다."

그 말에 이 은은 허탈하게 웃으며 말했다.

"괜찮소. 아직은 견딜 만하오. 이 또한 내가 겪어야 할 일이고 우리나라의 일이오. 아무리 어렵다 하여도, 아무리 서운하다 하여도, 내 나라를 상대로 그런 일을 할 수는 없소."

말은 그렇게 해도 마음은 쓸쓸하기 짝이 없었다. 이 은은 한국에서도 신경 쓰지 않았다. 일본도 이 은을 버렸다. 패전 이후 일본은 화족 제도를 없애고 재산을 환수하는 조치를 취하지 않았던가. 이쪽, 저쪽, 모두 이 은을 외면한 것이다. 그래도 이 은은 불만하지 않았다. 스스로의 생각에도 황태자로서의 위엄과 걸

맞은 행동을 하지 못했다는 자책이 앞섰기 때문이었다. 그러나 개인 소유의 재산을 그런 식으로 함부로 처분하는 것은 분명 잘못된 일이라는 생각은 들었다.

이 대통령은 도쿄에 있는 이 은의 저택이 국유이므로 즉각 반환하라고 독촉했지만, 이리저리 알아본 결과는 달랐다. 도쿄에 있는 아카사카 저택은 이 은의 사유 재산이므로 몰수는 어렵다는 것을 알게 되었다. 주일대표부는 우선 집을 비워주면 매달 생활비를 지급하겠다는 감언이설로 이 은을 설득했다. 생활비로 지급하겠다는 돈도 형편없는 금액이었다. 마사코는 그 말을 듣고 몹시 화를 냈다.

"참 무서운 사람들이군요. 어찌 전하의 생활비를 보통 회사의 과장 월급만큼도 안 준다 합니까? 그동안 진 빚도 엄청난데 어찌……."

이 은은 그래도 말이 없었다. 아카사카 저택을 사고 싶어 하는 일본인들이 있었지만 이 은은 일본인에게 팔 수는 없다고 생각했다.

일본은 패전 후 경제가 극도로 나빠져 각종 세금이 엄청 많았다. 더 이상 버텨낼 자신이 없었던 이 은은 집을 팔아서라도 빚을 갚고 홀가분하게 살고 싶었다. 이 은은 자동차도 처분하고 온실로 쓰던 터도 팔았다. 골프도 치지 않았다. 그 모든 것이 생활비를 줄이기 위한 안간힘이었다. 모든 것이 조금씩 쪼그라들듯이 이 은을 압박해왔다. 이 은은 자신도 그렇게 쪼그라든나고 생각했다. 비참한 일이지만 그럴 수밖에 없는 형편임을 자인하지 않을 수 없었다. 머리가 지끈거렸다. 그러한 통증은 자주 이 은을 힘들게 했다. 몸이 자꾸만 주저앉는 느낌을 지울 수 없었다.

아아, 이러다 쓰러지는 것은 아닌지.

마음속으로 그런 염려가 들었지만 당장은 온통 집 생각뿐이었다. 마사코의 절망스러운 얼굴이 스치고 자꾸만 쪼그라드는 현실에 대해 짜증도 났다. 지키지 못할 것들은 언젠가 사라진다. 마치 움켜쥔 모래알이 손가락 사이로 스르르 빠져나가는 것처럼…….

경제적으로 너무 힘들었던 이 은은 결국 아카사카 저택을 팔겠다고 결심할 수밖에 없는 처지가 되고 말았다. 아카사카 저택은 결국 일본인에게 헐값으로 팔게 되었다. 빚 갚고 남은 돈은 아주 조그만 집을 살 수 있는 금액이었다. 몸을 웅크려 들어서는 좁은 집은 마음까지 웅크러지게 만들었다. 햇살이라도 따사롭게 들어주었으면……. 그렇게 생각하는 이은의 표정이 허허롭기 그지없었다.

지킬 수 없는 것은 조국만이 아니었다.

아카사카 저택은 지켜낼 수 없었던 집이었다. '사라진 집'이었다. '잃어버린 집'이었다. 물 위에 집을 짓는 일을 꿈꾸던 이 은은 있는 집도 지키지 못하는 허약하고 힘없는 평민일 뿐이었다. 지키지 못하고 잃어버린 집은 허공에 둥둥 떠 있을 뿐이었다. 마치 물 위에 쓴 맹서처럼 가뭇없이 사라지는 것들에 대해 드는 생각은 쓸쓸함이었다. 이 은은 한동안 천장에 어른거리는 집을 바라보았다. 그 집은 여전히 아름다웠으며 지켜내고 싶은 집이었다.

그
리
운
얼
굴

은애는 그를 보기 위해 아침부터 서둘렀다. 평소 잘 하지 않던 화장도 정성 들여 하고 옷도 이것저것 살펴 가장 고운 옷을 입었다. 날씨가 조금 더워 머리를 해도 금세 풀이 죽을까 걱정스럽기는 했지만 특별한 날인 만큼 헤어스타일도 신경 썼다. 차를 몰고 보스턴으로 향하는 마음은 마치 첫사랑을 만나러 가는 듯이 설렜다. 아니 첫사랑일지도 모른다.

사랑, 사랑. 두렵다. 그에게 온통 가 있는 이 온전한 마음이 사랑일까? 그러나 이 사랑은 비밀하다. 누구에게도 드러낼 수 없는 쓸쓸한 사랑.

처음 그를 보았을 때 은애는 가슴이 뛰었다. 얼굴이 하얗고 조그만 소년은 정원에서 공놀이를 하고 있었다. 잘못 던져진 공이 은애의 얼굴에 맞았을 때 소년은 무척 미안한 얼굴로 다가와

206   제2장

은애 앞에 섰다. 은애는 하늘이 노래지는 듯한 충격에 잠시 휘청 거렸다.

"미안해."

그는 두 손을 모으고 고개를 숙였다.

"아, 아닙니다."

그가 누구인지 그때는 알지 못했다. 그러나 하인인 듯한 남자가 얼른 다가와 소년의 흙 묻은 손을 조심스럽게 털 때 은애는 그가 누구인지 알 수 있었다.

"왕자님, 그렇게 뛰면 넘어지십니다."

귀티 나는 풍모에 단정한 말투. 공을 쥐고 있는 뽀얗고 도톰한 손이 눈부셨던 순간, 소년의 얼굴이 은애의 머릿속에 박혔다.

영왕 전하를 뵈러 간 길이었다. 영왕을 눈물로 배알하고 돌아서 나올 때도 현관에서 그 소년과 마주쳤다. 호기심 어린 눈으로 안을 들여다보고 있던 소년이 그였다. 아카사카 저택을 떠날 때쯤 정원에서 공을 들고 놀던 소년과 다시 마주쳤다. 소년이 말했다.

"아까는 정말 미안했어. 안 아프니?"

"괘, 괜찮습니다."

소년은 작았지만 당당하고 기품이 있었다. 나이는 은애보다 서너 살 어려 보였다.

"조선에서 왔다며?"

소년이 호기심 어린 눈으로 다정히게 물었다.

"네."

"할머니가 세운 학교에 다니는 학생들이라지?"

"예."

그 순간, 소년의 눈빛에 물기가 감돌았다. 은애도 눈물이 날 뻔했다. 조금 전 전하를 뵙고 울고 난 후라 은애의 눈가에도 아직 물기가 남아 있었다.

"넌 왜 우니?"

소년은 아주 애잔한 눈빛으로 은애를 바라봤다. 은애는 대답할 수가 없었다. 왜 우는지. 은애가 망설이고 있을 때 한 무리의 학생들이 나왔다. 일본인 선생이 제일 뒤에 나오며 소리쳤다.

"가자!"

은애는 일본인 선생의 말에 발길을 돌리면서 소년을 바라보았다. 여전히 그렁그렁한 눈망울이 곧 눈물을 쏟을 것만 같았다. 한 무리의 여학생들을 바라보고 서 있는 소년은 바로 영왕 전하의 유일한 핏줄이었다.

돌아서는 학생들을 바라보던 그때 소년의 얼굴이 화석처럼 가슴에 박혀 있었다.

매사추세츠 공과대학에 많은 사람들이 모여 있었다. 100년의 역사를 가진 대학답게 세계 각국에서 모여든 유학생들이 저마다의 공부를 마치고 마침내 졸업하는 날.

키가 작았던 소년은 여전히 키 큰 학생들 틈에서 잘 보이지 않았다. 하지만 붐비는 사람들 속을 헤집어 다니다 늠름하고 의 젓한 청년이 된 소년의 모습을 보자 가슴이 쿵덕거리며 뛰었다. 검은 사각모를 쓴 청년의 옆으로 마사코 왕비와 전하의 모습이 보였다.

마사코 왕비는 청년의 얼굴을 쓰다듬으며 연신 눈물을 찍어 냈다. 두 분이 미국으로 오는 동안의 어려움을 다 확인한 터라 마사코 왕비의 눈물이 무엇을 의미하는지 은애는 알고 있었다.

은애는 천천히 청년에게 다가갔다. 큼직한 장미꽃을 한 아름 담은 바구니를 들고 다가가는 내내 가슴이 쿵덕거렸다. 마침내 그 앞에 섰을 때, 마사코 왕비가 다정하게 말을 걸어왔다.

"우리 구를 보러 온 조선 학생이어요?"

은애는 우물쭈물 대답을 하지 못했다.

"저, 저는 그림 공부를 하러 온······."

은애는 말끝을 흐리며 장미 바구니를 내밀었다.

"오, 고마워요."

마사코 왕비의 얼굴에 아주 편안하고 행복한 미소가 번졌다. 그처럼 안온하고 넉넉한 미소는 보기 어려울 지경이었다.

"누구시죠?"

청년이, 아니 그가 말했다.

"저어······. 그림 공부 하러 온 사람입니다. 왕자님께서 졸업 하신다는 말을 듣고 조선 사람으로서 축하드리고 싶어서······."

은애는 고개를 숙인 채 디듬디듬 말을 이었다. 자신을 뚫어지게 바라보는 그의 눈빛을 마주 바라볼 수가 없었다.

"졸업을 축하드리옵니다."

그 말을 하고 은애는 뒤돌아섰다. 얼굴만 보았으면 되었다. 그런데 왜 다리가 후들거리는지 알 수 없었다.

"고맙습니다. 같이 식사라도 하시죠."

그의 음성이 웅웅 울렸다. 은애는 돌아보지 않았다. 돌아보면 돌기둥이 될 것 같았다. 그와 다시 눈이 마주치면 영영 그의 곁에 살고 싶어질 것 같았다. 대책 없는 그리움을 은애는 마음속에 가두어야 했다. 고개를 저으며 걸음을 옮겼다.

"아니 학생, 식사라도 같이 하고 가요."

마사코 왕비가 자애로운 음성으로 은애를 잡았다.

"아, 아니어요. 저는 이만 가겠습니다."

은애는 도망치듯 그곳을 빠져나왔다. 마음과는 다른 정반대의 행동이었다.

하지만 그 이후 그가 행할 모든 일에 은애의 관심이 가닿을 거라는 건 부인할 수 없었다. 은애는 어느새 구를 바라보는 해바라기가 되어가고 있었다. 그의 행적을 모두 체크하고 있었다. 그것이 혼자만 하는 부끄러운 사랑이라 여기며. 감히 바라볼 수 없는 존재에 대한 경외심을 키웠다. 더없이 드높은 사랑이었다. 그런 반면에 그의 곁을 지키고 싶은 욕심도 있었다.

아들의 졸업식을 보기 위해 어려운 걸음을 하신 영왕 내외가 뉴욕 교외 화이트 플레인이라는 주택가에 아파트를 마련하고 모처럼 식구들만의 오붓한 생활을 즐긴다는 것도 알게 됐고, 아침 일찍 맨해튼에 있는 건축 사무소에 출근하기 위해 그가 서둘러 집을 나선다는 것도 알게 됐다. 그는 직장에서도 아주 성실하고 단정하고 유능한 직원으로 인정받고 있다는 소문도 들었다.

금요일과 일요일에는 일주일분의 식량과 과자를 사러 가까운 마켓에 갔고 한가한 시간엔 책을 읽거나 차를 함께하며 행복한 시간을 보내는 모습도 눈여겨보았다. 때로는 그가 음식을 만들어 전하와 비전하에게 대접하며 즐거워하는 모습도 볼 수 있었다.

아아, 혼자서 하는 사랑은 가뭇없이 쓸쓸했다.

정수가 미국으로 온 그 이듬해, 은애도 미국으로 건너왔다. 물론 혼자였다. 전쟁 통에 어수선해진 국내 정세가 불안했던 부모님은 은애의 유학 결심을 의외로 순순히 받아들여주었다.

"그래, 더 큰 세상에 가서 네가 하고 싶은 공부를 하거라."

오정수를 뉴욕에서 만날 수 있을 거라는 예상은 딱 맞아떨어졌다. 그는 기다리기라도 한 듯이 은애 앞에 나타났다.

"은애야, 너 미국에 와서 뭐 하고 다니냐?"

어느 날, 정수가 은애에게 물었다.

"그럼 그리지. 뭐 하고 다니긴."

마치 미리 생각해두었던 말처럼 은애의 말은 간결했다.

"내가 보기엔 그게 이니야. 넌 딴 데 정신을 필고 있어."

오정수의 눈은 매웠다. 마치 그릴 대상을 살피는 듯한 예리한 눈이었다.

"그런 소리 하지 마. 그리는 것이 능사가 아니잖아."

"혹시 연애하는 거 아냐?"

오정수의 매운 눈이 은애의 얼굴을 뚫어지게 바라봤다. 은애는 뜨끔했지만 시치미를 뗐다. 그림은 그려도 반둥건둥했다. 어쩌다 마음잡고 해바라기를 그리다가도 힘에 부치면 붓을 내던지고 널브러졌다.

"연애? 맞지, 연애. 무언가에 마음을 빼앗기는 게 연애가 아닌가? 르누아르, 세잔, 고흐, 고갱, 마티스……."

은애는 메트로폴리탄 미술관에서 본 세계적 화가들의 그림을 떠올리며 되는 대로 중얼거렸다.

"말 돌리지 말고."

오정수는 정색을 하고 물었다.

"누가 나를 여자로나 봐준대?"

그 말을 하면서 괜히 울컥했다.

"나 있잖아."

정수가 턱을 들이밀며 웃었다.

"너는 친구."

은애의 말에 정수의 입이 실쭉 일그러졌다. 그러더니 생각지도 않은 말로 은애를 당황스럽게 했다.

"내가 다리 병신이라 안 되는 거야?"

"아, 아니야. 그건 아니야."

은애는 손사래까지 치며 부정했다.

"됐다. 부족한 내가 욕심이 과했지."

정수는 눈을 내리깐 채 담배를 찾아 물었다. 아아, 엇나가는 사랑이여.

날씨가 차가워지는가 싶더니, 모기의 입도 삐뚤어진다는 처서가 지났다. 미국에서 한국의 절기를 기억하고 있자니 조금 웃음이 났다. 아, 부모님들은 안녕하신지.

은애는 정수와의 그 일 이후 뉴욕에서 보스턴으로 거처를 옮겼다. 이유는 단 하나. 주말이면 그가 머물고 있는 동네로 향했다. 차가운 바람이 휘몰아칠 무렵, 은애는 아주 고통스러운 광경을 보았다. 그가 한 미국 여성을 데리고 집으로 들어가는 것이었다. 키를 나란히 하고 손을 잡고 걸어가는 모습이 무척 친근해 보였다. 서글서글한 눈매를 가진 미국인 여자. 숱이 많은 머리칼에 웃는 모습이 아름다운 여인. 그녀가 그의 사랑이라는 걸 은애는 한참이나 지난 후에 알게 되었다.

그날 이후 은애의 그림은 더욱 쓸쓸해졌다. 빈 나뭇가지에 일렁이는 바람이 은애의 가슴을 훑고 지나갔다. 사라지는 것은 형상만이 아니었다. 마음도 사라졌다. 아니 사라진다고 믿었다.

은애의 가슴에 화인처럼 미국 여자의 얼굴이 새겨졌다. 하지만 은애는 그 어떤 행동도 할 수 없었다.

두 사람은 꽃이 아름다운 5월에 약혼식을 하였고 가을이 깊어가는 10월 어느 날, 뉴욕 근교의 작은 성당에서 결혼식을 올렸다. 은애는 차양이 너른 모자를 쓰고 코트 깃을 바짝 세운 채 먼 발치에서 그를 지켜보았다. 그는 행복해 보였으며 그녀도 행복에 겨운 눈빛이었다. 은애의 눈에서 흐르는 눈물은 은애만의 절망이었다.

어느 날부터 잿빛 그늘처럼 헛헛한 화폭의 구석에 작은 해바라기를 하나 그려 넣었다. 해바라기는 붓을 잡을 때마다 자꾸 커졌다. 그 해바라기 그림을 하염없이 바라보다가 은애는 오정수를 불렀다.

"우리 결혼하자."

너무도 건조하게 내뱉는 은애의 말을 들으면서 오정수는 얼른 고개를 주억거렸다. 조금이라도 늦게 반응했다간 은애가 사라져버릴 것만 같아서였다. 은애의 눈에 서린 그리움은 자신이 지워줄 수 있을 거라 생각했다.

아, 그리움이 사라지는 자리를 무엇으로 채울 것인가……

제
3
장

우
크
라
이
나
 여
자

    사람의 인연에 대해 나는 정의를 내릴 수가 없다. 운명인지 우연인지, 인연인지.

    그건 죽어서도 마찬가지이다. 내가 죽은 후에 달라진 것은 기억의 순서가 자유로워졌다는 것이다. 수십 년 전의 일이 어제인 듯하고, 어제의 일이 수십 년 전의 일같이 느껴지기도 한다.

    그녀는 내게 과거이면서 현재이고, 현재이면서 아득할 때도 있다. 그러나 처음엔 나도 그녀에게서 분홍빛을 보았으며 청춘의 맥박을 느꼈다.

    그녀와 나에게 1957년 크리스마스는 잊을 수 없는 날이다. 처음 본 순간, 내 인생에서 그녀는 특별한 여자가 되었다.

    줄리아 멀록, 그녀는 나와 같은 건축 사무실에 근무했지만 서로에 대해 특별한 관심을 가진 사이는 아니었다.

1955년 뉴욕의 유명한 건축 회사 '아이엠페이'에 입사한 줄
리아는 나보다 2년 정도 선배였다. 나는 1957년 6월에 MIT대학
건축학과를 졸업하고 막 회사에 입사한 신입 사원이었다. 고급
호텔에서 열린 화려한 크리스마스 파티에서 처음 줄리아를 만난
나는 첫눈에 그녀에게 반했다. 늘씬한 몸매에 밝은 미소가 시원
스러웠다. 그늘이 없는 아주 양순한 눈빛이 다듬지 않은 원석을
보는 것 같았다. 나이가 좀 들어 보이기는 했지만 그것도 사려
깊은 마음이 깃들어 있을 연륜이라 생각하니 오히려 따듯하게
느껴졌다. 나는 무척 조심스럽게 다가가 그녀에게 춤을 청했다.

"춤을 추시겠습니까?"

고개를 까딱하며 웃어 보이던 그녀는 의례적으로 나와 함께
춤을 추었다. 춤이 끝나자 나는 그녀에게 말했다.

"파티 끝나고 집에 데려다줄까요?"

그렇게 말한 것은 그녀에 대한 나의 호의이고 관심이었다.
그러나 그녀는 어리고 자그마한 동양 남자에게 매력을 느끼지
못하는 것 같았다. 그녀의 대답은 차갑고 간결했다.

"남자 친구가 데리러 올 거예요."

하지만 줄리아의 말은 거짓이었다. 실망하는 나의 얼굴 표정
을 살피지도 않고 저만치 가버리는 줄리아를 보며 나는 조금 낙
담했다. 하지만 싫다는 숙녀에게 치근덕거릴 수는 없는 노릇이
었다. 다만 그녀가 같은 사무실에 근무한다는 사실에 조금 위안
을 얻을 수 있었다.

그즈음 줄리아가 새로운 계획을 세우고 있다는 것을 나는 모르고 있었다. 스페인으로 이주한 친구에게서 그곳에 호텔을 짓고 함께 일하자는 제안이 왔다는 것이다. 반가운 소식이라고 생각한 줄리아는 인생의 변화를 꿈꾸었다. 앞길이 창창한 인텔리 여성이 미국을 떠날 생각으로 집을 세놓는다는 광고가 사무실 벽에 붙었다. 그 사실은 사무실 안에 금세 퍼졌다. 나는 한참 후에 그것을 보았다. 갑자기 집을 옮기고 싶다는 생각이 들었다. 아니 집을 핑계로 그녀와 조금 더 가까워질 기회를 만들고 싶었다.

그녀 줄리아에 대해서 아는 바는 없지만, 그녀가 하루라도 빨리 세놓고 얼른 떠나고 싶은 심정일 거라는 데는 동감이었다. 줄리아는 안정된 직장보다는 마음을 안주할 곳이 절실히 필요한 것 같았다. 동병상련의 마음이 들었다.

그녀의 광고문을 보고 가장 먼저 줄리아의 집을 찾은 사람은 의외로 '작은 동양 신사'라는 별명을 가진 나였다.

"오, 미스터 리!"

그녀가 나를 보며 처음으로 내뱉은 말에는 놀라움이 가득했다. 단 한 번 춤을 추었을 뿐인 동양의 어린 신사가 자신이 내놓은 집을 보러 오다니! 줄리아의 놀라움은 거기서 오는 게 가장 큰 것 같았다. 물론 그간에 '동양 신사'로 불리던 나에 대한 이야기는 회사 내에서 간간이 들었을 것이다. 나는 평판이 좋은 직원이었지만 그렇다고 해서 그녀의 관심을 끌지는 못했다. 그저 일을 열심히 하고 아주 똑똑해 보이는, 조용하고 단정한 동양의 신사로만 기억하고 있을 것이다.

나는 애써 태연한 척하며 주변을 둘러보다가 뒤늦게 줄리아를 바라보았다. 머리를 뒤로 질끈 묶은 그녀는 무언가 바쁜 일을 하다 나온 듯이 어수선해 보였다. 그녀는 너무 놀라서 움직일 수 없다는 듯이 굳은 자세로 서서 눈을 껌벅이며 나를 바라봤다.

"이게 어찌 된 일이죠?"

"집을 내놨다 하기에 보러 왔소. 그것도 아니 되오?"

"아, 그런 말이 아니라……."

그녀는 두 손을 마주 잡고 몸 둘 바를 몰라 서성거렸다. 열어 둔 현관문이 덜컹거렸다.

"잠깐 들어오세요. 커피 마시려고 찻물을 끓이던 중이어요."

줄리아는 찻물을 끓이던 생각이 났는지 얼른 주방 쪽으로 몸을 돌렸다. 나는 그녀에게 이끌리듯 집 안으로 들어섰다.

"스페인으로 가려고 집을 내놨어요. 친구가 같이 사업을 해 보자 해서."

찻잔을 내놓으면서 줄리아가 묻지도 않은 말을 했다. 커피가 담긴 찻잔은 황금빛 손잡이가 아주 고급스러웠다. 찻잔을 감싸 쥐고 온기를 느끼던 내가 말했다.

"찻잔이 무척 고급스럽군요, 예사롭지 않네요."

그러자 그녀가 수줍게 웃으며 말했다.

"사실 그 찻잔은 결혼할 때 가져가려고 마련한 아주 고급 찻잔이랍니다."

"그런데 왜 내놓은 거요?"

나는 찻잔의 금박을 부드럽게 만지작거리며 물었다.

"스페인 갈 때는 빈손으로 가려고요. 언제 결혼을 하게 될지도 모르겠고…… 그래서 꺼내 쓰기로 한 거죠."

그녀 역시 눈을 내리깐 채 찻잔을 만지작거리고 있었다.

"이건 황실에서나 쓸 법한 디자인이오."

나는 천천히 커피를 한 모금 마시고 말했다.

"그렇지요? 그래서 저도 그런 호사를 누려보려고 샀어요."

줄리아도 찻잔을 들어 한 모금 마시고는 수줍게 웃었다. 그 순간, 나는 어떤 예감에 휩싸였다.

"고맙소, 이 찻잔에다 커피를 마실 수 있게 해주어서."

"그리고 보니 이 찻잔에 차를 마시는 첫 번째 손님이군요."

활짝 웃는 줄리아의 고른 치아가 눈부셨다. 줄리아는 전보다 훨씬 부드러웠고 나도 전보다 훨씬 차분했다. 전에 없던 친밀감이 우리 둘 사이를 메워가고 있었다. 내가 조용히 말했다.

"곧 떠나신다니, 그럼 오늘 저녁 식사라도 같이 합시다."

나의 말에 줄리아가 잠시 망설이다가 고개를 끄덕였다. 나는 자신도 모르게 쿵덕대는 가슴을 지그시 짓눌렀다. 여자에게 처음으로 느껴보는 설렘이었다. 그것도 이국의 여자에게!

어머니의 얼굴이 잠시 흔들리다 스쳐갔다.

"나는 대한제국의 황태손이오."

식사를 마치고 나서 나는 줄리아에게 말했다. 뜬금없다 싶게 한 나의 말에 줄리아는 비웃듯이 말했다.

"아, 그런 얘기를 얼핏 들었어요. 황태손? 왕자가 아니구요?"

줄리아는 신기하다는 듯이 나를 바라보았다.

"아버지가 황태자시니……."

나는 궁색한 변명을 하는 아이처럼 조금 작은 목소리로 대꾸했다. 그러자 그녀가 큰 소리로 웃었다.

"하하하, 그렇군요. 좋아요. 그렇다고 치죠. 저는 황태자니 황태손이니 하는 말들을 잘 몰라요."

나는 몹시 마음이 상했다. 내 목소리는 나도 모르게 조금 딱딱해졌다.

"진정이오."

"아, 알았어요. 하지만 나는 귀하신 분을 사귈 만큼 신분이 높지 않아요. 그저 평범한 미국인일 뿐이죠."

그녀가 고개를 살랑살랑 흔들며 장난스럽게 말했다. 나의 말을 진심으로 듣는 것 같지 않았다. 하기야, 망한 나라의 황태손이 무어 그리 내세울 일일까. 나를 등지고 돌아서서 걸음을 재촉하는 줄리아를 보며 나는 한숨을 내쉬었다.

"루벤스를 좋아하오?"

그녀를 잡아볼 마음으로, 분위기를 바꿀 요량으로 말해놓고도 뜬금없는 질문이다 싶었다.

"아니요. 루벤스를 좋아하시나요?"

그녀는 여전히 건성으로 나를 대했다. 자존심이 상하는 일이기도 하지만, 그렇다고 딱히 그녀의 태도를 나무랄 이유가 없었다. 문득 '진 디니'가 생각났다. 그는 내가 기거할 집을 구해준 복싱계의 명사로, 가끔 나를 복싱 스타디움으로 데려가곤 했던 자상한 이였다. 그가 한 말이 생각났다.

"무릇 연애란 복싱과 다를 바 없지요. 복싱은 힘으로 하는 게 아닙니다. 복싱은 영역 다툼이에요. 여자를 만날 때도 그녀를 당신의 영역으로 데려와야 합니다. 당신이 잘 아는 곳에서, 아는 사람들이 많은 곳에서 데이트를 해야 합니다. 명심하세요."

그의 말은 일순 맞는 것 같기도 하고 틀린 것 같기도 한데, 도대체 이 낯선 나라에서 내가 익숙한 곳이 어디이며, 내가 아는 사람, 내가 아는 일이 무엇인가 싶었다. 줄리아 앞에서 자꾸만 초라해지는 자신을 확인하며 나는 또 허망한 질문을 던졌다.

"혹시 시를 좋아하오?"

그녀는 분명 간결하게 대답할 것이다. 나는 건축 외에는 아무것도 몰라요, 라고. 그녀와 나를 잇는 감정적 교류가 없다는 것은 그녀와의 교제가 어렵다는 말이었다.

대답 없이 조용히 나를 바라보고 있는 그녀를 향해 독백처럼 중얼거렸다.

"나는 헨리 밀러를 좋아하고 딜런 토마스를 좋아하오. 나의 침대 밑에는 『북회귀선』이 놓여 있고 친구들에게 하이쿠를 읊어 주기도 하오."

"『북회귀선』은 저도 읽었어요."

나의 말에 호응해주는 그녀를 보고 용기를 얻었다.

"그림은 좋아하오?"

"그림도 좋아하시나 봐요?"

그녀의 시큰둥한 반응에 조바심이 났다. 얼른 대화가 끝나길 기다리는 듯한 기분이 들었다. 나는 그녀를 빤히 바라봤다. 그녀와 오래 대화를 이어가기가 힘들 것 같았다. 하고많은 날을, 이야기도 안 통하는 여자와 어찌 얼굴을 마주 보며 살 수 있을까. 첫눈에 반하기는 했지만 이야기를 할수록 느껴지는 거리감이 나를 피곤하게 했다. 그때 줄리아가 새로운 질문을 던졌다.

"하이쿠? 그건 뭐죠?"

"일본 정형시의 일종입니다. 각 행마다 5, 7, 5음으로 모두 17음으로 이루어지는……."

나는 반갑게 대답했다.

"아, 무슨 소린지 하나도 모르겠어요."

그녀는 긴 머리칼을 흩트리며 고개를 저었다. 나는 그런 그녀가 오히려 사랑스러웠다. 아무것도 모르는 상태에서는 무엇이든 시작할 수 있다. 그런 그녀가 점점 궁금해지면서 나는 거의 무모하리만치 그녀에게 빠져들고 있었다. 나 스스로 선택한 여자였다. 그것이 훗날 서로에게 얼마나 큰 상처를 주는 일이 되는지 그때는 알 수 없었다. 윤기 나는 줄리아의 긴 머리칼이 싱싱하고 아름다웠다.

나는 식사를 마치고 그녀를 데려다주기 위해 밖으로 나와 버스를 탔다. 버스는 복잡하지 않았고 그녀와 나는 나란히 의자에 앉았다. 앞자리에는 모자를 눌러쓴 남자가 앉아 있었다. 그때 버스 안으로 허름한 옷을 입은 두세 명의 청소부들이 들어서며 우크라이나 말로 그 남자에게 인사를 했다.

"Привіт(안녕)."

나는 그들이 하는 말을 듣고 피식 웃었다. 한 명이 성급하게 올라서다 앞서 탄 남자의 발을 실수로 슬쩍 밟았다. 그가 당황하며 말했다.

"Вибачте(죄송합니다)."

"О ні(아니에요)."

발등을 밟힌 모자 쓴 남자는 손사래를 치며 너그럽게 웃었다.

"Дякую(감사합니다)."

순한 눈빛의 남자가 여러 번 고개를 숙이며 사과했다. 차가 몹시 흔들렸다.

줄리아가 나에게 바짝 붙었다. 그러면서 낮은 목소리로 속삭였다.

"저 사람들 말 듣고 왜 웃었어요?"

"저건 우크라이나 말이오. 그런데 저들이 미국 땅에서 우크라이나 말로 저렇게 떠드니 우스워서요."

"우크라이나 말을 알아요?"

줄리아가 반색하며 나를 바라봤다.

"아, 조금 알죠. 처음 유학 왔을 때 룸메이트가 우크라이나 학생이었거든요. 그때 좀 배웠죠."

"어머나, 그래요? 정말 우크라이나 말을 할 줄 안다는 거죠?"

그녀가 놀라운 표정으로 확인하듯 물었다.

"그런데 왜 그렇게 놀라는 거요?"

나는 그녀의 그러한 태도가 이해되지 않았다.

"제가 우크라이나에서 이민 왔거든요. 그러니 반가울 수밖에요."

인연이란 참으로 이상한 것이다. 서로의 관심사가 맞지 않는다 생각하여 관심을 접으려던 찰나, 우크라이나 말로 반전이 일어나다니! 줄리아는 크고 동그란 눈을 더욱 크게 뜨며 나를 향해 환하게 웃었다. 그 웃음이, 별 관심 없던 동양 신사에 대한 호감이라는 것을 나도 알아챘다. 드디어! 나는 속으로 쾌재를 불렀다.

이후로 줄리아와 나는 빛의 속도로 친해지게 되었다.

"무얼 좋아해요?"

줄리아가 내게 관심을 갖기 시작했다.

"사진 찍는 걸 좋아하고 책 읽기를 좋아하오."

"아, 그렇군요. 동양에서 오신 황태자와 이렇게 친해지다니."

줄리아는 어느새 내 손을 자연스럽게 잡았다.

"황태자가 아니라 황태손이오. 내 아버지가 황태지요."

사실 나는 내가 황태손이라는 사실을 그리 달갑게 여기지 않고 있었다. 이미 주권을 잃은 나라의 황태손이 무슨 의미가 있다는 말인가. 하지만 그건 실낱같은 자존심이었다.

"황태자…… 황태손…… 아, 그런 말은 모르겠어요."

그녀는 혼란스러운 듯 고개를 저었다.

"그래, 몰라도 돼요. 그저 허울일 뿐이오."

나는 조금 침울해져서 먼 곳을 바라보았다.

한일병합에 즈음하여 발표된 왕공가궤범의 조서에는 '전 한국 황제를 왕에 책봉하여 창덕궁 이왕이라 부르며 (중략) 황태자 및 장래 후계자를 왕세자라 하고……'라고 명기되어 있었으므로 사실 굳이 황태손 운운하는 것은 그들의 입장에서 본다면 억지라 여길 수도 있는 일이었다. 그렇지만, 그것은 그들이 만들어 놓은 조서일 뿐이다. 아무도 인정하지 않는 일을, 기억조차 하지 않는 일을, 관심조차 없는 일을, 내 입으로 황태손이라 부르는 게 맞소, 하고 떠드는 것도 사실 허망하기 짝이 없는 노릇이었다.

공부도 지향점이 있어야 열심히 할 수 있는 법이다. 천애고아 같은 처지에 공부하는 일도 허망하기 짝이 없는 노릇인데 망한 나라의 황태손이 할 수 있는 일이 있기나 한가. 아니, 내가 진짜로 고종 할아버지께서 세우신 대한제국 황가를 잇는 자손이기는 한 것인가. 나는 나의 정체성에 대해 상당히 회의적이었다.

나는 차라리 국제인이다. 한국인과 일본인의 혼혈! 그런데 하필 황가라니! 일본은 조선 황실의 순수혈통을 흐트려 놓았다.

정통성에 대한 황가의 분분함이 사그라지지 않을 터. 거기에 미국인 여자까지. 나의 한숨은 점점 깊어졌다. 그럼에도 불구하고 그날 이후로 줄리아와 나는 아주 급속도로 가까워졌다. 같이 영화를 보았고 줄리아를 집까지 데려다주었다. 식사를 같이 하는 것은 물론이고, 건축과 예술에 대해서도 이야기를 나누었다. 줄리아는 모르는 이야기가 나와도 전처럼 냉정하게 말하지 않았다. 이해하려고 노력했고 나를 바라보는 눈빛에 따스함이 고이기 시작했다. 그녀와의 사이가 점점 가까워지자 나는 어머니를 자주 떠올렸다. 근엄하고 차갑고 냉정한 어머니의 눈빛이 자꾸 마음에 걸렸다. 나보다 나이가 많은 여자를 탐탁해하실 리가 없을 거라는 생각 때문이었다. 그러나 우선은 행복했다. 줄리아가 있어서 마치 온실에 있는 것처럼 마음이 따뜻해졌다. 그녀는 결국 스페인행을 포기했다.

나는 그녀에게 말했다.

"우리는 결혼할 거야."

내 말에 줄리아가 눈을 동그랗게 뜨며 웃었다.

운명의 신이 우리 둘을 그렇게 묶었다. 그동안 벌판에 내던져진 한 마리 새 같던 내가, 어쩜 따뜻한 둥지를 찾을 수 있을지도 모른다는 희망이 생겼다.

"구. 이젠 당신을 떠나서 살 수 없을 것 같아요."

줄리아가 우크라이나 말로 이야기했을 때 나는 빙긋이 웃었

다. 어쩜 간단한 우크라이나 말이 줄리아를 내게 오도록 이어준
것이다 싶었던 것이다. 그때 버스 안에서 우크라이나 노동자들
의 말을 알아듣지 못했더라면 줄리아와의 인연은 이어지지 않
았을 것이다. 여덟 살이나 아래인 나를 자신의 남자로 받아들인
줄리아는 전보다 공손하고 따사롭고 친절했다. 늘 존경하는 마
음으로 나를 바라봤고 내 말에 귀를 기울였다. 그녀는 여전히 회
사에 다녔고 간간이 사내에서도 눈빛을 나누었다.

"우리는 잘 만난 걸까요?"

그 말은 의문을 담고 있었으나 나는 그런 의문조차 일축했다.

"그게 무슨 소리요?"

"나이도 내가 많고 신분상으로도 나는……."

나는 그런 줄리아의 말을 내 입술로 덮었다. 더 이상 말하지
말라. 나는 그녀를 으스러지게 껴안았다. 그녀는 내 여자임에 틀
림없다. 나를 평화롭게 하고 안정되게 하며 가슴 떨리는 기분을
알게 해준 내 첫 여자였으니.

1958년 드디어 줄리아를 나의 약혼녀로 결정하고 발표했다.

줄리아가 아버지와 어머니를 만난 건 쌀쌀한 3월이었다. 아
들의 졸업식을 보기 위해 어렵게 미국으로 온 두 분은 1년 가까
이 뉴욕에 머물고 있었다. 줄리아는 내 부모님을 만나는 데 소홀
함이 없도록 한다며 한 달 치 월급을 털어 새 옷을 장만했고 꽃
바구니를 마련했다. 그녀는 시종 웃는 얼굴이었지만 긴장한 모
습은 감출 수 없었다.

"어서 와요."

어머니는 줄리아를 아주 의례적인 인사말로 맞이했다. 아버지는 덤덤했고 어머니는 다소 차가운 눈빛으로 줄리아를 살폈다. 그 어떤 말도 하지 않았다. 나는 그것이 탐탁지 않은 어머니 식의 표현이라는 걸 알았지만 모른 척했다. 언제나 차분하고 냉정한 처사를 하는 어머니가 말하지 않은 그 속내를 미루어 짐작하고도 남았기 때문이다. 그리고 어머니가 하실 말에는 내 나름대로 변명도 준비돼 있었다.

우리 가족은 이미 다국적이다. 아내로 맞이하고자 한 줄리아도 우크라이나 여자이고, 나의 어머니도 일본 여자다. 내 아버지 영왕은 어릴 때 일본으로 끌려가 어머니와 정략결혼을 했다. 그런 상황에, 어머니가 줄리아의 집안 배경이나 미국인이라는 걸 트집 잡아 며느리로서의 자격 운운할 일은 아니라는 생각이 들었다. 주변의 모든 이들에게 줄리아가 내 약혼녀라고 발표하자 8월에는 그 사실이 언론에 보도되기도 했다. 반가운 일은 아니었으나 그리 기분 나쁜 일도 아니었다. 줄리아는 몹시 기뻐했다.

"당신의 여자가 되어 기뻐요."

나는 비로소 줄리아의 행복한 미소를 볼 수 있었다. 그녀는 나와 한 직장에 있는 것에 이목이 집중되는 걸 꺼려하여 직장을 옮겼다. 어찌 되었든 그녀는 평민이고 나는 황태손이었으며 동화 같은 결말로 사랑을 이루어냈다. 하지만 나는 백마를 탄 왕자가 아니었고 그녀는 신데렐라가 되지 못했다. 나는 줄리아에게 약속했다.

"백마를 탄 왕자가 아니어서 미안하오. 그러나 반드시 멋진 궁전을 지어 당신을 살게 하겠소."

"건축학을 하신 왕자님이니 어련하시겠어요. 그날을 기대합니다. 멋진 집을 짓는 데 나도 힘을 보탤게요."

"건축이 우리를 이어주었소. 앞으로도 우리는 사람들이 행복하게 살 수 있는 편하고 멋진 집을 짓도록 합시다."

"그럼요, 우선은 우리가 살 집을 먼저 지어요."

"물론이오. 멋지고 화려한 궁을 지을 것이오. 건축은 땅 위에 시를 짓는 일입니다."

나는 르 코르뷔지에의 말을 자주 인용했다. 디자인을 공부한 그녀는 다행히 공감했다.

"오, 땅 위에 시를 짓는 일…… 기대할게요."

그녀는 행복한 웃음을 지으며 내 손을 꼭 잡았다. 나는 약속의 의미로 더욱 힘껏 그녀의 손을 움켜잡았다.

20세기 초, 세계 각 분야에서 놀랄 만한 변혁의 바람이 일었다. 산업화와 기계화의 영향은 인간의 내면이나 정신세계에도 큰 영향을 끼쳤다. 의학, 미술, 문학, 과학 등의 분야에서 일어난 변혁은 곧 건축에도 이어졌다. 단순히 '사람이 사는 집'에서 '더 많은 사람이 더 효율적인 공간에서 함께 살 수 있는 집'으로 건축 개념이 바뀐 것이다. 그 선두에 르 코르뷔지에가 있었다. 그는 단순히 아름다운 건축물을 남긴 건축가에 그치지 않고 기존의 건축 관념을 깨고, 오늘날 현대 건축에 적용되는 많은 이론을 만들어낸 건축 이론의 선구자이기도 했다. 르 코르뷔지에를 빼놓고는 현대 건축을 설명하기 어려울 만큼 현대 건축에 끼친 그의 영향은 막대하다.

"르 코르뷔지에처럼 땅 위에 멋진 시를 쓰겠소."

나는 줄리아를 껴안고 진심으로 맹세했다.

줄리아와 나는 행복했다. 비록 멋진 궁전에서 시작하는 삶은 아니었지만 두 사람의 마음속엔 커다랗고 멋진 궁전이 들어 있었다. 내가 늘 꿈꾸듯 말하던 꿈속의 집이 마음에는 꽉 들어차 있었다.

우크라이나 처녀 줄리아 멀록.

그녀는 나에게 세상 그 무엇과도 바꿀 수 없는 내 영혼의 집이며 사랑이었다.

아
버
지

　아버지가 위중하다는 소식을 듣고 나는 더 이상 미국에 머무를 수 없었다. 가족이라는 그 아픈 동질감이 피를 이어받은 아들로 서게 했다.

　내 생명의 근원. 몸부림쳐도 벗어날 수 없으며 달아날 수 없다. 나는 선언하듯 줄리아에게 말했다.

　"아버지를 뵈러 갑시다."

　"네, 그래요. 당신도 이제 미국 국적이 생겼으니 어려울 것이 없지요."

　줄리아는 선선히 수락했고 당장에라도 떠날 듯이 들떠서 기뻐했다. 줄리아는 매사 순종적이고 사랑스러웠다. 이것저것 준비하느라 하루하루가 모자랄 지경으로 바빴다. 하지만 나는 오히려 차분했다. 그동안 어머니와 아버지가 간간이 다녀가시긴 했지만 나는 15년 만에 가는 일본이었기에 여러 가지로 착잡했다. 여권을 얻지 못한 채 보냈던 유학길, 그동안에 힘들었을 두 분의 세월이 파노라마처럼 흘렀다.

내가 아버지를 뵈러 일본에 갔을 때 여러 가지로 놀라운 일들이 펼쳐졌다.

"내가 태어난 아카사카 저택은 아주 아름다운 궁이라오. 내가 쓰던 방에서 밖을 내다보면 푸르른 양탄자를 깐 듯이 부드러운 정원이 보인다오."

기대에 부풀어 비행기를 타면서, 나는 줄리아에게 내 어린 시절을 이야기했다.

그리움에 겨워 내 어린 시절이 녹아 있는 아카사카 저택을 열심히 표현할 때, 줄리아는 얼른 믿을 수 없는 표정이긴 했지만 애써 고개를 끄덕거리며 호응했다. 그러나 아버지 쪽에서 마중 나온 사람은 나를 그곳으로 데려가지 않았다. 허름하지는 않으나 낡은, 오래된 일본식 건물로 나를 안내했다. 놀라움을 금치 못하는 것은 줄리아만이 아니었다. 내가 더 놀랐다. 줄리아 앞에서 민망하기도 했다. 그러나 나는 그런 내색을 하지 않았다. 생각보다 병약해지신 아버지를 보는 순간, 그 어떤 말로도 내 마음을 드러낼 수가 없었다.

나는 무릎을 꿇고 아버지 앞에 엎드렸다. 거칠고 야위어진 아버지의 손에 깊은 입맞춤을 하면서 속울음을 삼켰다.

"오, 내 아들 왔느냐?"

단지 그 말뿐이었지만 말속엔 아주 많은 의미가 함축돼 있었다. 줄리아도 놀란 마음을 숨기지 못해 불안한 태도를 보였다. 그러나 겉으로는 일상적인 의례들이 법도대로 진행되어 갔다. 히로히토 천황을 만났고 내가 태어났던 아카사카 저택 앞에서 천황 가족들과 기념사진도 찍었다. 표면상으로 나는 여전히 대한제국 황태자 이 은의 아들이었다.

나는 맘속에서 이는 궁금증을 그 누구에게도 물어보지 못했다. 왜 부모님이 아카사카 저택에 살지 않느냐고. 그 누구에게 물어보았대도 시원스럽게 대답해줄 사람이 없을 거라는 염려가 앞선 탓이기도 했다. 나는 2층으로 이어진 계단을 올려다보며 발길을 돌려야 했다.

어린 시절부터 떠돌아다닌 인생이었다. 물론 공부라는 핑계가 있기는 했지만 돌이켜 보면 아버지는 일찍부터 나를 일본에서 빼내 미국으로 보내고자 하는 계획이 있었던 게 아닌가 하는 생각이 들었다.

모국에서도 버림받은 황손이 무엇을 할 수 있을까, 하는 생각은 나만 품은 생각이 아니었던 것 같았다. 대한제국은 엉망진창이 되었고 전쟁으로 아수라장이 되었고, 임시 정부가 들어선 나라는 갑론을박, 세력 싸움, 이념 싸움으로 진흙탕처럼 들끓고 있다는데, 그래도 세월은 무심하게 잘도 흐르고 있었다.

1947년 5월 2일 공포 시행한 '외국인 등록령'에 의하면 당분간 조선인은 외국인으로 간주한다고 되어 있어 아버지도 외국인 등록을 해야 했다. 왕공족보에서 한국 호적으로 이적했기에 일본 국적 외국인으로 등록했다.

모모야마 겐이치라는 이름으로 개명한 조카 이 건이 시부야에 팥죽집을 열었다는 소식에 아버지는 몹시 우울해했다. 나 역시 그랬다. 아무리 생계가 어렵다 하지만 황족이 팥죽집까지 열어 먹고살 일을 걱정해야 한다니 비참하기 이를 데 없었다. 한편으로는 그러한 결단을 내린 조카가 기특하다는 생각도 들었지만 그 생각은 그리 오래 가지 않았다. 허탈하고 절망스러운 마음뿐이었다.

허울뿐인 황태자 놀음도 지친 아버지는 무기력해져 갔다. 동정은커녕 쏟아진 비난의 말들이 아버지의 머릿속을 가득 채우고 있을 것이었다. 조국으로 돌아가지도 못하고 공중을 떠도는 먼지처럼 허허로운 날들이 계속됐다. 과도정부에서 아버지를 신생 제2공화국의 한 시민으로서 환영하여 환국을 준비하고 있다는 사실을 알게 되었지만 그 일도 그리 믿을 만한 일이 아니라여겼다. 이런저런 일을 미루어 보아 약속이 지켜진 예가 거의 없었기 때문이었다. 그것이 정식 문서로 전달이 되었을 때도 아버지는 반신반의했다.

'본회는 구 한국 최후의 황태자로 영왕이었던 이 은 선생을 과거의 영왕으로서가 아니라 신생 제2공화국의 한 시민으로서 환영하고자 하는 바입니다'로 시작된 취지서를 보고노 느러내

고 좋아할 수는 없었다. 아버지는 매사에 의심을 하고 불신이 가
득 찬 시선으로 일관하기 시작했다. 하지만 매번 이번만은 성사
되지 않을까, 조심스럽게 좋은 쪽으로 마음을 기울이고는 했다.
황태자였던 자신을 한 시민으로 대하겠다는 문구에도 전혀 노
여워하지 않았다. 황태자의 신분은 이미 오래전 스스로 내려놓
았다. 한 사람의 시민으로라도 귀국만 할 수 있다면 더 바랄 것
이 없겠다는 생각인 것 같았다. 아버지의 소망은 너무도 소박했
다. 하루하루를 조바심치며 기다렸다. 하지만 그 일도 쉽게 이루
어지지는 않았다. 언제나 공중에 떠돌아다니는 부유물처럼 아
버지의 존재는 둥둥 떠 있을 뿐이었다.

　아버지의 몸이 서서히 망가져가고 있다는 느낌이 들기 시작
한 건 그리 오래되지 않았다. 머리가 깨질 듯이 아프고 손마디가
자주 저리다는 증세는 있었지만 스트레스 때문이라 여겼다. 그
런데 그러한 증상이 자주 반복되자 아버지는 불안해했다. 건강
상태는 자꾸만 나빠져가고 있었다. 늘 머리를 짓누르고 있었으
며 우울한 얼굴로 하루하루를 살았다.

　"마사코."

　어머니를 부르는 아버지의 목소리가 전에 없이 무거웠다.

　"예, 전하."

　어머니의 대답은 언제나처럼 맑고 상냥했다.

　"당신은 내 인생의 샘물 같은 존재요. 언제나 내가 목마르지
않게 하고 기운을 차릴 수 있도록 북돋아주었으니."

깊게 울려나오는 아버지의 목소리에 물기도 느껴졌다. 우두커니 응접실에 앉아 있던 아버지는 텔레비전에 시선을 던진 채 담담하게 말했다. 그런 아버지의 모습이 너무나 고적해 보였다. 늙은 식모가 가져다 둔 차는 다 식어 있었다.

"무슨 말씀을 그리 하십니까? 전하께서 제게 주신 사랑은 어찌하고요."

아버지는 나를 보고 돌아온 후 더욱 소심해지고 날카로워졌으며 짜증도 전에 없이 자주 낸다고 했다. 모든 것이 마음먹은 대로 풀리지 않는 아버지의 입장은 더 이상 물러설 수도 없는 낭떠러지 상태였다.

"나는 이제 아무것도 자신이 없소."

아버지의 목소리는 풀이 죽어 있었다. 어머니는 두려운 마음을 감추고 담담하게 말했다.

"전하! 듣기 민망하옵니다."

"아니오. 나는 아무런 희망이 없소."

나를 보고 온 후로 더욱 의기소침해진 아버지를 보며 어머니는 심히 두려웠으리라.

"기운을 내소서."

"음, 구와 결혼할 여자가 우크라이나 여자라 했소?"

"그러하다 하옵니다."

"음……. 어찌!"

아버지의 말문이 그쯤에서 막힌 이유는 너무도 자명했다. 자신도 국제결혼, 아들도 국제결혼. 그런 사실이 새삼스럽게 힘들 수도 있었으리라. 외국인 여자를 데리고 온 것에 굳이 반대하려는 것은 아니었지만 내심 서운했으리라. 왕가의 자손으로, 조선의 여인을 취해 대를 이어주었으면 싶었겠지만 나는 그러지 않았다. 그것이 아버지에게도 큰 충격이었을 것이다. 내 앞에서는 괜찮다고 이야기를 하였지만 속마음까지 속일 수는 없는 노릇.

"……아무런 희망이 없구려."

"전하, 전하께서 그리 말씀하시오면 저는 어찌하오리까?"

어머니는 아버지 앞에 무릎을 꿇고 앉아 눈물을 흘렸다.

"그러지 마오. 오늘은 내가 당신에게 부탁할 것이 있어 이런 말을 하오."

아버지는 어머니의 손을 잡아 일으키며 간절한 눈빛으로 말했다.

"무슨 말씀이십니까?"

"그동안 마음으로 정해놓은 몇 가지 일들을 건강할 때 마무리해놓아야겠다는 생각 때문에 당신에게조차 말하지 않고 혼자 속앓이를 했소."

"네에……."

"우선은 틈틈이 만들어 온 한글 교본을 완성하는 일이오. 외국인들에게 조선의 풍습을 알게 하기 위해 만들고자 하는 책인데 직접 그림도 그리고 글자도 적어 넣었소. 조선의 옷과 풍습, 한글의 자음과 모음을 적어 한글을 깨우치게 하는 일을 혼자서 하고 있었는데 아직 완성이 된 것은 아니오."

"네에……."

어머니는 망부석처럼 꼼짝도 않고 앉아 아버지의 이야기를
듣고 있었다.

"그동안 몹시 서운했을 것이오."

"아니어요, 전하의 깊은 뜻을 어찌……."

어머니는 성급하게 손사래를 쳤다. 진심이었다. 아버지께서
손수 만든 그 책이 미래에 긴히 쓰일 것을 믿으시는 눈치였다.

"또 언젠가 귀국하게 되는 날을 생각해, 백성들을 위해 해야
할 일도 적어두었소. 무엇보다 당신의 도움이 필요한 부분이오."

"저는 전하의 사람입니다."

"우선 교육 문제, 장애인들을 위한 교육도 포함되어 있소. 시
간이 없다는 생각이 든 건 얼마 전부터였소. 괜히 초조해지고 조
바심이 나서 시간을 허투루 쓰면 안 되겠다 생각했소. 혼자서 하
는 일을 당신은 방해하지 않았소. 어쩜 이미 눈치채고 있었을지
도 모르지만 당신은 나를 믿어주었소."

"전하……."

"때로는 차갑고 까탈스런 면이 없지 않아 있지만 대체로 속
깊은 당신은 내 생의 반려자로 더없이 고마운 여자였소."

아버지의 목소리는 비장하고 음울했다. 마치 유언을 하는 사
람 같았다.

"전하, 어찌 자꾸 그런 말씀을……."

어머니의 목소리에 울음이 차오르기 시작했다.

"미안하오. 당신의 도움을 바란다는 말을 한다는 것이 그만……."

그쯤에서 어머니가 벌떡 일어났다.

"모든 일은 전하께서 하시옵소서. 저는 뒤에서 그림자처럼 돕겠나이다."

어머니의 태도는 강경했다. 아버지에게 힘을 실어보려는 의도 같았다.

"아니오. 내 건강을 장담할 수 없소. 그러니 당신에게 미리 부탁해놓으려는 것이오."

"……."

어머니의 눈시울이 붉어졌다. 힘없는 눈길로 말하는 아버지의 모습이 전에 없이 애처로워 보였기 때문일 것이다.

"아직 완성되지는 않았지만 내 일을 도와주겠소?"

아버지의 목소리는 간절했다.

"말씀만 하소서."

"고맙소. 내 마음속에 그린 그림을 이제는 당신에게 펼쳐 보이겠소. 그래서 당신의 조언을 받고 당신의 몸을 빌려 내 뜻을 펼치고 싶소. 이제부터는 당신에게 비밀의 방을 드나들 수 있도록 하겠소."

"전하……."

"서로의 입장이 다르기 때문에 깊이 이해하지 못한 부분이 있었다면 용서해주시오. 이제 나 이 은은 남은 생에 할 일을 마사코 당신과 함께 의논하며 이루려 하오."

어머니는 터져 나오려는 울음을 꾹 참고 있는 듯했다. 아, 오랜 세월, 서로의 입장 때문에 합일하지 못했던 부분을 비로소 말씀하시는 아버지에게 어머니는 감동하시는 것 같았다.

"이리 와보오."

아버지가 어머니의 손을 잡고 골방으로 이끌었다. 눅눅한 곰팡이 냄새가 나는 골방은 어수선하고 지저분하게 어질러져 있었다. 책상 위에는 온갖 자료들이 널려 있고 한글 교본 원고인 듯한 책자가 중앙에 놓여 있었다. 직접 그려 넣은 한복 입은 남자와 여자도 보였다.

"이것이오, 보시오."

아버지는 두툼한 원고를 집어 어머니 앞에 내밀었다. 어머니는 공손하게 원고를 받아들었다. 오래된 종이 냄새가 코끝에 닿았다. 쓰고 찢고 또 쓰고 찢고⋯⋯. 아버지의 열정이 고스란히 담긴 원고는 열정만큼이나 자주 넘겨보아서 그런지 페이지 끝이 나달나달했다.

"완성이 되면 다시 정서를 할 것이오."

아버지의 목소리가 다시 건강하게 살아났다. 열정이 있는 한, 아버지는 쓰러지지 않으리라. 그런 생각은 믿음이었다.

"큰일을 혼자서 하시느라 고생하셨습니다."

어머니도 진정을 담아 그리 말했다. 이제는 아버지가 진정으로 어머니를 믿고 의지한다고 생각하니 나도 기분이 좋았다. 허공에 대고 홀로 외치는 것 같았던 아버지와의 대화에서 이제야 답이 돌아온 것 같다는 생각을 하는 어머니는 그 어느 때보다도 기쁜 표정이었다. 아직 서툴기는 하지만 아버지의 사업을 위해서는 한글도 더욱 열심히 익혀야겠다고 어머니는 다짐했다.

"아니오. 그동안 당신에게 담을 쌓고 나 혼자 골몰했던 일을 용서하오."

모처럼 편안해진 아버지의 목소리가 어머니의 귓전에 울렸다. 어머니는 한글 교본 원고를 들고 아주 오래도록 들여다보았다. 아버지를 도와 해야 할 일들이 산더미같이 쌓여 있다는 기분이 들었을 텐데도 결코 부담스러워하는 표정은 아니었다. 오히려 자신을 믿어준 아버지에 대한 애정을 확인한 듯 편안하고 행복한 표정을 지었다.

"전하, 너무 염려 마십시오. 제가 힘닿는 데까지 돕겠나이다."

어머니는 이제야 언 강이 풀리는 듯한 기분으로 아버지의 손을 꼭 잡았다.

"푸이도 나를 보았다면 격려할 것이오."

푸이. 아버지는 나에게도 가끔 푸이 황제에 대한 이야기를 했다.

"일본은 우리 둘을 만나게 해서 대청제국의 마지막 황제와 조선의 마지막 황태자의 비참한 최후를 대외에 알리려 했지. 그

날 우리가 나누었던 악수는 영원히 잊을 수 없을 것이야. 나는
그날의 치욕을 잊지 않고 있어."

아버지의 머릿속에는 푸이와의 만남이 어느새 아픈 추억으
로 자리잡고 있었다.

어머니는 말했다.

"1936년 2월, 그해는 눈이 참 많이도 왔었다. 그날은 전하가
푸이 황제를 맞으러 오사카 역까지 가셨단다."

아버지의 눈에 물기가 고였다. 아버지는 고개를 끄덕였다.

"내가 꿈꾸었던 모든 것…… 내 불쌍한 나라의 백성들……
그리운 얼굴들……."

아버지의 음성에 힘이 빠지고 숨이 거칠어졌다. 어머니는 두
손을 마주 잡고 기도를 올렸다.

'요셉을 보살펴주시오소서. 당신의 아들을 살려주시오소
서.'

눈물이 주르르 흘렀다. 덜덜 떠는 아버지의 손을 마주 잡고
어머니는 엎디어 울었다. 성당에 가고 싶어 하던 아버지는 '요
셉'이라는 세례명을 얻었다. 그래서 좀 편해지셨는가 싶었는데
몸은 마음과 달리 자꾸 나빠지고 있었다.

조국

"구는 잘 있을까?"

아버지가 나의 소식을 궁금해하는 것은 보고 싶다는 말씀이다. 나는 언제나처럼 시간을 거슬러 올랐다.

"잘 있겠죠."

어머니가 애써 담담하게 대꾸한다. 나의 이야기가 나오면 어머니도 마음이 편찮은 것 같다. 어머니에게 나는 한없이 그리운 대상이기는 하되 늘 볼 수 있는 존재는 아니었다. 줄리아와 사랑에 빠진 나를 낯설게 바라보던 어머니의 눈빛이 선하다.

너른 세상을 거침없이 날아오르려는 새. 그 새의 곁에는 운명을 함께 짊어질 줄리아가 있었다. 줄리아를 처음 보았을 때 어머니는 당신도 모르게 고개를 저었다. 아버지의 표정도 상당히 복잡했다. 그러나 다 큰 아들의 결정을 탓할 수는 없어 아무 말도 하지 않으신 것이었다.

나의 결혼식을 보기 위해 어렵게 미국으로 오신 부모님은 한동안 미국에 머물렀다. 세상에 하나뿐인 아들을 곁에서 보고 싶은 마음이야 아버지라고 다를까. 부모의 품을 떠나려는 새. 애써 아닌 척하기는 했지만 가슴 저 밑바닥부터 밀려오는 그리움은 나 자신도 부정할 수 없었다. 넘어진 김에 쉬어간다고, 어머니는 내친김에 미국에서 오래도록 나와 지내고 싶어 하셨다. 푸른 눈의 며느리는 나에게 다정하게 굴까, 둘은 서로 진정한 반려자가 되기로 한 걸까. 그러저러한 일들이 궁금하기도 했을 것이다. 그래서 나의 결혼을 핑계 삼아 미국행을 감행했던 것이다. 하지만 그 시간은 너무 짧았다. 아니 짧게 느껴졌을 것이다.

미국에 다녀온 후 아버지는 모든 것에 희망을 접은 듯이 침묵하기 시작했다. 나를 보고 싶다는 말도, 해방된 조국으로 돌아가고 싶다는 말도 하지 않았다. 변함없는 건 늘 머리를 짓누르고 있는 모습이었다. 그럴 때마다 아버지는 축음기를 틀었다. 애지중지하기로도 어머니에 버금갈 정도였다. 레코드 판을 걸어놓고 지그시 눈을 감고 있으면 그것으로 세상과 차단막이 쳐지는 것 같았다.

스메타나의 〈나의 조국〉이다. 유럽 여행을 다녀온 후 아버지는 거의 매일 그 음반을 들었다. 때로는 눈물을 흘리며, 때로는 분노하며, 때로는 감동하면서.

아버지는 식어가는 해를 바라보고 있었다. 담요로 무릎을 덮고 흔들의자에 몸을 기댄 채 멍하니 밖을 보고 있는 아버지는 어느새 머리가 하얗게 세었다. 이미 영혼이 된 나는 그 어느 시간대로도 이동할 수 있는데, 아버지는 시간의 흐름을 벗어나지 못하고 있었다.

"음악을 들으시나 봅니다."

어머니는 아버지의 그림자 같았다.

"그래요. 스메타나의 〈나의 조국〉이오."

아버지가 지그시 눈을 감았다. 스메타나를 듣는 이유를 아는 이상 어머니는 아무 말도 하지 않으실 것이다. 그 안에서 소용돌이치는 감정의 탁류들……. 언제쯤이나 사라질까.

아버지가 눈을 감은 채 조용히 말했다.

"스메타나는 〈나의 조국〉이라는 음악으로 체코 국민들을 하나로 만들었소. 400년 동안 외세의 침입을 받은 나라가 체코였소."

"여러 번 말씀하셨지요."

이제 어머니는 아버지가 하는 말을 외울 지경이 된 듯했다. 처음엔 몸 둘 바를 몰라 힘들어했지만 이제는 담담하게 들을 수 있게 된 것은 어머니가 얻게 된 내공일 것이다.

"오스트리아 합스부르크 왕가의 지배에 대항한 힘은 체코를 하나로 만들기 위한 국민들의 열망과 강가에서 연주된 교향시 덕분이었소. 스메타나의 음악이 체코를 하나로 뭉치게 한 것이오. 나는 열망하오, 내 나라도 그러하기를. 국민이 하나 되어 유구한 역사를 지켜내는 민족. 나는 그것을 위해 밀알이 될 준비를 하고 있소."

그 말을 할 때 아버지의 눈빛에는 강력한 의지가 드러났다. 몸은 망가져가고 있어도 눈빛만은, 의지만은 변함없었다. 그런 모습을 지켜보는 마음이 아련하였다. 아, 언제쯤 아버지 마음속 소망들이 빛을 보게 될까. 언제 조국으로 돌아가게 될까. 그런 생각을 하면 어머니의 가슴에도 몰다우 강이 흐르고 있었다. 육체를 벗은 후의 자유로움을 아직 모르는 부모님은 애면글면했다.

"사는 일이 너무도 허망하게 느껴지오. 꿈같소이다. 이러다 바람처럼 스러질 수도 있으니. 죽기 전에 내 나라로 돌아갈 수 있을까……."

아버지가 어머니의 눈치를 보며 말끝을 흐렸다. 어머니는 아버지의 말에 대답을 피했다.

"어렵지만 준비를 해볼까요?"

어머니는 아버지의 말뜻을 익히 알고 눈치를 살피며 조용하게 물었다.

"내가 괜한 소리를 했구려. 미안하오……."

아버지는 고개를 푹 숙인 채 고개만 절레절레 내저었다. 아, 아버지는 가난한 필부일 뿐이었다. 어머니도 대한제국 황태자비로 책봉받은 적이 없다. 1897년부터 1910년까지 존속했던 대한제국이 멸망한 후 1920년에 아버지와 결혼했기 때문이었다.

이미 깊이 병든 아버지가 그토록 그리던 조국으로 돌아온 깃

은 5·16 군사혁명 이후였다. 1961년 8월 6일, 박정희 의장의 특
사로 도쿄 하네다 공항에 도착한 건 김을한 기자였다. 성 누가병
원에 입원해 있던 아버지 영왕을 문병하고 어머니를 만난 김을
한은 희망의 특사였다. 그는 박정희 의장 앞에서, 해방이 되었음
에도 불구하고 일본에서 돌아오지 못한 대한제국 황실 후예들
의 귀환을 서둘러야 한다고 이야기했다고 한다. 그가 서두르지
않았다면 어머니와 아버지는 더 심한 고통의 나날을 견디며 보
내셨을 것이다. 늘 조선을 그리워하던 아버지는 그 말조차도 자
유롭게 할 수 없었다.

그토록 간절한 그리움이 이루어진 건 1963년이 되어서였다.
한국에서도, 일본에서도 잊혀가던 부모님이 한국으로 돌아오게
된 건 다행한 일이었다. 그럼에도 불구하고 어머니는 당신이 내
쳐지실까 봐 마음을 많이 졸이셨으리라.

조선의 여인들이 걷는 길. 그 길을 어머니도 걸어가고 있다
고 생각했다. 꿈에도 잊지 않으셨을 그리운 땅 조선은 이제 어머
니에게도 조국이다. 아버지가 바라는 세상의 초석이 되는 일이
야말로 진정한 조선의 여인으로 살아가는 길이 될 것이다. 어머
니는 더없이 불안하고 초조했을 것이나, 그런 마음을 드러내지
는 않았다. 꼿꼿하게 서 있는 일이 그 어느 때보다 힘들었을 것
이다.

'올 것은 오고야 만다. 어둠이 아침 해를 이겨낼 수 없듯이.
태양이 다가오는 어둠을 이겨낼 수 없듯이. 올 것은 오고야 만

다……'

그것은 희망이기도 하고 절망이기도 했다. 조선으로 돌아오기는 했으나 이미 아버지의 몸은 돌이킬 수 없는 상태가 되어가고 있었다.

의사가 말한 아버지의 병명은 뇌혈전이었다.

"뇌혈전?"

"네, 뇌혈전은 뇌출혈 발작 증후군의 한 형태로, 뇌혈관에 혈전이 생겨 혈액 공급이 차단되어 나타나는 증상입니다. 주로 동맥에 생기지요."

의사는 열심히 설명하고 있었지만 그 말을 들은 어머니는 둔기로 머리를 맞은 듯 머리를 감싸 쥐고 휘청거렸다.

"갑자기 사망하는 경우도 있는 병입니다. 뇌혈관에 동맥경화로 인한 혈액이 응고되어 그 고형물이 혈관을 막는 경우인데 주로 수 시간 또는 수일간에 걸쳐 운동 장애, 언어 장애와 같은 뇌기능 마비 증세가 진행됩니다."

어머니는 무엇으로 된통 얻어맞은 듯이 멍한 시선으로 의사를 바라보다가 갑자기 분노에 찬 목소리로 소리쳤다.

"이것 봐요! 그렇게 책 읽듯이 설명하지 말고 어떻게든 회복되도록 해봐요!"

어머니는 의사를 붙잡고 호통을 치다가 금세 태도를 바꾸어 통사정했다.

"의사 선생, 제발 전하를 살려주시오. 방법을 찾아뵈요."

어떤 상황에서도 기품을 잃지 않았던 어머니의 낯선 모습이었다. 응급실 침상에 누운 아버지는 천정만 멀거니 올려다보고 있었다. 마치 큰 나무가 쓰러지듯 아버지가 쓰러지고 나니 그동안의 일들이 마치 낡고 오래된 필름이 돌아가듯, 웽웽거리며 머릿속을 뒤집었다. 어스름 내려앉는 어둠이 전에 없이 무서웠다.

"지켜주소서, 지켜주소서. 요셉을 지켜주소서. 요셉의 하느님."

어머니의 낯선 기도가 내 귓전에 닿았다. 성당에서 당신의 이름을 내려놓고 얻었다는 아버지의 이름 요셉.

"요셉의 하느님. 요셉을 지켜주소서. 불안한 생명을 지켜주소서."

어머니는 주술을 걸듯 쉬임없이 그 말을 되풀이했다. 그런 마음이 전해졌는지 아버지가 눈을 감고 편안한 숨을 내쉬었다. 의사가 하던 말을 떠올렸다.

"치료는 일반적으로 혈압이 심하게 높지 않으면 처음 열흘 간은 서서히 혈압을 조절할 것입니다. 항응고제를 사용하거나 혈전 용해제를 쓰기도 할 겁니다. 환자는 수평으로 눕히고 다리를 약간 올려주며 욕창을 예방하기 위해 2~3시간마다 자세를 바꿔주어야 합니다. 관절의 강직을 방지하기 위해 하루 3~4회의 관절 운동을 해야 합니다."

마치 이명처럼, 의사의 말이 귓속에서 웅웅 울렸다. 의사의 말대로 어머니는 아버지를 지극정성으로 보살피실 것이다. 그러나 정성이란 인간의 염원일 뿐, 하늘의 뜻은 아니다. 불안한 생각이 자꾸 이어졌다.

아아, 가엾은 분. 어머니는 아버지의 손을 잡고 간절하게 중얼거렸다.

"나는 당신을 사랑하여요. 내 마음을 다해, 내 순결을 바쳐. 처음 당신이 내 손을 잡았을 때, 나는 아주 강렬한 느낌을 받았어요. 순하고 깊은 당신의 눈을 바라보며 세상을 편안하게 안을 수 있을 거라 생각했어요. 비록 우리의 인생에 어려운 난관이 있을지라도 분명히 행복하며 반드시 기쁠 것이라 느꼈어요. 혹여 그런 느낌에 그늘이 진다고 해도 나는 기필코 그 난관을 이겨낼 수 있을 거라 생각했죠. 사랑은 모든 어려움을 이겨낼 수 있는 힘이라는 걸 믿었거든요. 당신이 건네주던 다정한 말, 당신이 들려주던 아름다운 음악, 당신이 보여주던 따뜻한 눈빛에 이 세상의 평화가 그대로 보였거든요. 전 당신의 사랑을 느끼며 아름다운 풍경을 생각했지요. 너르고 푸른 풀밭에서, 아주 평화로운 점심을 나누는 연인. 그곳이 바로 천사가 사는 곳일 거라는 믿음도 있었어요. 사랑하는 마음은 상처를 이겨내게 하지요. 상처는 사람을 죽이기도 하지만 사람을 키우기도 합니다. 상처를 품어 영롱한 빛을 만드는 진주를 보아요. 나는 상처를 품는 진주가 될 것이어요. 당신의 뜻을 진주처럼 고결한 빛으로 키울 거예요. 고난이 없는 민족은 없다 하셨지요. 고난이 없는 인생도 없을 것입니다. 그러나 그 고난을 어찌 이겨내느냐에 따라 미래가 달라지겠지요……."

당신의 조국이에요. 정신을 차리소서. 제가 당신을 돕겠나이다.

그렇게 중얼거리는 어머니의 표정은 그 어느 때보다 진실하
고 간절했다.

가을비가 여름 소나기처럼 쏟아졌다. 그날, 줄리아의 얼굴에 근심이 서렸다.

"하필 오늘 같은 날 비가 쏟아질 게 뭐람."

직접 디자인해 만든 하얀 웨딩드레스를 입고 줄리아는 창밖을 보며 서성거렸다.

"결혼식 날 비가 오면 상서로운 일이라 합디다."

나는 애써 줄리아를 위로했지만, 비가 오는 토요일이니 하객들이 많이 올까, 그런 걱정도 슬그머니 자리 잡았다. 가톨릭 성당에서 우크라이나 식으로 결혼식을 올리기로 한 건 그녀의 의견을 존중해 결정한 일이었다. 나는 비교적 밝은 얼굴로 줄리아를 대했다. 가난한 결혼식임에도 불구하고 줄리아의 표정은 더없이 행복해 보였다. 오히려 내가 미인힐 지경이있다. 조촐한 걸

혼식이었으나 우리는 신 앞에 맹세했다.

성모와 성자와 성신의 이름으로 아멘.

모든 것이 신의 이름으로 완성되었다.

우리는 꿈같은 신혼여행을 다녀왔고 여전히 직장에 다녔다. 보고 싶은 마음 때문에 퇴근을 하면 서로 집 앞에 먼저 도착하려고 내달렸다. 어떤 땐 둘이 헉헉대며 달려가 서로를 부둥켜안고 뒹굴었다. 때로는 저녁도 먹지 않고 서로를 탐닉하기도 했다. 그러나 대체적으로 함께 저녁을 해서 먹었고 황금색 손잡이가 달린 찻잔에다 차를 마셨으며, 주말엔 함께 영화를 보거나 쇼핑도 했다. 오페라를 보러 다니는 것은 물론 오케스트라 공연도 함께 다녔다. 함께 할 일은 의외로 많았다. 사랑이 충만한 때에는. 소소한 일상이 주는 개인의 행복만으로도 우리는 더없이 행복했고 아무것도 부족하지 않았다.

"우리말에 실과 바늘이라는 말이 있소."

어느 날, 조금 느긋해진 표정으로 앉아 있던 내가 불쑥 말했다.

"그게 무슨 뜻이죠?"

줄리아가 동그랗게 눈을 뜨고 물었다.

"우리처럼 꼭 붙어서 다니는 사이를 그렇게 말하는 거요. 사이가 좋다는 뜻이오."

"실과 바늘? 그럼 난 실이어요? 바늘이어요?"

"글쎄, 그건 한번 생각을 해봅시다. 당신이 실인지 바늘인지."

그걸 핑계 삼아 나는 줄리아의 얼굴을 뚫어지게 바라보았다.

"나는 실이 되고 싶어요, 당신이 가자는 대로 따라가는."

줄리아의 얼굴에 환한 표정이 머물렀다.

"하하. 그래, 내가 바늘이 되도록 하겠소."

나와 줄리아는 늘 그렇게 즐거웠다.

"재능이 뛰어나신 황태자니까 그렇게 될 거여요."

"어허, 황태손이래도!"

"난 그런 거 잘 모르겠어요. 어떤 사람은 황세손이라고도 하던데요?"

"그건 몰라서 하는 소리요. 황태자의 아들이니 황태손이 맞는 게지."

사실 나 자신도 내가 진정 황태손인지에 대한 확신이 없었다. 내가 황태손이라는 걸 확인해주는 것은 오로지 부모님뿐이었기 때문이다.

일본 아카사카 저택에서 태어난 나는 미국에 유학을 가기 전까지 한 번도 조선에 가본 적이 없으며, 또한 국적조차 대한제국 국적이 아니었다. 미국에 갈 때도 내 나라 황족의 도움을 받은 적이 없었다. 원망을 하기 위해 하는 말은 아니다. 나는 나 혼자의 힘으로 공부를 하였고, 내로라하는 회사에 당당히 합격하여 잘 살고 있다. 다만 나는 자신의 정체성을 확인하고 싶은 것뿐이다.

그럴 때는 유독 아버지가 그리웠다. 나는 유난히도 아버지를 사랑하였다. 어머니에 대한 사랑과는 무게가 다른 것이었다.

회사 일로 하와이에 머물 때 아버지가 오신 적이 있었다. 줄리아는 아버지를 '파파'라고 부르며 잘 따랐다. 아버지는 말없이 고개를 끄덕거리며 인정 어린 미소를 지었다. 그런데 그때도 아버지 건강 상태는 별로 좋지 않았다. 저녁을 먹고 나서 함께 산책을 할 때도 전보다 걸음걸이가 느리고 불편해 보였다. 날이 갈수록 자꾸 아버지 얼굴이 눈에 밟혔다.

이제는 눈앞에 어른대는 영혼들 속에 아버지와 어머니가, 혹은 삼촌이, 고모가 다 보인다. 나는 죽었으므로, 그들도 죽었으므로 우리는 언제나 어디서나 투명한 서로의 모습을 볼 수 있다. 그래서 다행이고 그래서 불행하고 그래서 외롭다. 다가가서 손을 잡을 수 없다. 그저 저만치 거리를 두고 바라만 볼 수 있을 뿐이다. 그것은 액자 속에 갇힌 세월과 같았다. 그것이 우리 가족이 관계를 유지할 수 있는 방법이다. 육체가 없는 설움이다. 몸뚱이가 없는 유령은 아무것도 할 수 없다. 그저, 허공을 관통할 뿐이다.

"오, 아름다워요. 이렇게 아름다운 건물을 보다니 꿈만 같아요."

처음으로 낙선재에 간 날, 줄리아는 감탄을 금치 못했다. 여태까지 건성건성 나의 말에 맞추어주던 줄리아가 아니었다. 진정으로 아름다운 건물을 보고 느끼는 감탄이었다.

"이 건물 이름이 뭐라고요?"

줄리아는 전에 없이 진지한 표정으로 물었다. 낙선재의 아름다움에 흠뻑 빠진 듯했다.

"낙선재."

"낙선재일?"

"노노, 낙선재. 낙선재樂善齋는 선을 즐기는 집이란 뜻이오. '낙선(樂善; 선을 즐김)'이라는 명칭은 '인의충신仁義忠信으로 선을 즐기고 게을리하지 않는 것이 천작(天爵; 하늘이 내린 벼슬)이다' 라는『맹자』의 구절로부터 비롯되었다오."

나는 줄리아가 전혀 알아들을 수 없는 말을 하면서도 그 말을 충실하게 설명했다.

"맹자?"

생각대로 줄리아는 도통 갈피를 못 잡는 표정이었다. 문화가 다른 환경에서 자란 차이가 이곳저곳에서 툭툭 부딪쳤다.

"당신은 잘 모르겠지만 중국의 아주 유명한 사상가요. 암튼 낙선재일이 아니고 낙선재라는 것만 알아 두시오."

나는 그 말을 하면서, 서양 여자에게 동양의 사상가를 이야기하는 것이 무척 어렵다는 걸 실감하는 중이었다.

"그래요, 재일jail이란 영어로 감옥이란 뜻이니 안 좋아요."

그녀는 미간을 찌푸리며 고개를 저었다.

"어허, 누가 듣겠소. 이렇게 아름다운 곳을 그런 뜻으로 이해하면 아니 되오."

"그렇지요? 이렇게 아름다운 곳을."

그녀는 낙선재를 돌아보면서 낙선재라는 말을 몇 번이나 되풀이해 말하고 고개를 끄덕이고 돌담을 쓰다듬고 보송보송한 방바닥과 마룻바닥을 조심스레 만졌다. 건축 회사에 오래 다녀서 그런지 건물을 감상하는 태도가 남달랐다. 그런 줄리아를 어머니는 여전히 차가운 눈빛으로 살펴보기만 했다.

1963년 처음으로 방문한 조국은 우리를 환영했다. 대대적인 환영 행사는 줄리아를 어리둥절하게 했고, 비로소 황태손의 여인이 된 것을 실감하는 것 같았다. 낙선재에서 순종의 황비인 윤비를 알현하고 닷새 동안 국빈 자격으로 반도 호텔에서 융숭한 대접도 받았다.

줄리아는 어머니를 약간 두려워하는 듯했으나 그래도 천성이 착하고 맑아서인지 그때그때 적응을 잘했다. 이미 어머니를 여러 번 만난 것이 낯섦을 이길 수 있는 힘이 되는 것 같았다. 나는 그런 그녀가 믿음직스러웠으나 불안하기도 했다. 모든 것을 안으로 삭이는 어머니와 달리 그녀는 하고 싶은 말을 참는 성격이 아니었다.

"오, 나는 이곳에서 살고 싶어요."

줄리아는 낙선재에서 천진스럽게 그런 말도 서슴지 않고 했다. 물론 그녀가 나와 둘이 있을 때만 하는 말이긴 했지만. 그녀의 말대로 우리가 낙선재에서 살게 된 때는 그 아름다운 집이 더이상 아름답지 않게 느껴지는 불운이 우리를 덮쳐 오고 있을 때였다.

아, 운명이여. 나는 세상이 흘러가는 이치를 정말 알 수 없었다. 두통이 심해진 것도 그즈음이었고 신경이 날카로워 모든 일에 싫증을 느끼게 된 것도 그즈음이었다. 물론 사람들은 친절했다. 나는 서울대학교 교수로 부임했으며 그런 나를 줄리아는 존경스러운 눈으로 우러렀다. 몇 군데 건물을 짓는 일에 관여한 것에도 줄리아는 기대 이상의 기쁨을 드러냈다. 그러나 본격적인 황실 구성원으로서 종친의 역할과 건축 관련 사업 등으로 내 머릿속은 너무도 복잡했다. 거기에 아이가 없다는 등의 이유를 들어 틈만 나면 줄리아와의 이별을 종용하는 종친들에게 멀미가 날 지경이었다. 그런 중에도 줄리아는 여전히 해맑았다. 한복을 만들어 나를 미소 짓게 했던 그 일은 두고두고 따뜻한 기억으로 남았다.

"구, 이 옷 어때요?"

나는 줄리아의 밝은 목소리에 눈을 떴다. 햇살이 창틈으로 스며들어 환했고 따스했다. 줄리아는 만지작거리던 옷을 내 앞으로 밀었다. 한복이었다.

"이건 어디서 났소?"

나는 몸을 일으키며 줄리아를 바라보았다.

"내가 만들었어요. 파파 보러 갈 때 입고 가려고요."

줄리아의 입가엔 만족한 웃음이 넘쳐났다. 나는 그녀가 내민 옷을 대충 훑어보았다. 어딘가 좀 어색하고 매끄럽지는 않지만 한복의 모양새는 갖추고 있었다.

"오호, 대단하구려. 어찌 한복을 만들 생각을 다 하셨소?"

"괜찮아 보여요?"

그녀는 나의 청찬에 힘을 얻은 듯, 한복 치마를 자신의 몸에 다 둘러보며 환하게 웃었다. 순간, 그녀를 취한 것이 큰 잘못인지도 모른다는 불안한 생각이 머리를 스쳤다. 그러나 그건 지나친 기우라고 생각하는 것이 낫겠다는 판단도 연이었다.

"줄리아, 혹시 의상을 전공한 건 아니오?"

나는 줄리아의 솜씨를 치켜세웠다. 그녀가 수줍게 웃으며 고개를 저었다.

"옷 만드는 게 재미있어서 가끔 원피스를 만들어 입곤 했는데 한복은 처음이어요. 생각보다 어렵지 않았어요. 처음이라 서툴긴 하지만 괜찮죠?"

나는 환하게 웃으며 고개를 끄덕여주었다.

"솜씨가 더 늘면 당신 한복도 만들어줄게요."

줄리아는 내 몸을 살그머니 만지면서 눈웃음을 쳤다.

가난한 황족의 아내가 된 줄리아는 조선으로 오기 전까지 여전히 건축 사무소에서 일을 했으며 돈을 벌어야 했다. 때로는 몹시 피곤해했고 가끔씩 짜증을 부리는 때도 있었다. 어찌 사람살이가 매양 한결같을 수 있겠는가. 그즈음 줄리아와 나 사이에는 묘한 균열이 생기고 있었다. 어느 날부터 줄리아의 말수가 줄어

들었다. 그러더니 재봉틀 앞에서 바느질하는 날이 많아졌다. 하얀 무명천에 수를 놓기도 하고 손으로 박음질을 하기도 하고, 어떤 땐 재봉틀을 드르륵드르륵 밟으며 옷을 만드는 일에 마음을 쏟는가 싶었다. 자신의 한복을 만든 이후로 그녀는 조그만 아기 옷을 많이 만들었다. 아기 옷을 만들 때는 한 땀 한 땀 손바느질을 했다. 부드러운 천으로 만든 아기 옷은 앙증맞고 귀여웠다. 그 옷을 보며 나는 잠시 숙연해졌다. 그녀가 하고 있는 일이 그녀의 마음과 무관하지 않음을 알기 때문이었다. 그 일은 자신을 다스리는 방법일 수도 있다는 생각도 들었다. 나는 묵묵히 살펴만 보았다. 그 어떤 말도 할 수 없었다.

"구, 우린 왜 아직 아기가 없는 거지?"

나의 늦은 퇴근과 자신의 피곤한 일상이 이어지자 어느 날 줄리아가 작정한 듯 물었다.

"아기?"

그건 나도 생경스러운 단어였다. 그래, 건강한 남자와 여자가 몸을 섞었는데, 그것도 몇 해를 한 방에서 끌어안고 뒹굴었는데 왜 아기가 생기지 않는 거지? 줄리아의 질문에 나도 사실 상당히 놀랐다.

"아기가 갖고 싶어?"

나는 오히려 줄리아에게 반문했다.

"구는 우리 아기를 갖고 싶지 않아?"

이번엔 줄리아가 정색을 하며 되물었다. 순간 밀문이 막혔다. 아기라……. 문득 진의 죽음이 떠올랐다. 또 그와 함께 떠돌던 소문들도 생각났다.

"혼혈을 적손으로 받아들이겠어? 그러니 독살을 한 게지. 애초 일본 여자를 황실로 들이는 게 잘못이었어."

두런두런 들려오던 소리 낮은 말들이 다시 들려오기 시작했다.

나는 귀를 막았다. 나를 낳으리라 기도하며 몸부림치던 어머니의 이야기를 떠올리지 않을 수 없었다. 혼란스러웠다.

어머니에 대입을 해보면 줄리아의 경우도 다르지 않다. 더구나 줄리아는 생김새도 확연히 다른 서양인이 아닌가. '어디 여자가 없어서 코 높은 서양 여자야? 대한제국 황실에 그런 일은 없어!' 어두운 음지에 모여 앉아 구시렁대며 말을 섞어대는 종친들의 음험한 얼굴이 주렁주렁 달린 박 넝쿨처럼 시야를 가렸다.

"구는 아기가 싫어요?"

줄리아의 애절한 목소리가 내 의식을 일깨웠다. 그 음성은 약간 지쳐 있었고 짜증이 섞여 있기도 했다.

"그럴 리가! 그렇지 않아. 하지만 아기를 꼭 가져야 한다는 생각을 심각하게 해본 적이 없어."

나는 솔직하게 말했다. 줄리아의 표정에 낙담이 어렸다. 어쩜 줄리아도 이런저런 소문을 들었을 것이다. 그래서 오히려 둘의 사이를 강하게 이어줄 아기를 원하고 있는지도 모른다.

"아, 어쩜 그렇게 말할 수 있죠? 아기를 원하지 않는다는 말이어요?"

줄리아가 자신이 만들어둔 아기 옷을 움켜쥐며 아주 서운한 표정이 되어 울먹였다.

"아니, 그게 아니고. 생각을 해본 적이 없다는 말이오."

나는 변명하듯 우물쭈물 말했다.

"건강한 남자와 여자가 결혼을 했는데, 몇 해 동안 아기가 없는데도 그런 생각을 해본 적이 없다구요?"

이제 줄리아는 아예 나에게 따지듯이 물었다. 전에 없이 도전적인 태도였다.

"아니, 그게 아니라니까!"

줄리아의 무엄한 태도에 나도 모르게 화가 나서 소리를 질렀다. 어디서 기인하는지도 모를 화가 나서 미칠 지경이었다. 줄리아는 생각지 않았던 나의 태도에 눈물이 그렁그렁한 채로 원망스럽게 나를 바라보았다. 문득 정신이 들었다. 나는 줄리아의 손을 잡고 타이르듯 말했다.

"아기는 하늘이 주는 선물이야. 우리에게는 아직 시간이 많아."

하지만 내 말은 줄리아에게 위로가 되지 못했다. 강하게 고개를 저으며 그녀가 말했다.

"당신은 아기를 원하는 것 같지 않아요. 나는 간절해요. 엄마가 되고 싶다구요."

줄리아는 하고 싶던 말을 오래 참았다 하는 건 아닌가 싶게 집요했다. 눈길을 내리깐 채로 자신이 민든 아기 옷만 만지작거렸다.

"당신과 내가 건너온 강이 얼마나 깊은지 알지 않소. 왜 그렇게 마음 약한 소리를 하는 거요?"

나는 마음을 다스리며 비교적 안온한 목소리로 말했다.

"미안해요. 요즘 너무 힘들어서 그래요. 아기라도 있으면 생의 기쁨이 생길 것 같아서 그랬어요."

"소문 때문에 그런 건 아니고?"

"아주 아니라고 할 수는 없지만 좀 불안해요. 아기가 생겼으면 좋겠어요. 우리 두 사람을 확실하게 이어줄 아기 말이어요."

줄리아가 의심의 눈길을 거두고 내 품으로 파고들었다. 나는 그녀의 눈물 젖은 얼굴을 내 입술로 정성껏 핥아주었다. 짭조름한 그녀의 눈물이 내 입 안으로 스며들었다.

"다시는 그런 소리 하지 마시오."

나는 조금 딱딱한 목소리로 줄리아를 달랬다. 이 작은 균열이 얼마만큼의 틈으로 벌어질지는 알 수 없는 노릇이었다. 그러면서 나는 곰곰 생각해보았다. 과연 나는 아기를 원하고 있는가? 그 순간, 또 어머니 얼굴이 떠올랐다.

째깍째깍…… 시간은 무심하게 흐른다. 인간들이 무얼 하든, 무엇을 고민하든 상관없이!

날이 갈수록 나는 힘들어졌다. 주변의 사정들이 나를 옭아매기 시작했다. 슬슬 그녀에게 짜증이 나기 시작한 것은 어머니와 그녀 간의 보이지 않는 신경전 때문이었다. 아니 그건 내가 만든 억지스런 이유일 수도 있다. 더없이 공손한 마음으로 아들을 대하는 어머니의 태도와, 스스럼없이 나를 대하는 줄리아의 예법이 조금씩 삐거덕대기 시작했다. 줄리아는 가끔 그런 불만을 나에게 토했다.

"어머니를 보면 무서워요. 나는 어머니가 두려워요."

전 같으면 부드러운 목소리로 다독였을 것이다. 하지만 나는 그녀에게 다정한 말을 하지 않았다. 그렇게 할 수가 없었다.

돌아온 한국은 복잡하고 소란하고 번잡했다. 도무지 정리가 되지 않았다. 분명 사람들은 나를 환대하고 지극히 공손하게 대하는데도 내가 느끼는 것은 그렇지 않았다. 그들의 모든 행동이 바닥에 떨어진 황손의 위치를 조롱하는 것만 같았다. 나의 신경은 점점 날카로워지고 매사에 피곤했다. 그러다 보니 줄리아에게도 친절하고 따뜻하게 대할 수가 없었다.

그러나 줄리아는 여전히 천진스러울 만큼 명랑했다. 매사 긍정적이고 적극적이었다. 그런 그녀가 조금씩 변하기 시작한 건 나 때문일지도 몰랐다. 나는 어느 사이, 자꾸 밖으로 나돌았다. 핑계는 많았다. 술에 취해 늦게 들어가고, 그녀를 사랑스러운 눈으로 바라보지 않았으며, 따뜻한 말도 건네지 않았다. 갑자기 변한 나에 대해서 줄리아도 불만을 갖기 시작했다. 늦은 귀가와 잦은 술자리가 불만의 이유였다. 하지만 그긴 표면상의 이유일 뿐이었다.

"구, 너무 빨리 변해가는군요."

그녀의 말에 나도 날카롭게 반응했다.

"변하긴 뭐가 변했다는 거요? 바쁠 뿐인데. 한국 사회는 미국처럼 느긋하지를 못해요. 부지런히 움직이지 않으면 살 수가 없소."

내 말을 묵살하고 줄리아가 빠르게 말했다.

"나는 당신이 그리워요. 당신의 손길이 필요하다구요. 나는 당신만 보고 한국엘 왔어요."

줄리아는 자신의 마음을 숨김없이 드러냈다. 그녀의 마음 밭은 쩍쩍 갈라지고 있었다.

"아무것도 안 하고 있으니 심심해서 그럴 거요. 어머니 하는 일을 도우면서 살갑게 다가가 봐요."

나는 그녀가 안쓰러워 목소리를 낮추었다.

"어머니 일을 돕고는 있지만, 나는 어머니가 무서워요."

어머니는 한국에 오신 후 아버지의 뜻을 충실하게 받들어 차근차근 이루어가고 있었다. 하루 24시간이 모자랄 지경으로 바쁘셨다.

"그런 소리 말아요, 어머니가 얼마나 자애로우신 분인데 그런 소리를 하오?"

그쯤에서 줄리아와 나 사이에 균열이 생기기 시작했을 것이다. 더구나 어머니가 시작한 장애인 사업에 줄리아가 적극적으로 돕지 않는 것도 내 눈에 거슬렸다.

어머니는 1966년 동교동 허름한 2층 건물에 정신 지체아 수용 시설을 만들었다. 자행회의 출발이었다. 그다음 해엔 농아와 소아마비를 앓는 이들을 위해 아버지의 아호를 딴 '명휘원'을 설립했다. 어머니는 마치 일을 하기 위해 태어난 사람처럼 신들린 듯 일했다. 나는 그런 어머니가 걱정되었지만, 어머니는 옆도 뒤도 돌아보지 않고 일만 했다. 오로지 아버지의 유지를 받들기 위한 일이라 그리 할 수 있는 것 같았다.

줄리아도 처음엔 어머니의 뜻을 높이 받들어 혼신의 힘을 다할 거라고 말했다. 하지만 조선으로 오고 나서부터 우리들 사이엔 조금씩 틈이 생기기 시작했다. 그것은 우리 둘의 감정 싸움 때문이 아니었다. 낯설고 물선 이국땅에서 줄리아가 견디어내기에 힘든 일들이 계속 꼬리를 물고 일어났기 때문이었다. 그중 가장 힘든 부분은 종친들의 이혼 요구였다.

"어떻게 이어온 황실인데 후손이 없다는 것이 말이 됩니까? 서양 여자를 내치시고 조선의 여인을 들이소서. 어서 후사를 보셔야 합니다."

나는 대답하지 않았다. 외로운 외국 생활에서 내게 빛을 준 여인을 내치다니. 있을 수 없는 일이었다. 나는 후사에 대한 욕심도 그리 없었다. 나 같은 아이가 태어난다면 그 외로운 생명을 어찌할 것인가. 그 생각만으로도 고개가 절레절레 저어졌다.

나는 황태손의 위치도 싫고 후사를 이어야 한나는 강압노 싫었다. 그저 자유로운 영혼이고 싶었다. 후사가 없는 것이 나의 탓이든 줄리아의 탓이든, 그건 상관없었다. 줄리아는 불안함을 느꼈는지 양자라도 들이자고 했다. 봐둔 아이가 있다던 말이 떠올랐다. 하지만 그 아이를 보기도 전에 나는 고개를 저었다. 불 보듯 뻔한 후일의 사태들이 눈에 선했다. 양자도 아니 될뿐더러, 서양 여자에게서 혼혈을 볼 수도 없다는 것이 황손의 원칙이었다. 나는 한 달에도 몇 번씩 종묘의 조상들 앞에 엎드려 제례를 지냈다. 무릎이 까지고 현기증이 일 만큼 힘든 일이었으나 허울 좋은 황손으로서의 의무였다. 달아날 수도 없었다. 무거운 납덩이를 내 몸에 매달아 놓은 듯한 느낌을 지울 수 없었다.

나는 자꾸 날카로워져가고 줄리아에게 짜증을 부리는 날도 늘어갔다. 마치 타인을 보듯 나를 바라보는 줄리아의 눈빛을 자주 대하게 되자 연극판 같은 이 상황을 끝내고 싶다는 생각까지 들었다. 어머니는 꼭 해야 할 말이 있을 때만 특유의 조용한 어조로 조곤조곤 말씀을 할 뿐, 대개는 함구하고 일만 하시었다. 때로는 하루 종일 고개를 숙인 채 서화를 하거나 칠보 작업에 힘을 쏟았다. 어떤 땐 묵언 수행을 하시는 건 아닌가 하는 생각이 들 때도 있었다.

줄리아는 어머니 곁에서 종일 옷 만드는 일에 골몰했다. 그것이 그녀를 지탱하는 힘인 것처럼 느껴졌다. 그녀의 솜씨는 뛰어나서 어머니도 칭찬했다. 줄리아는 그 말에 힘을 얻는 듯 애써 밝은 얼굴로 어머니를 따라다녔다. 바자회를 할 때도 줄리아의 작품은 잘 팔렸다.

"의상실을 내도 되겠어요."

봉사자들이 찬사를 보내면 줄리아는 속없이 좋아했다. 실제로 한동안 그녀가 의상실을 낸 적도 있었다. 그녀가 조선을 떠나기 전까지, 이 땅에 뿌리를 내리려는 그녀의 노력이 뜨거울 때에는.

그러나 그녀가 주인공인 적은 한 번도 없었다. 그녀는 늘 열외자였으며 내가 나타나기라도 해야 내 곁에 설 수 있었다. 그럴 때마다 그녀는 살그머니 내 손을 잡았는데 나는 주변의 시선이 의식돼서 그녀의 손을 슬며시 밀어냈다.

어떤 때는 그녀가, 어머니 곁에서 일하는 봉사자들만큼의 위치도 안 된다는 걸 느낀 적도 있었다. 그럴 땐 나도 화가 났다. 하지만 사람들이 가지는 서양인에 대한 거부감은 어머니에게 느끼는 거부감과는 또 다른 성질의 것이었다.

나는 나에게 쏟아지는 관심과 나를 이용하려는 주변 사람들의 아부에 힘겨운 나날을 보냈다. 나를 이용해 돈을 벌려는 사람과 나를 이용해 윗자리로 올라서려는 사람들 사이에서 내 존재 자체에 대한 두려움도 생겼다.

나는 애초에 축복받은 생명이 아니었다. 어머니와 아버지의 입장에서는 나의 이런 생각이 가슴을 찢는 듯한 아픔이겠지만 그건 엄연한 현실이었다. 내 나라도 없고, 내 나라의 국민이 되는 일조차 거부당했고, 이제 와서는 후사 문제로 나를 들들 볶는 종친이라는 사람들 사이에서 어느 순간 내 존재 지체를 흩어비리고 싶었다. 나는 일찍이 고독한 자유인이었으며 나를 보호해 주는 나라도 없이 외국에서 고학을 하며 살았다. 그런데 이제 와서 물거품 같은 일들이 내 앞에 밀려드는 것이다. 나는 혼란스럽고 짜증스럽고, 견딜 수 없는 세파에 흔들리고 있는 것이다.

어머니 곁에 그림자처럼 붙어 있던 두 사람, 유은애와 장수옥은 차라리 줄리아보다 더 가까웠다. 어머니가 두 사람에게 의지하고 있다는 것을 느낄 수 있었다. 그런 감정을 느끼는 순간, 나는 화가 났다. 왜 어머니는 며느리를 남들만큼도 챙기지 않으시는 걸까. 하지만 그런 말을 어머니 앞에서 당당하게 할 용기는 없었다.

가끔 현실을 피해서 어딘가에 숨어 있었으면 좋겠다는 생각이 들었다. 그런 생각은 나 혼자만 하는 게 아닌 것 같았다. 아버지도, 어머니도, 줄리아도, 하물며 유은애까지도 그런 생각을 하는 듯했다. 어머니가 늘 곁에 두는 두 사람, 유은애와 장수옥도 며칠씩 나타나지 않을 때가 있었다. 그럴 때 어머니는 걱정스런 목소리로 말했다.

"흔적도 없이 사라지고 싶은 게 저뿐일까."

사실 처음에 그 말을 알아듣지 못했다. 돋보기안경을 끼고 뭔가에 열중하던 순간, 스쳐 지나가는 말처럼 중얼거렸으므로 그냥 혼잣말이거니 했다.

나는 늘 바빴으므로 어머니 곁에 있을 수 있는 시간이 많지 않았는데, 장애인을 위한 기금을 만들기 위해 바자회를 할 때는 애써 어머니 곁을 지켰다. 이미 아버지마저 어머니 곁을 지킬 수 없는 상황에서, 나라도 어머니 곁을 지키고 힘이 돼주어야 한다는 생각 때문이었다. 그럴 때는 어머니와 사이를 좁히지 못하는 줄리아가 원망스러웠다.

밤낮으로 공손하고 반듯하게 명휘원과 자행회 일을 하는 자원봉사자들과 혼신의 힘을 쏟는 어머니를 돕지는 못할망정 불평을 하다니. 줄리아를 보는 나의 눈길이 자꾸 차가워졌다.

전과 달라진 나를 물끄러미 바라보는 줄리아의 눈에 눈물이 맺히는 걸 나는 보았다. 그러나 전처럼 그녀를 달래지 않았다. 그녀를 달래는 일 말고도 신경을 써야 할 일이 너무나도 많았다. 늘 머리가 복잡했다. 그래서 늘 머리를 짓눌렀다. 그런 중에도 가끔 어머니가 일하시는 곳에 가서 얼굴을 내밀어야 하고 사업과 관련된 사람들도 만나야 하고 종친들의 갖가지 요구도 수용해야 했다. 황태손으로서의 권리나 위엄은 아무것도 없는데 의무만 산더미 같았다. 나는 지쳐갔고 그 무엇에도 위로받을 수가 없었다.

그러던 어느 날, 줄리아가 뜬금없는 제안을 했다.

"구, 우리 아기를 가집시다."

"뭐어? 아기?"

나는 그 말에 두 눈이 휘둥그레졌다.

"그래요. 아기가 있으면 우리 관계도 다시 좋아질 것 같아요. 나는 엄마가 되고 싶어요."

줄리아의 눈빛에는 간절한 애원이 어려 있었다. 관계를 복원해보려는 안간힘이었다.

"엄마가 되고 싶다고? 음, 하지만 여태 없던 아기를 어찌?"

생각해보니 사실 나는 그동안 아기를 가져야 한다는 생각을 해보지 않은 것 같았다. 어쩜 나와 같은 운명의 길을 걸어야 할지 모를 생명에 대한 두려움 때문일지도 몰랐다.

"보아둔 아이가 있어요."

그 말을 하는 줄리아의 얼굴에 환한 웃음이 어렸다.

"보아둔 아이? 입양을 하자는 말이오?"

나는 그녀의 의중을 몰라 어리둥절했다.

"아주 예쁜 아이를 보아두었어요."

잔뜩 들떠서 말하는 줄리아와 달리 나는 망설였다. 우리 둘 사이의 아이가 아니라 입양을? 아이를 들이는 일은 섣불리 할 일이 아니다. 혹여 어머니나 종친들이 아신다면 큰 노여움을 살 일이다.

"그, 글쎄…….. 한번 생각해봅시다."

나는 그쯤에서 줄리아의 말을 막았다. 그녀가 생각한 아이는 고아원에 있는 아이이거나 개인적으로 어찌어찌 알게 된 고아일 것이다. 그런 아이를 가족으로 받아들이는 일은 경솔하게 결정할 일이 아닌 것이다. 비록 몰락한 황실이라 하더라도 엄연한 황실인데 입양이라니! 나의 시큰둥한 대답을 예상이라도 한 듯이 줄리아가 말했다.

"그래요. 다음에 그 아이를 보면 당신도 마음에 들 거여요. 꼭 한번 보러 가요. 이미 당신도 알고 있는 아이예요. 집으로 한 번 데려올까요?"

줄리아는 행복한 얼굴이 되어 나를 바라봤다.

"성급하게 결정할 일이 아니오."

"저도 오래 생각한 거예요. 결코 성급한 결정이 아니어요."

줄리아도 자신의 주장을 굽히지 않았다.

"내가 결정을 하지 못했소. 그 일은 당분간 이야기하지 맙시다."

내 말에 줄리아가 새침하게 고개를 돌렸다. 그러나 금세 표정을 바꾸어 다정하게 말했다. 감정의 기복이 심했다.

"당신도 그 아이를 보면 그런 말 하지 않을 거예요."

"그만하시오!"

나는 줄리아의 고집스러움에 조금 화가 났다. 그녀 역시 그런 듯했다.

"당신은 아주 고집스럽게 변했어요!"

"고집스럽게?"

"그래요, 꽉 막혔어요! 귀머거리에게 말하는 것 같아요. 그래서 나, 너무 슬퍼요."

감정에 휩쓸린 줄리아가 두 손으로 얼굴을 가리고 흐느끼기 시작했다. 어쩔 수 없이 흐느끼는 줄리아를 다독이면서도 나는 짜증이 나고 피곤했다.

"줄리아! 어린애처럼 왜 이래요? 그만 진정해요."

"난 아기가 갖고 싶어요. 아이를 키우고 싶어요. 엄마가 되고 싶다구요!"

그녀는 몹시 흥분해서인지 목소리까지 높아졌다. 나는 그녀를 낯설게 바라보았다. 흐느끼는 줄리아를 더 이상 달래고 싶지 않았다. 그녀의 어깨에서 손을 뗀 나는 달래지도 않고 돌아섰다. 머리가 또 지끈거렸다.

그
아
이

"구, 오늘은 일찍 들어와요."

아침 식탁에서 줄리아가 말했다.

"무슨 일이오?"

"요즘 당신, 외박이 잦았잖아요. 그러니 오늘은 좀 일찍 들어와요. 내가 맛있는 거 해둘게요."

모처럼 줄리아는 목소리도 나긋나긋하고 표정도 부드러웠다. 며칠 전의 신경전이 떠올라 나도 미안하기는 해서 그녀의 얼굴을 보고 웃어주었다. 하지만 진심은 아니었다. 마음이 멀어진 탓인지, 사실 밖에서 자는 날이 더 많았다. 마음에 둔 여자가 있는 것도 아닌데, 줄리아를 보면 자꾸 가슴이 답답해졌다. 이제 그녀는 사랑스러운 나의 연인이 아니라 잔소리 많고 고집스러운 마누리였다. 사랑이란 감정은 낡은 책 속에서나 본 것 같은 생각이 들 정도였다.

"알겠소, 오늘은 내가 일찍 들어오도록 하겠소."

선선하게 약속을 하고 집을 나섰다. 하지만 그날의 이른 귀가가 그녀와 나 사이를 아주 멀어지게 하는 결정적 계기가 될 줄은 몰랐다.

그날 저녁, 모처럼 감정이 누그러진 나는 장미꽃 한 다발을 샀다. 그녀 앞에서 조금 어색하게 꽃을 내밀었다.

"와우, 당신 정말 멋쟁이예요. 고마워요."

그녀는 나를 얼싸안고 키스를 퍼부었다. 감미롭지는 않았지만 기분이 나쁘지도 않았다. 그녀가 자신의 감정을 표출하는 동안 나는 멋쩍게 그녀의 어깨 너머를 바라보았다. 거기, 조그만 여자아이가 나를 빤히 올려다보고 있었다. 나는 얼른 그녀의 허리에 두르고 있던 두 팔을 풀었다.

"누구요?"

나는 경계 어린 눈빛으로 나를 바라보고 있는 여자아이를 보며 조심스럽게 말했다.

"오우, 오늘의 서프라이즈여요. 지난번 얘기했던 그 아이예요. 은숙이예요. 은숙아, 이리 와. 파파한테 인사해야지."

아이는 여전히 머뭇거리며 다가오지 않았다. 고개만 까딱할 뿐이었다.

"은숙이?"

"이 아이 이름이에요."

그녀는 눈치 없는 아낙처럼 혼자 좋아서 히죽대고 있었다. 나는 몹시 화가 났지만 아이의 겁먹은 표정 때문에 내 감정을 그대로 드러낼 수 없었다.

"이리 와, 파파한테 인사드려야지."

파파? 나는 그 아이와 줄리아를 낯설게 바라보았다. 파파? 다시 중얼거려보아도 그 말은 몹시 낯설었다. 줄리아의 손에 이끌려 내 앞으로 다가온 아이는 눈치를 보며 아주 조그만 목소리로 말했다.

"안녕하세요."

열 살쯤 돼 보이는 아이였다. 굳은 표정이 몹시 조심스러웠고 불안한 눈빛이 가여웠다. 그런 아이 앞에서 화를 낼 수는 없었다.

"어, 그래. 반갑다."

나는 건성 웃어 보였고, 손을 내밀어 아이의 손을 잡았다. 단풍 이파리 같은 아이의 손이 조금 떨리고 있었다. 그 애가 지나온 시간의 어두운 결이 느껴졌다.

"예쁘죠?"

줄리아의 말에 나는 대답하지 않았다. 눈치 없는 줄리아는 제 흥에 겨워 조금 들떠 있었다.

"당신 놀라게 해주려고 일부러 말 안 했어요."

나는 줄리아와 눈도 마주치지 않았다. 솔직히 말하면, 제멋대로인 줄리아에게 화가 나서 미칠 지경이었다.

"배고파요, 밥이나 먹읍시다."

나는 애써 무심한 표정으로 말했다. 아이는 여전히 불안한 눈빛으로 나를 빤히 바라봤다. 그 눈빛이 애처로웠다. 아이 때문에 화를 낼 수 없었다.

"은숙아, 이리 와. 파파 옆에 앉아."

그녀는 부산스럽게 식탁 위에다 음식을 차려놓았다. 나름대로는 정성을 들였을 음식들이었다. 불고기에, 잡채에, 조기구이도 있었다. 그녀가 익숙하지도 않은 한국 음식을 하느라 하루 종일 종종걸음을 쳤을 거라는 생각을 하니 미안한 마음이 들었다. 하지만 식욕은 돋지 않았다. 아이는 줄리아의 말대로 내 옆에 와 앉았다. 마주 보는 것보다는 그 편이 나았다.

"이름은 은숙이고요, 열 살이어요."

줄리아는 아이의 머리를 쓰다듬으면서 다시 말했다.

나는 들은 체도 하지 않았다. 감정을 감춘 채 밥을 먹으려니 모래알을 씹는 것 같았다. 나는 아이 쪽으로 음식들을 밀어놓았다. 그리고 가능한 한 다정한 목소리로 아이에게 말했다.

"많이 먹어라."

아이가 조금 웃으며 나를 한번 바라보았다. 아이는 여전히 조심스러운 눈빛이었으나 웃는 모습이 아까보다 부드러워 보였다. 그런 아이를 보자니 줄리아에게 더욱 화가 났다. 연기를 하듯 부드러운 표정으로 저녁 식사를 마쳤다. 차를 마시고 아이와 함께 앉았다. 할 말이 있을 리 없었고 어떤 감정이 앞설 리 없었다. 다만, 그 어린 나이에 오갈 데 없는 아이가 가엽다는 생각만 들었다. 어른들의 잘못으로 얼룩지고 상처받을 아이를 생각하니 가슴이 아팠다. 불쑥 어머니 얼굴이 떠올랐다. 어머니가 이 상황을 아시면 뭐라고 말씀하실까?

저녁을 마친 뒤, 줄리아가 직접 구운 과자를 가지고 나왔다. 설탕 냄새와 버터 냄새가 진동했다. 나는 과자를 집어 아이에게 건넸다. 하지만 아이에게 환영한다거나 하는 따위의 말을 할 수는 없었다. 그래도 웃어 보였고 아이의 머리를 한번 쓰다듬어주었다. 미리, 아무런 언질도 없이 이럴 수 있소? 최소한 그런 말이라도 뱉어야 하는데 아무 말도 할 수 없었다. 아이가 나를 빤히 바라보고 있었기 때문이었다.

그날 밤, 나는 줄리아와 심하게 말다툼을 했다.

"아이를 갑자기 데려오면 어쩌자는 거요? 이게 무슨 경우요?"

바깥에 있을 아이를 생각해 목소리를 낮추었다.

"지난번에 말했잖아요."

줄리아의 목소리는 당당했다.

"생각해보자고 했지 허락은 아니었소."

내 목소리는 자연스럽게 높아졌다.

"나는 너무 외로워요."

줄리아의 큰 눈에 눈물이 그렁그렁 차올랐다.

"부부는 무슨 일이든 의논해서 결정해야 하오."

"그렇기는 하지만, 지난번에도 이야기했고, 나는 당신이 허락할 줄 알았어요."

"정말 당신 멋대로군!"

나는 치밀어 오르는 화를 참지 못해 소리 질렀다.

"아이가 들어요. 목소리 낮춰요."

줄리아는 오른쪽 두 번째 손가락을 입술에다 대고 고개를 저었다. 기가 막혔다.

"뭐든 당신 마음대로야!"

"이번만요, 이번만 내 말을 들어줘요. 아이를 돌려보낼 수는 없어요."

줄리아는 거의 애원조가 되어 내 반응을 살폈다.

"얻는 것이 있으면 잃는 것도 있는 법이오!"

나는 그 말을 하고 방문을 벌컥 열고 밖으로 나왔다. 아이가 문 앞에 쪼그리고 앉아 있다가 불안한 표정으로 나를 올려다봤다. 나는 아이의 시선을 피한 채 빠른 걸음으로 그 자리를 벗어났다.

***

줄리아는 세월이 가면 그와의 사이가 좋아질 줄 알았다. 그러기를 바랐다. 하지만 그는 전보다 더 엇나가고 있었다. 어떤 땐 그가 결혼한 사실을 잊은 것은 아닐까 하는 의심도 들었다.

그는 며칠째 외박을 했다. 그동안은 종종 술에 취해서 새벽에 들어오거나 하루 이틀 외박한 적도 있지만 연이어 며칠씩 외박하는 일은 없었다. 그런데 이제는 만나는 일조차도 어렵다. 요즘 그와의 관계가 물과 기름처럼 어울리지 못하는 것과 같다는 생각이 줄리아를 흔들고 있었다. 풍랑에 흔들리는 배는 항해를 보장할 수 없다. 마음속으로는 이미 결심을 했다. 그를 떠나기로.

생각해보면 은숙을 데려온 이후로 더욱 관계가 나빠졌다. 아니, 어쩜 그럴 만한 빌미를 찾고 있었던 건 아니었을까 싶은 생각이 들 때도 있었다. 어쨌거나 관계 회복이 어렵다는 결론이 났다. 아마 그녀가 먼저 이혼을 하자 해도 그는 선선히 그러자고 할 것 같았다. 서운하고 속상하고 밉고 슬픈 일이지만, 억지로 붙들고 있다고 해서 그의 마음이 돌아올 리는 없다는 생각이 확고해졌다.

다행히, 이즈음 줄리아의 마음은 온통 은숙에게 닿아 있었다. 은숙은 처음 며칠 동안 눈치를 보더니 곧 줄리아를 따랐다. 해죽해죽 웃으며 말을 거는 폼이 마음을 열었다는 증거라 생각됐다.

"파파는 어디 갔어요?"

아이에게 진실을 이야기하는 건 상처가 될 수도 있다는 생각에 줄리아는 거짓말을 했다.

"파파는 사업 때문에 너무 바빠서 멀리 외국에 가 계신단다."

"언제 오세요?"

"아마 당분간 못 오실거야. 하지만 걱정하지 마라. 파파는 너를 예뻐하시니까."

아이가 고개를 끄덕였다. 머리를 쓰다듬던 그의 모습을 따뜻하게 기억하고 있는 것 같았다.

"파파 보고 싶어요."

"그래, 아마 곧 네 선물도 사 보내실걸?"

"우와, 좋겠다."

아이는 두 손바닥을 마주치며 폴짝폴짝 뛰었다. 두려움과 걱정이 사라진 표정이었다.

"너는 어떤 선물 받고 싶어?"

줄리아는 은숙을 마주 보며 물었다.

"예쁜 서양 인형요. 금발 인형요."

아이는 아이였다. 눈빛에 봄빛이 어리기 시작했다. 줄리아는 그런 은숙을 보며 다짐했다.

"내가 너의 엄마야. 너를 사랑해. 이 세상 끝까지 너를 지킬거야."

그 말에 아이가 두 팔을 벌리고 줄리아에게 다가왔다. 충만한 기쁨이 줄리아를 휩쌌다. 담뿍 받아 안아 무릎에 앉히며 물었다.

"율리아 수녀님 보고 싶지 않아?"

그 말에 은숙의 표정에 의혹과 두려움이 드러났다. 내쳐질지 모른다는 두려움을 아이가 알고 있는 것 같았다.

"나는 엄마가 있잖아요. 율리아 수녀님은 엄마가 없는 동생들을 돌보셔야 해요."

아이의 목소리가 떨리고 있다는 생각이 들었다.

"엄마도 율리아 수녀님이 보고 싶거든. 이렇게 예쁜 딸을 보내주셨으니 고마워서."

그제야 아이가 환한 웃음을 지으며 말했다.

"좋아요, 수녀님 보러 가요."

"그러자꾸나. 예쁜 새 옷 입고 선물도 사가지고 가자."

대가 없는 사랑을 펼치고 있는 율리아 수녀를 보면 시끄러운 마음이 좀 정리가 될 듯도 싶었다.

"동생들 선물도 많이 사가면 좋겠어요, 엄마 없는 동생들 돌봐주시는 수녀님 선물도 사가요."

아이는 손뼉을 치며 환한 마음을 드러냈다.

"오, 우리 은숙이는 속도 깊구나."

제법 음전한 말을 할 줄 아는 아이가 줄리아는 더없이 사랑스러웠다. 세상 어디에 가든 줄리아는 외롭지 않을 것 같았다. 그런데 알 수 없는 것이, 왜 눈물이 나는 걸까.

"……근데 나, 다시 돌아가야 하는 거 아니죠?"

줄리아의 눈치를 살피는 아이의 목소리가 가늘게 떨렸다.

"돌아가긴 어딜. 너는 이제 죽을 때까지 마미랑 사는 거야. 율리아 수녀님은 우리를 만나게 해준 고마운 분이니까 선물 사가지고 인사하러 가자는 거지."

"이야, 신난다."

아이는 금세 밝은 표정으로 돌아와 환하게 웃었다. 줄리아는 아이를 보듬어 안으며 율리아 수녀를 생각했다. 일주일 내내 생각했던 것들을 율리아 수녀와 의논하고 싶었다. 그녀의 결단에 율리아 수녀가 어떤 반응을 보일지 궁금했다. 때로 사람은, 자신의 판단에 대해 확신을 갖기 어려울 때가 있다. 그럴 때 줄리아가 떠올리는 등대 같은 이가 율리아 수녀였다.

"내일은 선물 사러 가자."

줄리아는 은숙에게 줄 금발 인형도 몰래 사야겠다고 생각했다.

봉
사
자
들

　나뭇잎이 뒹구는 늦은 가을, 비전하의 표정에는 점점 짙은 그늘이 드리워지고 있었다. 전하의 병세가 더욱 나빠지고 있었던 탓이었다. 수옥은 비전하의 마음이 어떠리라는 것을 짐작했다. 전하의 병세가 점점 악화되고 있다는 사실이 비전하에게 얼마나 큰 걱정이 될 것인지……. 전하를 향한 비전하의 마음에 눈물이 그득하기에 앞으로 장애인 학교의 번창에도 지장이 있으리라 생각되었다. 한 달에 한 번씩 모으는 봉사품에서도 말로 드러나지 않는 비전하의 힘겨운 일상이 드러났다. 비전하가 밤새워 만든 물건들이 그 어느 때보다도 많았다. 칠보로 만든 비녀와 반지, 팔찌가 많을 때는 칠보 만드는 일로 밤을 새우셨다는 증거고, 서화가 많을 때는 밤새 붓을 잡으셨다는 증거였다.
　"건강을 해치도록 허지는 마시오소서."

걱정이 되어 그리 말하면 비전하는 속삭이듯 조용히 말했다.

"자네가 있어 든든허이."

그러면 수옥은 더 할 말이 없었다.

"모두가 자네만큼만 마음을 비우고 나를 도와주면 좋겠네."

그 말이 수옥을 더욱 힘나게 했다. 수옥과 같은 마음으로 모인 사람들이 적지 않았다. 다들 장애아를 둔 고통을 가지고 있는 멍든 가슴이었다. 그만큼 열망도 많고 기대도 많았다.

"더 좋은 교육을 받게 하고 싶습니다."

그것은 비전하의 뜻이었지만 장애아를 둔 부모들의 뜻이기도 했다.

가을비가 흩뿌리고 있었다. 빈속에 물을 들이켠 듯 가슴이 헛헛했다.

반나절 동안 재봉틀만 돌려댔더니 눈도 아프고 손마디도 욱신욱신 쑤셨다. 수옥은 손마디를 주무르면서 한숨을 내쉬다가 곧 숨을 죽였다. 비전하의 단정한 모습에 부끄러워졌기 때문이었다.

"비전하, 쉬어가면서 하시오소서."

수옥이 안타까운 듯이 비전하를 바라봤다.

"나는 전하를 생각하면 쉴 수가 없다네."

"비전하!"

몸뚱이를 두어 개쯤으로, 아니 서너 개쯤으로 나누었으면 싶으리만치 일은 많은데 몸은 굼뜨고 더디게 움직였다. 그걸 비전하가 솔선수범하시는 것이다.

"바자회 날짜를 맞추려면 한시도 쉴 수가 없네. 이번 바자회를 성공시켜야 우리의 꿈을 이룰 수 있어."

"그래도 건강부터 챙기셔야……."

"알아서 쉴 테니 걱정하지 말라. 일은 태산이고 일손은 턱없이 부족하니 어쩌겠느냐."

비전하는 돋보기안경을 올려 쓰며 수옥을 향해 잔잔한 미소를 지었다. 피곤한 기색이 역력한 눈에 짙은 그늘이 져 있었다. 재봉틀을 멈추고 수옥이 벌떡 일어났다.

"비전하, 이러시면 오히려 일을 망치게 됩니다. 재봉틀은 밤새워서라도 저희가 돌릴 터이니 비전하는 잠시라도 좀 쉬셔야 합니다."

수옥은 비전하의 허리춤을 부여안고 옆방 문을 열었다. 적당히 어두운 방은 비전하가 쉬시기에 알맞았다. 수옥은 이불을 펴고 비전하를 눕게 했다. 마지못해 누운 비전하는 풀잎 스러지듯 쓰러졌다. 밖에서 수군거리는 소리가 들려왔다.

"어이구, 유난스럽기도 허지. 저 혼자 비전하를 위하는 척하네그랴."

그러거나 말거나, 수옥은 그 말들을 무시했다. 비전하를 위해 할 수 있는 일이라면, 비전하를 지킬 수 있는 일이라면 더한 일도 할 수 있었다. 왜? 비전하는 수옥의 인생에 빛을 주신 분이기 때문이었다.

"잠시만 눈을 붙이시오소서. 그동안 제가 두 몫을 하겠나이다."

수옥의 그 말에 비전하가 고개를 끄덕이며 눈을 감았다. 슬며시 잡은 손에는 더할 수 없는 온기가 느껴졌다.

"유 선생, 이리 좀 와봐요."

재봉틀 앞에서 재단 가위를 들고 있던 비전하가 은애를 불렀다.

"예."

은애는 그림붓을 놓고 냉큼 일어났다. 바자회에 내놓을 장식용 그림들을 그리던 중이었다. 눈코 뜰 사이 없이 바빠도 비전하가 부르실 때는 용수철 튀어 오르듯이 일어나게 되었다.

"오늘 황태손이 오신다네. 다과 좀 준비해주시게."

그 말을 듣자 은애의 가슴이 뛰기 시작했다. 마치 죽은 듯 스러져 있던 들풀이 봄 햇살에 살아나는 것처럼. 비전하의 표정도 눈 녹은 봄날 같았다. 구 황태손은 비전하의 세상 시름을 잊게 해주는 명약이었다.

"예. 준비하겠습니다."

은애는 애써 담담하게 말했다. 비전하는 행사가 있는 날이면 조용히 은애를 불렀다. 다소 거칠고 저돌적인 수옥보다는 은애가 그런 일에 더 적합하다는 생각을 하시는 것 같았다. 그래서 고마웠다. 자신의 속마음은 꼭꼭 여민 채 오로지 봉사하는 일념으로 일을 하고는 있지만 가끔씩 불쑥불쑥 치미는 그리움은 어쩔 수 없었다.

사실 은애는 그림 공부를 접고 한국으로 돌아온 순간부터 비전하가 운영하는 자선 단체에 봉사자로 들어갈 생각을 했었다. 그곳이 명휘원이든 자행회든 상관없었다. 그저 그분 곁에 머물 수만 있으면 된다고 생각했다. 삭아들지 않는 그리움을 봉사라는 일로 삭이고 싶었다. 아니 구 왕자의 모습을 가끔 볼 수 있으리라는 생각 때문에 그랬는지도 모르겠다. 마사코 비의 일을 도와 가끔씩 바자회에 얼굴을 내밀기도 하고 아버지 영왕을 대신해 어머니 일을 돕기도 하는 구 왕자는 푸르른 청년을 지나 어느새 중후한 중년의 신사가 되어 있었다. 구 왕자는 절대 그녀를 알아보지 못하겠지만 그동안 은애는 구 왕자의 많은 걸 알고 있었다. 거의 집착에 가까운 행동이었다.

처음 비전하를 뵈었을 때 조금 떨렸다. 혹시나 알아보면 어쩌나 하고. 하지만 그건 기우였다. 단 한 번 뵈었을 뿐인데 기억하실 리가 없었다. 구 왕자의 주변을 배회한 것은 그녀였을 뿐, 졸업식에 찾아온 조선의 한 여학생을 기억할 리 없는 것이다.

봉사자를 모집합니다.

그 광고를 보고 무턱대고 명휘원으로 들어서던 날, 그녀는 이혼을 결심했다. 애정 없는 결혼 생활을 유지하는 것은 그에게도 미안한 노릇이었다. 오갈 데 없는 신세인 깃처럼 24시간 사원

봉사를 자청했다. 어쩌다 생긴 딸아이는 그녀가 키우면 될 것이었다. 은애를 쏙 빼닮은 딸아이는 어느 사이 대학생이 되어 있었다. 인경이는 기숙사에 들어가도록 했다.

오정수는 자신의 분야에서 두각을 나타내고 있었다. 일본에서 다쳤다는 다리는 여전히 절룩거렸지만 보행에 불편을 줄 정도는 아니었다. 그는 늘 폐쇄적인 자조의 말들을 입에 달고 살았다. '나 같은 놈이 뭘 할 수 있겠어'라든가, '환쟁이는 비겁자들이야'라는 따위의 말을 불쑥불쑥 내뱉었다. 자신의 존재 방식에 대한 자기 비하 같은 것이었다. 술이라도 마시는 날엔 기물을 부수기도 하고 자기 비하가 더 심해졌다. 가끔씩은 전혀 딴사람이되어 은애에게 손찌검을 하기도 했다. 그러나 단지 그것 때문에이혼을 결심한 건 아니었다. 더 이상 자신의 마음을 속일 수 없었고 그에게 미안한 마음이 들어서였다. 다행히도 그는 그림을그릴 때만은 심적 안정을 찾아가는 것 같았다. 오정수와는 다르게 그녀는 그림에 빠져들 수 없었다. 그것은 집을 벗어나기 위한방편이었을 뿐이었다.

"그림을 전공했다고?"

처음 뵈었을 때 비전하가 물었다.

"네."

가슴이 쿵덕쿵덕 뛰었다. 그냥 그림을 그린다고만 했을 뿐, 미국 유학 이야기는 꺼내지도 않았다.

"그럼 아이들 그림 지도를 도와주면 좋겠네."

"네, 그렇게 하겠습니다. 감사합니다."

미국에서의 일들이 아롱아롱 떠올랐다. 그러나 세월이 참 많이 흘렀다. 단 한 번 본 일을 기억하는 사람은 유은애뿐이었다.

"어머니, 저는 뭘 할까요?"

줄리아가 비전하께 물었다. 비전하가 잠시 줄리아를 돌아보았다.

"아기 한복들 정리하고 손님 맞을 준비나 하지."

단정하나 틈이 없는 말이었다.

표정의 변화도 없이 조용하게 말하는 모습에서는 생각을 읽을 수 없었다. 바자회를 앞두고 막바지 준비가 한창인 때였다. 모든 봉사원들이 부지런히 움직이고 있었다.

"오늘 왕비 한복은 누가 입나요?"

줄리아는 그것이 몹시 궁금했다.

"왜 묻지?"

"오늘의 주인공이잖아요. 구와 함께 무대에 오를……."

줄리아의 말에 마사코의 눈살이 찌푸려들었다.

"그만큼 일렀거늘……."

줄리아는 얼른 입을 두 손으로 가렸다. 마사코의 뒷말이 무엇인지 알기 때문이었다.

"어머, 죄송합니다. 버릇이 돼서……."

마사코는 줄리아를 돌아보지 않았다. 눈길을 마주치지 않은 채 불편한 심사를 삭이고 있었다. 줄리아는 당황했다. 조선은 호칭이 너무 복잡하다. 마사코가 불편해하는 것도 그것 때문이란 걸 알았다. 구를 부르는 것도 마사코가 원하는 호칭은 '왕자님'이었다. 봉사자들이 부르는 그 호칭을 마사코는 유난히 좋아했다. 마사코를 비전하라 부르는 것을 좋아하듯이. 엄연한 경계였다. 그를 '구'라고 부르는 것은 암묵적 금기였다.

"특히 봉사자들 앞에서는 조심하거라."

쳐다보지도 않은 채 건너오는 말은 싸늘하기 그지없었다.

"네, 조심할게요. 어머니."

줄리아는 일부러 그러는 듯이 유난히 환하게 웃었다. 이방인 같은 느낌은 늘 지울 수 없지만, 마사코 앞에 서면 그런 감정이 더 확실해졌다. 그녀의 어색한 한복 차림도 마사코의 눈에는 마땅찮을 것이었다. 애써보아도 체형이 다른 옷은 몸에 잘 맞지 않았다. 그래서 어쩌다 구가 무대에 서는 날에도 줄리아는 선뜻 나서지 못했다. 어색한 한복 차림이 눈에 자꾸 밟혔다. 줄리아도 구와 함께 당당하게 무대에 오르고 싶은 생각이 있었다. 몇 번 기회가 있긴 했지만 그때마다 어색한 태도와 태가 나지 않는 옷매무새 때문에 비전하의 표정이 좋지 않았다. 언젠가 혼잣말처럼 하신 말씀이 기억났다.

"서양인이 한복을 제대로 입어낼 리가 없지."

그 말은 많은 걸 내포하고 있었다. 줄리아를 바라보는 마사코의 눈빛은 그리 따뜻하지 않았다. 더구나 은숙이를 입양하고

부터는 더 그런 것 같았다. 구는 아예 밖에서 머무는 날이 더 많았다. 평계는 사업이었다. 마사코는 그 모든 문제에 대해서 다 알고 있는 것 같았지만 아무런 이야기도 하지 않았다. 그게 더 두려웠다.

"오늘은 유 선생 딸이 입기로 했다."

줄리아의 표정에 서운함이 묻어났다. 그런 모습을 보고 있자니 은애는 괜히 송구스러웠다.

"아, 네⋯⋯."

줄리아는 고개를 끄덕이며 여전히 환하게 웃고 있었지만 그 속은 그리 편하지 않을 것이란 생각이 들었다. 은애는 줄리아의 시선을 피하며 조그맣게 말했다.

"미안합니다, 여사님."

그러자 줄리아가 과장스럽게 웃으며 말했다.

"아닙니다. 인경 씨가 한복이 아주 잘 어울리던걸요."

줄리아는 인경을 기억하고 있었다. 인경은 몇 번인가 구 왕자의 사무실에서 마주친 적이 있었던 대학생이었다. 차분하고 단아한 모습이 아주 앳된 아가씨였다.

"인경이가 구의 일을 많이 돕고 있다."

줄리아는 마사코의 그 말을 들으며 오히려 이상한 생각이 잠시 들었다. 어머니가 변명 같은 말을 하는 게 더 이상했다. 잠시 일을 도와주는 아이라 했는데 그 인연이 한복 전시회까지 이어진 모양이다, 라고 결론을 내면서도 사실 그것은 구 왕자의 배려가 아니라 은애를 어여삐 여기는 마사코의 배려라는 생각이 들었다. 하지만 줄리아는 그 어떤 말도 할 수가 없었다.

은애는 그러한 배려에 몸이 저렸다. 마치 자신이 구 왕자의 곁에 서는 기분이 들었다. 사실 인경은 은애의 젊은 날 모습과 흡사했다. 은애는 인경에게서 자신의 젊은 날 모습을 보는 듯했다.

"이번 한복 전시회에는 구 왕자님도 출연해주신다죠?"

바자회 준비를 하던 몇 명의 봉사자들이 우르르 몰려와 반가워했다. 그 말에 은애의 가슴이 벌떡벌떡 뛰기 시작했다. 혹 가슴에 병이 생긴 건 아닌가 하는 생각을 하며 쓸쓸하게 웃었다. 은애는 비전하를 바라보았다. 흡족하신 듯한 표정이 맑고 깊었다.

"그래요, 우리 왕자님께서 바쁜데도 불구하고 시간을 내어주니 고맙지."

비전하는 여러 개의 비녀를 놓고 살피는 중이었다. 아마도 의상마다 어울리는 비녀를 생각하고 계신 듯했다.

"유 선생 딸이 옷태가 고와. 어떤 비녀가 어울릴까?"

비전하가 인경을 어여삐 여기는 데는 그녀가 숙명여고 출신이라는 점도 한몫했다. 영왕의 모후인 엄비께서 세운 학교. 인경과 은애는 그 학교의 동문이었다. 인경은 곧 은애였다.

비전하의 따스한 눈빛에 은애는 자꾸 가슴이 떨렸다. 인경은 무대 앞에서 걷는 연습을 하고 있었다. 어느새 한복을 입고 선 인경의 모습이 그림처럼 고왔다. 그 나이쯤이었다. 은애가 구 왕자를 처음 본 것이.

"이번엔 칠보 비녀도 선보일 것일세. 그동안 정성 들여 만든 비녀가 몇 개 있거든."

"칠보 비녀를요?"

장수옥이 반색을 하며 함박웃음을 지었다. 장수옥의 손끝은 여전히 부지런히 움직이고 있었다. 그녀는 손에서 뜨개실을 놓지 않았다. 늘 뭔가를 짰다. 아이들 옷, 방석, 숄, 어른들 조끼, 모자, 장갑, 심지어는 코트까지도 짰다. 바자회에서도 그녀의 물건은 금세 동이 날 정도로 인기가 좋았다. 그것은 마사코 비전하에 대한 장수옥의 충성심 같은 것이었다. 장애아들을 돌보는 마사코에 대한 존경과 헌신이었다.

"요즘은 칠보 가마가 있어서 작업이 좀 수월해."

"그동안은 멀리 가서 구워 오시더니……."

"내 사업을 후원하는 분이 칠보 가마를 하나 사주셨다네."

그 말을 할 때 마사코의 표정은 아주 온화하고 넉넉했다.

"다 마마님의 숭고한 뜻을 따르는 거죠."

장수옥이 고개를 끄덕이며 감동 어린 목소리로 말했다.

"글쎄 말이야. 나를 도와주는 이들이 많구만……. 솔직히 말하면 내가 구걸을 하는 거지. 사람만 보면 나를 도와주시오, 나를 도와주오, 돈을 좀 주시오, 물품을 좀 주시오 하고……. 오죽하면 아들도 나를 보고 거지라고 놀립니다. 그런 어미의 모습이 속상한 모양입니다. 늘 너른 마음을 가지고 멀리 보라고 어미에게 충고하는 아들이지요."

듣기가 민망했지만 비전하의 얼굴에는 온화한 미소가 감돌았다. 은애도 어설프게 칠보를 한 적이 있었다. 비전하의 흉내를 내기 위해 칠보를 개인 사사했었다.

흥분한 마음으로 칠보를 만들 재료들을 꺼내놓았던 시절.

은판과 집게, 누름쇠, 대나무 주걱, 붓, 핀셋, 줄, 사포, 스테인리스 받침 등등 작은방 한쪽에 놓인 물건들을 주섬주섬 꺼내놓으면 방 안이 그득했다. 그래서 작은방은 늘 지저분했다. 이런저런 재료들을 쌓아놓기도 하고 거기서 일을 하기도 하니 지저분할 수밖에 없었다. 얼마간의 수련 기간이 끝난 후 은애는 칠보를 제대로 만들어보고 싶었다.

구 왕자를 생각하며 뭔가 선물이 될 만한 것을 만들고 싶었다. 뭐가 좋을까 생각하다 명함꽂이를 만들기로 했다. 우선 은판을 하나 내놓았다. 은판을 오려 형태를 만들었다. 거기에 유약을 뿌리고 디자인한 대로 알갱이 유약을 올렸다. 아롱다롱한 알갱이 유약에는 은애의 마음이 그대로 고여 있었다. 수선화 문양을 그려 넣은 명함꽂이가 구 왕자의 책상에 놓일 것을 생각하니 가슴이 또 뛰었다. 가마에 불을 올려두고 예열이 되는 동안 건조를 시키고 난 후 800도에서 2~3분간 굽기만 하면 된다. 그러면 조그만 은판과 유약이 어우러져 영롱한 빛을 내는 아름다운 칠보가 완성되는 것이었다.

그를 위해 만든 명함꽂이는 한 달이나 은애의 화실 한구석에 놓여 있었다. 그러다가 어느 날 포장해서 서랍 속에 넣어버리고

말았다. 그에게 전할 수도 없는 마음을 들키고 싶지 않았다. 그
러고는 쓸쓸해서 비녀도 하나 만들었다. 미리 모양을 만들어둔
은비녀 머리 부분에 연한 바다색의 칠보를 입혔다. 그리고 거기
에 앙증맞은 매화꽃 모양을 두어 개 만들어 살짝 얹었다. 연분홍
의 꽃잎이 시원한 바다색과 잘 어울렸다. 그리움이 물결처럼 번
졌다.

"제게도 칠보 비녀가 하나 있습니다. 그걸 쓰면 안 될까요?"

은애는 조심스럽게 말했다.

"유 선생에게 칠보 비녀가 있어요?"

뜻밖이라는 듯, 비전하가 관심을 보였다.

"예, 예전에 어머니가 주신 것입니다."

은애의 거짓말이었다.

"그렇다면 그걸 쓰도록 하지요. 언제 한번 가져와보셔요."

"예."

어느새 하루가 저물었다. 비전하의 등 뒤로 고운 노을이 지
고 있었다.

장롱 깊숙이 넣어두었던 비녀를 꺼내봐야겠다고 생각하며
은애는 어질러진 작업장을 부지런히 정리하기 시작했다.

칠보 비녀를 보자 인경은 환호성을 질렀다.

"이렇게 아름다운 비녀가 있었어요? 그런데 왜 나는 처음 보
는 거죠?"

은애는 인경을 앉혀두고 서랍장 깊숙이 감추어두었던 비녀

를 꺼냈다.

"굳이 비녀 할 일이 없었잖아."

은애의 목소리가 가을 낙엽처럼 바스락거렸다.

"그렇긴 하네. 엄마 한복 입은 모습은 본 적이 없어."

인경은 칠보 비녀를 만지작거리며 고개를 끄덕였다.

"그날 이 비녀를 하거라. 왕자님 앞에서 실수하지 말고."

"아, 꿈만 같아요. 왕자님 곁에 설 수 있다니. 정말 제가 왕자
님 옆에 서는 거 맞아요?"

"그렇단다. 그러니 한복 맵시가 나도록 연습을 많이 해야 해.
걸음걸이도 조심하고."

"그럼요. 아, 신난다. 내가 왕자님 옆에 서는 영광을 갖다니!"

인경은 잔뜩 부풀어서 구름 위를 걷는 아이 같았다. 은애는
인경을 물끄러미 바라보았다. 물기 오른 인경의 피부는 윤이 났
다. 그 나이 즈음에는 은애도 그랬다. 헛것을 보는 듯이 자꾸 인
경과 은애의 얼굴이 겹쳤다.

은애는 오정수와 결혼한 이후에도 그분에 대한 끈을 놓지 않
았다. 아니, 놓을 수가 없었다. 오정수의 불만은 늘 그것이었다.

"그동안 내가 당신 몸뚱이만 끌어안고 있었던 거요."

술이 몹시 취해 들어온 어느 날, 그는 그 말을 하며 결별을
고했다. 순순히 받아들였다. 이미 예정된 일인지도 몰랐다. 찬바
람을 일으키며 집을 나서는 오정수의 등 뒤에다 대고 미안하다
고 중얼거렸다. 그가 들었을까……

애잔한 마음에 눈가가 촉촉해졌다. 얼마 전, 그의 전시회가 열린다는 신문 기사를 보았지만 은애는 그냥 신문을 덮었다.

"장애인 복지 자금을 만들기 위한 행사다. 너무 들뜨지 말고 얌전하고 정숙하게 굴어라."

"네, 엄마."

인경은 온몸을 흔들며 좋아했다. 티 없이 맑고 밝은 표정이었다.

"특히 왕자님 앞에서는 경거망동하지 말고, 조신하게 굴어야 한다."

나직나직하게 말하는 은애의 음성에서 물기가 묻어났다.

"네, 너무 걱정하지 마셔요. 저도 그 정도는 알아요. 호호호."

아무리 단속을 해도 인경의 들뜬 마음은 재울 수 없을 것 같았다. 그 나이의 설렘을 가을바람처럼 서늘한 내가 어찌 재울 수 있으랴. 은애의 속생각은 그랬다.

비녀를 들고 제 방으로 돌아간 인경의 콧노래가 오래도록 들렸다.

서늘했다.

깊은 강물은 소리 없이 흐른다

어디서부터 잘못된 것일까. 곰곰 생각해보아도 알 수가 없다. 그가 밖으로 돌기 시작한 무렵에는 바빠서 그러려니 했다. 마음 같아서는 당장이라도 따지고 싶었지만 그러잖아도 못마땅한 시선을 보내는 사람들을 의식해 품위를 지키느라 애썼다. 특히 시어머니 앞에서는 더욱 조심했다. 모든 면에서 탐탁지 않을 며느리인데 시기심까지 드러낸다면 시어머니의 인정도 받지 못할 것이다. 믿을 이 하나도 없는 낯선 땅에 와서, 하늘처럼 믿고 따르던 남자가 돌아서는 현실 앞에서, 줄리아는 아무 말도, 아무 것도 할 수 없었다. 그 누구 하나 위로가 되는 사람도 없이 줄리아는 철저히 혼자였다. 시어머니에게 당신 아들에 대한 험담을 할 수도 없었다. 입이 있어도 없는 거나 마찬가지였다. 황실 어른들은 대놓고 줄리아를 무시했다. 아이가 없는 것도 줄리아 탓

으로 돌렸다. 또 있다 해도 그들은 혼혈 아기를 황가의 자손으로
여기지 않을 것이다. 줄리아는 점점 외로워졌다. 입양을 하려고
점찍어 두었던 아이를 데려와 위안을 삼으려 했던 일은 오히려
도화선이 됐다.

"우리의 아이예요. 우리가 돌보기로 약속한 아이예요."

줄리아는 그가 떠날 것만 같은 불안감에 입양을 서둘렀다.
아이가 있으면 그가 곁에 있어줄 것 같아서, 아이만 있으면 따뜻
한 가정의 울타리가 생길 것 같아서.

"우리가? 우리가 돌보기로 했다고? 난 동의한 적이 없소."

그의 태도는 강경했다. 마치 화를 낼 이유를 찾고 있었던 듯
이, 그는 아이가 있어서 떠난 것같이 한참이나 아이를 내려다보
다 떠났다. 마치 남이었던 것처럼. 애초에 몰랐던 사람처럼.

"언제든 돌아오세요. 기다리고 있을게요."

줄리아는 떠나는 그의 등 뒤에다 대고 그런 말을 했다. 그가
잠시 돌아보았다. 그러나 떠났다. 줄리아는 그가 여행을 떠났다
고 생각했다. 여행자는 언젠가 집으로 돌아온다. 줄리아는 그를
기다리는 동안 점점 행동반경이 좁아졌다. 어떤 땐 종일 재봉틀
을 돌리고 있는 자신을 발견하곤 울었다. 울고 나면 조금 시원한
느낌이 들었지만, 마음을 터놓을 사람은 아무도 없었다. 인형 같
은 아이가 가끔 웃게 했지만 아이도 줄리아도 다 마음의 상처가
깊어서 서로에게 깊은 위로는 되지 못했다. 최소한의 말만 하고
입을 닫고 지냈다. 그런대로 견딜 만했다. 말이 사라진 자리에

생각이 고이기 시작했다. 그런 시간이 길어지자 저절로 결론이
났다.

'내가 살던 미국으로 돌아가야 해.'

한국을 떠나기로 마음을 굳혔다.

어디선가 물소리가 들렸다. 졸졸졸, 돌돌돌, 그렇게 흐르는
물소리는 정겨웠다. 잘박잘박 물장난을 해도 좋을 물소리는 마
치 경쾌한 음악 같기도 하고 어린아이의 티 없이 해맑은 웃음 같
기도 했다.

마사코는 어린 시절을 떠올렸다. 동생 노리코와 비 오는 날
정원에서 비를 맞으며 놀던 행복한 기억. 물소리를 듣고 있자니
슬며시 웃음이 지어졌다. 하지만 물소리는 점점 커졌다. 점점 커
진 물줄기가 저만치서 폭포처럼 쏟아진다. 허연 포말을 일으키
며 다가온 물이 마사코의 정강이를 적시고 허리를 감싸고 어느
새 목을 휘감더니 머리까지 차올랐다.

"허억!"

공포가 밀려왔다. 발버둥을 쳐봤지만 발이 땅에 닿지 않았
다. 시야가 온통 뿌옇다.

"살려줘. 살려줘요! 누가 나를 좀 건져줘요!"

악을 쓰며 소리쳐보아도 아무도 없다. 어느새 거대한 파도
가 덮쳐온다. 흑, 숨을 쉴 수가 없다. 허우적거리면서 발버둥 쳐
보지만 소용없다. 마사코를 익사시킬 듯 다가오는 파도! 정신을

잃고 만다.

"으으으……."

그러다 꿈에서 깨면 무인도의 해변. 잔뜩 물 먹은 마사코가 겨우 숨을 쉬고 있다.

꿈마다 바다에 빠져 허우적거리는 것은 냉혹한 현실에 대한 대응력이 떨어졌기 때문일까? 자신도 모르게 터지는 한숨을 감출 재간이 없다.

지치고 힘든 육신은 파김치 같다. 쉬고 싶다. 자꾸 엄살이 난다. 그러나 언제나 마치 로봇처럼 힘을 내어야 한다. 전하와의 약속을 지키기 위해서다. 한 번 한 약속은 끝까지 지켜야 한다.

율리아에게 맡긴 장애 학교는 큰 탈 없이 잘 이끌어가고 있다. 경제적으로 도와주는 사람도 많고 자청해서 험한 일들을 해결해주는 이들도 많다. 일본에서 봉사 활동을 오는 단체도 있고, 재정적 지원을 꾸준히 해주는 사람들도 많아졌다. 장애인들에게 기술을 전수해주겠다는 사람도 늘어서 기술 교육을 받는 장애인들도 늘었다. 유은애 덕분에 그림을 그리며 행복해하는 아이들도 늘었다. 참 다행한 일이다. 그들로 인해 전하의 사업이 완성되어가는 것이다. 흡족해하실 전하를 보고 싶었지만 이미 전하는 자신의 그런 뜻조차 기억하지 못하시는 것 같았다. 마음이 한없이 쓸쓸했다. 그런데 요즘 유은애의 얼굴도 그렇다. 무슨 일이 있는지 한없이 어둡다. 말이 없는 사람이어서 눈치만 보고 있지만 분명 좋지 않은 일이 있다는 느낌을 빚는다. 그러고 보니 인경이가 보이지 않는다. 어딜 간 것일까?

"요즘 인경이가 안 보이네?"

마사코의 말에 유은애가 흠칫한다. 바자회 때마다 한복을 입고 구 옆에 섰던 아이다. 구 옆에 서 있는 것만으로도 황송해하던 아이다. 그런 아이가 말도 없이 사라졌다?

"공부하러 떠났어요."

유은애의 대답이 담담하다.

"공부? 무슨 공부를 어디로?"

"미국 갔어요."

대답은 하지만 얼굴은 숙인 채다. 한복 동정을 달면서 하는 답이라 그렇다 쳐도 영 믿음이 안 간다. 마사코는 직감적으로 무슨 일이 있다는 생각이 든다. 하지만 모른 체하기로 한다. 모든 걸 안으로 삭이려 하는 유은애의 마음을 건드리지 않기 위해서다. 뭐든 순리대로 풀려나가기를 바랄 뿐이다.

"그나저나 유 선생 덕에 아이들 그림 실력이 많이 늘었어."

마사코는 슬쩍 덕담을 한다.

"소질 있는 애들이 많아요."

"그래? 그거 아주 반가운 일이네. 자신을 승화시킬 수 있기까지 하니."

아이들은 저마다 소질을 찾아 일을 한다. 자립의 기초이기도 하고 자존의 증거이기도 했다. 대체적으로 아이들은 시키는 대로 잘 따랐다. 더러 고집을 부리고 심통을 부리는 아이들도 있었지만 마음을 다해 다가가면 곧 마음을 열었다. 마사코는 그런 아이들을 보면 마음이 흡족했다. 전하와의 약속을 얼마만큼은 지켰다는 생각 때문이었다.

"그러잖아도 말씀드리려 했는데, 저 미국에 좀 다녀와야 할 것 같아요."

유은애가 조심스럽게 말을 꺼냈다.

"미국에? 딸 보러?"

"조금 아프대요. 가서 좀 돌보아줘야 할 것 같아요."

"음, 그럼 가보아야지."

"이번 바자회 끝나고 다녀올까 해요."

"그러시게."

마사코가 유은애의 어깨를 어루만지며 말했다.

"이번 행사엔 자립한 원생들이 빵을 구워온다지?"

화제를 돌릴 양으로 마사코가 곁에 있던 율리아를 살폈다. 마사코의 잔잔한 말에 율리아 수녀가 반색을 했다.

"옛날에 저랑 살던 아이 둘이 같이 자립한 가게입니다. 농아인데 둘 다 아주 훌륭한 청년으로 잘 자랐어요."

율리아 수녀는 아주 자랑스럽게 두 청년 이야기를 꺼냈다. 신이 나서 말하는 모습이 자랑을 하지 않고는 못 견디겠다는 표정이었다. 마사코는 부드러운 눈빛으로 율리아를 바라보았다.

"하느님이 제게 보내신 아이들이죠. 일요일마다 빵을 만들어 와서 동생들에게 먹이고 허드렛일을 하며 봉사를 하고 가지요. 모두 그 아이들처럼만 자란다면 좋겠어요."

율리아의 아이 자랑은 끝이 없을 것 같았다. 마사코도 그 아이들을 보고 싶었다.

"이번 행사가 끝나면 아이들을 데리고 창덕궁 구경이나 하러 가세."

"예, 그러지요. 모두 불러서 즐거운 시간을 보내야겠어요."

율리아의 목소리는 달뜬 아이처럼 높고 명랑했다.

"그래, 창덕궁 꽃들을 보면서 즐겨보세."

마사코는 눈을 지그시 감고 창덕궁의 봄날 풍경을 떠올렸다. 단아한 지붕과 아름다운 돌담, 수복과 장수를 상징하는 다양한 길상 문양이 표현된 담장은 예술품 같았다. 하늘을 가리운 참나무와 흐드러지게 꽃피운 영산홍 무리, 소나무, 때죽나무, 단풍나무, 느티나무 가득한 후원 숲. 향나무와 회화나무도 큰 키를 자랑하며 창덕궁을 지키고 있다. 그들은 밀어를 속삭이는 연인들처럼 속살속살 정겨운 숲과 풍경을 만들었다. 초록 물빛이 고운 애련지, 연경당 너머 오솔길을 걸어 올라가면 호젓한 물소리 가득한 옥류천…….

가만히 앉아 있어도 낙선재는 그런 풍경이 자연스럽게 떠오르는 공간이다. 가슴 가득히 아련하게 묻어나는 풍경이 진정으로 가슴에 녹아 있는 걸 보니 비로소 진정한 한국의 여자가 된 듯했다.

"자네가 참 힘든 일을 하는구먼."

마사코는 율리아 수녀를 만난 것이 아주 다행이라고 생각했다.

"무슨 그런 말씀을요. 부족하기 그지없어 송구스러울 뿐인데……."

"아니야. 정말 고맙게 생각하네. 나는 이제 기력이 달려서 아무 일도 하지 못하겠어."

마사코의 말소리에 점점 힘이 없어졌다.

"그동안 많이 하셨으니 이제는 지켜보시오소서."

율리아가 마사코의 마음을 읽고 부드럽고 온화한 말투로 대답했다.

"그래, 그랬으면 좋겠어……."

마사코는 물기가 말라버린 풀처럼 비스듬히 누웠다. 하루 종일 사람들과 시달리며 마사코는 지쳤다. 매일매일이 힘들었다. 하지만 그 누구에게도 속내를 드러낼 수 없었다. 언제나 그녀를 살피는 눈은 언제라도 그녀의 잘못을 캐내어 상처를 낸다. 그러니 언제나 온화한 미소를 지으며 그들을 보듬어야 했다. 그 일이 얼마나 힘든지, 스스로 지쳐 울 때가 있다. 하지만 울어서도 안 된다. 어머니와의 약속이 그러했고 전하와의 약속이 그러했다. 생명을 다 주어도 아깝지 않은 아들 구에게도 그런 약속을 했다.

"난 울지 않는다. 전하를 위해서, 너를 위해서, 늘 보고 싶은 어머니를 위해서."

전하가 떠난 세상에 마사코의 명을 잡고 있는 건 구였다. 구는 대학교에서 강의를 하기도 하고 이런저런 사업에 손을 내기도 하면서 짬짬이 장애인 학교에 대해서 관심을 가졌다. 물론 어머니가 하는 사업이라 그럴 것이다. 아버지의 꿈이기도 했던 일이라 모른 체할 수 없을 것이다. 하지만 그의 입지가 그리 평탄하지 않다는 것을 알고 있기에 마음이 늘 안타까웠다. 그는 황손이되 황손의 대접은 받지 못하고 수많은 의무와 책임에만 억눌려 있었다. 그럼에도 불구하고 비교적 활발한 표정을 지으며 살려고 애쓰고 있었다. 줄리아의 문제만 해도 그랬다. 종친들의 끊임없는 이혼 요구에 이제는 그도 지친 것 같았다. 줄리아와의 사이가 소원해진 표면적인 이유는 은숙이 때문이었지만 그건 말그대로 표면적인 것일 뿐이다. 버려진 여인처럼 구의 곁을 맴돌던 줄리아는 결국 구를 떠나기로 작정한 것 같았다. 그녀의 곁엔 예쁘장한 은숙이가 눈치를 보며 줄리아의 손을 꼭 잡고 있었다.

"저는 떠나기로 했어요."

별거를 한 지 8년 만의 일이었다. 줄리아를 탓할 마음도 없었다. 줄리아도 나름 가정을 지키려고 노력했다. 구 역시 노력하지 않았다고 말할 수는 없다. 은숙이를 데려온 일이 빌미가 됐지만 그게 진짜 이유는 아닐 것이다.

세상에는 노력만으로 되지 않는 일들이 있다. 그들의 관계도 그러하다. 애초에 줄리아는 구에게 어울리는 짝이 아니었다. 애초에 잘못 끼운 단추였다.

사랑은 캄캄한 어둠속에서 빛을 찾아 헤매는 일이다. 어둠속에서는 제대로 볼 수 없다. 빛을 찾지 못하면 어둠 속을 헤맬 수밖에 없다. 어둠 속에서는 작은 빛이라도 아름답다. 줄리아의 처지도 이해할 수 있다. 줄리아와의 관계도 구, 그가 범부였다면 겪지 않아도 좋을 일이었다. 마사코의 생각은 그랬다. 이혼의 위기까지 겪는 그가 안쓰러웠다.

어미에게 아들은 세상 전부다. 더구나 전하가 돌아가신 후는 말할 것도 없다. 마사코의 걱정은 오로지 구였다. 장애인 학교 일이야 이제 율리아에게 맡겼으니 그리 큰 힘을 쏟지 않아도 된다. 구에 대한 안타까운 마음만 없다면 마사코는 그 어느 때보다도 평온했다. 안락해서 평온한 게 아니라 모든 걸 내려놓아서 평온할 수 있는 것이었다.

사막과 같은 인생, 앞이 보이지 않는 모래바람을 이겨내려면 사막 건너를 볼 수 있는 눈이 있어야 한다. 마사코는 구가 그런 눈을 갖기를 바랐다. 그러나 구는 아직 세상을 견디어내기에 부족한 부분이 많았다. 그것이 마사코의 걱정이었다. 세상은 언제나 차가운 바람이 휘몰아치고 있었다. 행복한 왕자가 되기를 축원했던 아들 구도 바람에 휘둘리며 고통과 혼란을 겪고 있다.

줄리아와 이혼한 구도 몹시 힘든 나날을 보내고 있었다. 여러 사람들이 부추겨 시작한 사업도 제대로 굴러가지 않았다. 미래를 꿈꾸며 시작한 사업은 7년 만에 문을 닫았다. 세상에 대한 실망과 자신에 대한 절망감으로 힘들어하는 구를 곁에서 지켜준 건 유 선생의 딸 인경이었는데 그녀마저 어느 날 소리 없이 사라지고 말았다. 가끔 구의 사무실 일을 돕거나 한복 전시회에 출연한 인연으로 구와 알게 된 인경은 구를 하늘처럼 우러렀다. 유 선생의 젊은 날 모습이 저랬을 것이다 싶게 참 많이도 닮았다. 그 인연으로 그 애를 사무실 직원으로 쓰다가 나중엔 비서 일을 하게 했는데 일이 힘들어서인지 구의 사업이 망할 즈음에는 보기 민망할 정도로 야위었다. 어미도 할 수 없는 일을 그 애인들 할 수 있었을까. 다만 아무 말 없이 사라졌다는 게 조금 서운할 뿐이었다. 구의 힘든 상황은 어미로서도 해줄 수 있는 것이 별로 없었다. 걱정만 할 뿐, 직접적으로 해줄 수 있는 것이 없었다. 사람들의 배신에 힘들어하는 구를 어찌 위로하고 다독여야 할지 방법을 찾을 수가 없었다. 그런 중에도 인경을 바라보는 구의 눈빛에 온기가 스며 있다는 것을 느끼고 마사코는 엉뚱한 상상을 했다. 그러다 망상을 털어버리듯 고개를 저었다.

범부의 일생이 오히려 그리운 것은 모난 돌처럼 살아야 하는 왕족의 일생이 너무도 힘겹기 때문이다. 아무것도 할 수 없는 어미를 떠난 구는 바람에 휘둘리는 낙엽처럼 떠돌았다. 그렇게 정처도 없이 떠돌아다니던 구가 일본으로 건너갔다는 소식을 듣고는 오히려 다행이다 싶었다. 같이 살 수 없을 바에야, 어쩜 일본이 구가 살기에 더 안전한 곳일지도 모른다는 생각이 들었기 때문이었다.

"전하, 오늘따라 많이 그립습니다."

율리아와 헤어져 돌아오는 길이 왜 그렇게 쓸쓸한지, 절로 눈물이 흘렀다. 지친 몸을 좀 눕혀야겠다는 생각을 하면서 마사코는 눈물을 닦았다.

율리아는 비전하를 처음 뵙던 날의 기억이 참 아련하다. 검소하고 단정한 옷차림이 황태자비라고 하기엔 너무 수수했다.

"비전하시오."

수행한 비서가 그리 말했을 때 율리아는 얼른 고개를 숙였다. 비전하 곁에는 사람들이 무척 많았다. 다 장애인 학교 설립을 위해 애써온 사람들이라 했다. 비전하보다 더 화려하게 치장한 사람도 있고 비전하 옆에 서려고 몸을 옮기는 여자도 있었다. 모두 큰일을 하고 있다는 당당한 자존심이 느껴졌다. 그 곁에 키가 큰 서양 여자가 하나 끼어 있었다. 어딘지 제자리를 찾지 못한 듯한 표정의 그 여인이 바로 비전하의 며느리라는 사실을 뒤늦게 알았다.

"나는 마리아예요."

비전하가 손을 내밀며 율리아의 얼굴을 바라보았다. 그녀는 여인들에게 둘러싸여 있으면서도 하늘에 홀로 떠 있는 달처럼 고적하고 서늘해 보였다. 창가에 놓여 있는 선인장 화분이 눈에 띄었다. 꽃도 피지 않은 선인장 화분을 왜 얹어 두셨을까, 그런 생각을 했는데 그 후로도 비전하는 시간이 있을 때마다 하염없이 화분을 바라보았다. 메마른 사막에서도 살아남는 선인장의 생명력. 그것을 닮고 싶은 것일까?

"네, 비전하."

물기가 말라가는 쓸쓸한 손이 율리아의 손을 보듬었다.

"많이 도와주시오. 나는 요즘 그 말만 하고 산다오."

어딘가 쓸쓸해 보이는 비전하의 눈길이 율리아의 얼굴에 머물렀다. 안경알 너머로 보이는 차가운 눈빛 때문에 모든 일을 냉정하게 처리하실 것 같은 생각도 들었다. 마리아는 비전하의 세례명인 듯했다. 전하와 비전하 모두 세례를 받으셨다는 이야기를 들었다. 그래서 영왕 전하의 소망이 담긴 장애인 학교의 운영을 율리아의 손에 맡긴 것이라는 이야기도 나돌았다. 그것을 시기하고 비방하는 사람들이 비전하의 마음에 칼질을 하고 깊은 상처를 내었으리라는 것도 쉽게 짐작할 수 있었다. 그러나 비전하의 얼굴은 담담하고 평온했다. 상처와 미움을 마음 깊이 감추고 여전히 평화로운 얼굴로 버티어낼 수 있는 힘은 아무나 흉내낼 수 있는 일이 아니었다.

"어찌 그런 말씀을 하시옵니까. 저희는 전하와 비전하의 뜻을 충실히 열심히 따르겠나이다. 염려 마시오소서."

율리아는 진정을 담아 그리 말했다. 비전하의 얼굴에 엷은 미소가 감돌았다. 여전히 서늘한 눈빛은 그동안의 가시밭길 같은 시련을 이야기하고 있었다.

세상은 언제나 소란스럽다. 그 소란한 세상에서 홀로 길을 가야 하는 이의 고단함을 어찌 범인들이 알겠는가. 율리아는 고개를 숙이고 비전하의 마음을 읽었다. 아릿한 아픔이 동통으로 밀려왔다.

"그동안 참 많은 일이 있었소."

알다마다요. 소인도 귀가 있고 바람을 읽어내는 눈이 있습니다. 말씀 안 하신들 그 아픔을 모르겠습니까. 율리아는 고개를 숙인 채 비전하의 말을 들었다.

"모든 것이 전하의 뜻이오. 전하의 뜻을 제대로 읽어주시오."

율리아는 비전하의 얼굴을 우러르며 진정 그분의 마음을 읽었다. 숙명여고 이사장 추대 문제가 있을 때도 비전하는 마음의 상처를 받았을 것이다. 비전하의 이사장 추대에 불만이 많았던 사람이 대놓고 상스런 언사를 했다 들었다.

"왜 쪽바리 여자가 이사장이 되어야 하오? 이건 영왕의 모후이신 엄비께서 세우신 조선의 학교요."

그때 비전하는 어떤 표정으로 그 자리에 서 있었을까.

비전하는 엄연한 영왕의 정비이지만, 조선에서는 '쪽바리 여자'라는 대우를 받을 수밖에 없다는 사실을 어떻게 받아들였을까. 상처투성이인 마음을 어떻게 다스리는 걸까……. 다 이해할 수는 없어도 비전하의 상처 난 마음이 읽혔다.

영왕이 돌아가신 후 비전하의 장애인 사랑은 집착에 가까우리만치 철저했다. 그러나 비전하도 이제는 많이 늙으셨다. 곁에서 뵈면 송구할 정도로 푸석해진 피부는 그동안의 마음고생으로 그렇게 되신 것 같아 마음을 불편하게 했다. 아직도 비전하의 뜻을 오해하고 곡해하고 비방하는 사람들이 많다는 깃을 비전하인들 모르실까.

바자회를 열기로 한 강당에는 이미 많은 물건들이 진열되어 있었다. 율리아는 앞장서 안내하기 시작했다. 비전하는 안내하는 방을 둘러보며 꼼꼼하게 살폈다. 특히 원생들이 만든 물건을 다정한 눈길로 어루만지며 흡족해하셨다.

원생들은 각자 할 수 있는 분야에서 일을 했다. 수를 놓는 아이, 구슬을 꿰어 목걸이를 만드는 아이, 재봉틀을 익혀 자잘한 생활 소품을 만드는 아이…… 그건 자립을 위한 노력이었다.

"이 작품들은 예사 물건이 아니에요. 원생들의 혼이 녹아 있는 물건들입니다. 아주 훌륭해요. 자신감을 갖고 지도해주세요."

"네, 비전하."

건물을 다 둘러보고 나서 비전하는 조용히 말했다.

"여기서 가장 귀하게 대접받아야 할 사람은 원생들입니다. 이 또한 전하의 뜻입니다. 이 점, 유념해주시기 바랍니다."

비전하의 목소리에는 진정한 염원이 담겨 있었다. 진정 아름다운 영혼. 그분의 아픔을 읽어내고 그분을 위안할 수 있는 길은 묵묵히 그분의 뜻을 따르는 것이다.

두 나라의 역사적 갈등과 분노를 희생으로 다독이는 것이 진정한 화해라고 생각하시는 분……

율리아는 기도를 올릴 때마다 비전하의 영혼을 생각했다. 그러면서 반거들충이 같은 자신의 한계를 느꼈다.

"조금 더 맑게, 조금 더 깊게."

중얼거리며 외는 그 말은 끊임없이 영혼을 닦아가기 위해 스스로에게 주는 숙제였다.

험
로

나는 수렁에 빠졌다. 캄캄한 밤이었다. 생의 어느 한 시기, 헤어날 수 없는 어둠이 나를 삼키려 하고 있었다. 내 곁에는 아무도 없고 그 누구도 보이지 않았다. 어머니도, 아버지도, 줄리아도, 그 누구도 보이지 않았다.

달아나야 했다. 달아나지 않으면 곧 죽을 것이란 생각에 나는 잠도 자지 못했다. 사람이 무서워지고 세상이 무서워졌다. 여자들이 벌떼처럼 달려들어 나를 에워싸고 더듬었다. 아니, 술에 취해 내가 여자들을 더듬기도 했다. 교태 어린 그녀들의 방자한 웃음소리가 나를 흔들었다. 나를 통째로 삼킨 여자들이 내 목을 조여 오기도 했다. 아무도 모르는 곳으로 사라지고 싶었다. 나를 짓누르는 그 무거운 고통의 실체가 무언지도 모르는 채로 나는 점점 미쳐가고 있었다.

바다로 뛰어들었다. 파도가 나를 떠밀어갔다. 의지와는 상관 없이 나는 흘렀다. 온통 어둠뿐인 그 바다에서 무언가를 잡으려고 허우적거렸다. 그 시기에 나는 어떤 허상 하나에 매달려 있었다. 나는 내가 아니며 허수아비였다. 눈이 있어도 보지 못하고, 보이는 것들도 다 헛것이었다. 만지면 닿을 듯한 그 모든 것이 만지는 순간 물거품이 되었다.

그즈음 그녀가 다가왔다. 아니, 그녀가 아니라 그것이 다가왔다. 아니, 그것이 아니라 그 존재가 다가왔다. 눈이 부시어 바라볼 수도 없는 그 형체가 나를 휘감았다. 어둠 속에서 빛나는 그 존재. 하늘에서 빛나던 존재가 내 영혼을 구원하기 위해 내 곁으로 온 것이라 믿었다. 나는 아무것도 할 수 없었다. 그저 그것이 시키는 대로 움직이는 인형일 뿐. 로봇이 된 것처럼, 허수아비가 된 것처럼.

아마테라스. 내 머릿속에는 온통 그것뿐이었다. 내가 하는 모든 행동은 그것이 하고자 하는 의지였다. 그가, 아니 그녀가 나를 향해 웃었던가. 아님 내가 그것을 향해 웃었던가. 알 수 없다. 눈부신 후광을 업은 그 존재가 나에게 말했다.

"내가 당신을 구해줄 수 있어요, 나를 믿어요."

아마테라스의 현신이라고 말했다. 아니, 그렇게 믿었다. 어느 날부터 그것의 형체가 내 곁에 머물기 시작했다. 아니, 내가 그것의 곁에 머물러 있었다.

이리디 키누고. 나는 그것이 조종하는 대로 움직이는 인형에 불과했다. 그건 불가항력이었다. 그때 나는 사람이 아니었다. 허약한 내 영혼을 휘두르는 것은 검은 얼굴을 한 그것이었다. 안타까운 눈빛의 아버지가 밤마다 나타나 눈물을 흘렸다. 그 모습조차 보기 싫었다. 나는 허깨비였다.

***

마사코는 바람길을 차단하고 문을 닫았다. 세상과의 단절은 고독하기도 하지만 편안하기도 하다. 단정하게 깔아놓은 이부자리가 어둠 속 정물이다. 이제는 몸을 내려놓아도 좋을 것 같다.

이즈음 자주 아리사가 보인다. 약간 갸름한 얼굴에 창백한 낯빛. 긴 머리에 가린 길고 곧은 목 언저리가 유난히 하얗다. 깊고 가는 두 눈은 굳이 어디를 바라보고 있지는 않지만 입가에 번진 미소는 부드럽고 따뜻하다.

"아리사."

마사코는 낮은 목소리로 아리사를 부른다. 아리사는 저만치서 여전히 마사코를 바라보고 있다.

"이리 와, 아리사."

마사코는 간절한 목소리로 아리사를 다시 부른다. 영혼을 파고드는 외로움이 구멍 숭숭 뚫린 나무 같다. 무엇 때문일까. 자신이 통제하지 못하는 슬픔이 삭아들지 않아서일까.

"분노를 잠재우세요. 분노는 몸을 상하게 합니다."

그 마음을 아는 듯이, 아리사의 음성이 파도의 너울처럼 울려왔다.

"마음을 다해 전하의 뜻을 펼쳐도 그들은 아직도 나를 용서하지 않아. 나는 아직도 온전한 조선인이 될 수 없는 것인가."

"조선은 남의 나라가 아닙니다. 마마에게도 저에게도. 사는 땅이 어디냐는 중요하지 않아요. 마마께서도 이미 조선인이십니다."

"아무도 그걸 인정하지 않아. 오히려 나를 비난하고 모욕하는걸. 그걸 견딜 수가 없어. 미쳐버릴 것 같아."

"인정하지 않는다고 진실이 바뀌진 않아요."

"아아, 아무리 마음을 다스리려 해도 분노가 치밀어 올라. 나는 조선의 황태자비로서 할 일을 열심히 했다고 생각하는데 아무도 그걸 인정하려 하지 않는단 말이야."

마사코의 입매가 가느다랗게 떨렸다.

"노여움이 차올라도 참으셔야 합니다. 언젠가는 마마의 마음을 알아줄 때가 올 것입니다."

"그날이 올까?"

"꼭 올 것입니다."

"아아, 나는 두려워."

마사코는 가슴에 손을 얹고 숨결을 다듬었다. 아리사를 볼 때만 솔직해졌다. 아리사를 볼 때만 모든 게 편안해졌다.

"가슴에 이 땅을 품고 있으면 땅의 향기가 느껴져요."

"이 땅의 향기……."

"이미 온몸에 스며들어 있잖아요."

"너는 왜 숨어 있었느냐?"

마사코의 말에 아리사가 살짝 웃음을 지었다.

"마마를 만나려고 그랬나 봅니다. 저는 누군가에게, 진정으로 저를 이해해주는 누군가에게 제 이야기를 하고 싶었거든요."

"누구나 그렇지. 그런데 나를 어찌 알았지?"

"마마께서 고려신사를 찾아온 적이 있었어요. 왕자님이 아주 어릴 때였지요."

"구가 어릴 때?"

"진 왕자님의 영혼을 위해 기도하러 오셨지요."

"아, 그랬지. 아아, 진!"

기억조차 아물아물한, 아니 애써 잊어버리고자 했던 그 어느 날의 풍경이 선연하게 떠올랐다. 마사코의 눈에 행복한 눈물이 차올랐다. 눈물 속에 진의 파리한 얼굴이 동그랗게 어렸다. 마사코가 가슴을 치며 몸을 부들부들 떨기 시작했다. 꼭꼭 눌러두었던 슬픔의 봇물이 다시 터진 것 같았다.

"저는 이미 죽어 고려사를 떠돌고 있었지요. 마마께서 세상을 다 잃은 듯한 얼굴로 고려사에 찾아오신 그때부터 저는 마마 주위를 맴돌기 시작했어요. 마마의 슬픔이 제 슬픔이기도 하고 마마의 눈물이 제 눈물이기도 해서……. 마마는 저를 이해해주실 것 같아서, 아니 제가 마마를 지켜드릴 수 있을 것 같아서……."

"아, 가엾은 내 아들 진! 불쌍한 내 아들!"

마사코가 온몸을 떨며 흐느꼈다.

"그분의 영혼은 행복하십니다. 어머니가 진정한 기도를 드린 덕이지요."

아리사의 음성은 고요했고 차분했다.

"더 불쌍한 내 아들 구!"

마사코가 높은 파도가 일어나듯 울음을 터트렸다.

"그분의 영혼이 마마를 염려하십니다."

아리사의 하얗고 차가운 몸이 천천히 다가와 격렬하게 떠는 마사코의 몸을 안았다.

"우리는 모두 하나입니다. 애초에 하나였습니다. 그러니 굳이 나눌 일이 없지요."

"애초에 하나?"

"우리 모두는 어머니의 마음으로 하나가 됩니다."

"나는 아들을 잃었어. 다 자라 장성한 아들마저 세상 풍파에 휘둘리고 있어! 자식을 지키지 못하는 어미의 마음을 누가 알겠어."

마사코의 몸부림은 더욱 격렬해졌고 눈물은 이제 멈출 수 없을 정도로 마냥 흘렀다. 평소 냉정하고 단정한 마사코의 행동이라고는 믿기 힘들었다.

"흩어진 것들은 모여 히니가 됩니다. 히니였던 것이 흩어지기도 하고요. 예부터도 그러했지요."

"슬픔은 솟구쳐 오르는 샘물 같아."

"맑은 영혼은 하늘로 오릅니다."

"하늘로 오른 영혼은 어찌 되지?"

"아무것도, 아무것으로도 되지 않습니다. 그냥 평화로운 숨이 됩니다. 그 어느 곳에도 존재하는……."

"평화로운 숨?"

"그 어느 것에도, 그 어떤 것에도 깃드는, 어디에도 없고 어디에도 있는……."

"아아."

"슬픔은 인간의 분노가 변한 것입니다. 슬퍼하지 마셔요. 억울한 마음을 내려놓고 눈을 감고 평온한 숨을 쉬셔요."

마사코는 눈을 감았다. 차츰 숨소리가 평온해졌다.

"과거 이 땅에서 살 수 없었던 백제인들은 오사카와 나라 지방으로 진출하였지요. 신라인들은 야마구치현이나 돗토리, 도쿄 일대로 움직였지요. 고구려인들은 도쿄 이북 지방과 아오모리 현으로 모여들었지요. 저 또한 그러했지요."

아리사의 음성은 어찌 들으면 자장가 같기도 했다.

"고마 강이 흐르는 풍요로운 땅에 우리 아버지 할아버지들이 정착한 것은 아주 오랜 옛날이었어요. 나라 잃은 고구려인들이 흘러온 곳, 그곳이 바로 고마 강 주변이었지요."

평화로운 마을이 보였다. 바람이 살랑거리는 따뜻하고 포근한 땅.

"우리는 대대로 혈통을 지키며 살았어요. 고구려인들끼리 결혼을 하고 일본 땅에서 고구려의 혼을 지키며 똘똘 뭉쳐 모여 살았어요. 그걸 대단한 긍지로 여기고 살았지요. 그런데 몇백 년이 흐른 어느 날, 일본인을 사랑하게 된 여자가 생겼어요. 바로 저, 아리사예요."

"사랑이라……. 아, 사랑이라……."

"그 사랑은 지독한 대가를 치러야 했어요."

"사랑은 지독한 대가를 치러야 하는 것이네."

"이룰 수 없는 우리의 사랑은 불길처럼 타올랐지만……."

"사랑은 가시밭길이라네. 아무것도 그냥 주지 않는다네."

마사코의 말에 어느새 운율이 붙고 있었다.

"어른들은 있을 수 없는 일이라며 반대를 했지만 우리의 사랑은 막을 수가 없었어요. 저는 열일곱 나이에 사랑을 알아버렸고 제가 사랑했던 그 남자는 죽음을 각오하고 사랑을 지키려 했어요. 그러던 어느 날, 고마 강에 그의 시체가 떠올랐어요. 그의 얼굴은 자살이라고 하기엔 어딘가 석연치 않았어요. 잊으라고, 지나간 사랑은 잊는 것이 좋다고, 식음을 전폐하고 몸져누운 나에게 어머니가 말했지만 이미 저의 세상은 어둠으로 덮인 후였죠."

"나도 사랑을 믿었다네."

"그가 떠난 자리엔 피리만 남아 있고……."

"사랑은 너무나 많은 희생을 강요해."

"며칠을 그렇게 앓다가 눈을 떴는데……."

"사랑은 책임도 따른다네. 사랑을 약속한 무한한 책임."

"배 속에 그의 아이가 자라고 있다는 사실을 알게 되었어요. 불쑥 두려움이 앞섰죠. 지킬 수 없는 아이였어요."

"나도 내 아이를 지킬 수 없었다네."

"도망을 갈까? 그런 생각을 했죠."

"나도 내 아이를 위해서라면 무어든 할 수 있었네. 하지만 아무것도 할 수 없었네."

"아님 죽어버릴까? 그런 생각도 했죠."

"나도 죽고 싶었네. 내 아이를 따라가고 싶었네."

"배에 복대를 두르고 비밀한 나날이 시작됐는데 어느새 어머니가 알게 되었어요. 펄펄 뛰면서 하시는 말씀이 부정한 생명을 낳아서는 안 된다고."

"내 아기는 축복이었네."

"저도 펄펄 뛰었죠. 사랑의 결실이라고. 두 나라를 화합시키는 귀한 생명이라고."

"나도 그러했지. 진이는 아주 상징적인 탄생이었지."

"어머니는 싸늘한 얼굴로 나를 끌고 산파에게 갔어요. 아이를 뗄 약을 짓기 위해서였죠. 순간, 저는 도망을 쳐야겠다고 생각했어요."

"어디로든 도망칠 곳은 없다네. 세상은 마음으로 지은 감옥보다 더 좁다네.”

“저도 모르게 강가로 달아나고 있었어요. 그의 영혼이 부르는 것처럼.”

“그의 영혼이 부르는 것처럼.”

“어머니와 마을 사람들이 몰려오는 걸 뒤돌아본 저는…… 더 이상 달아날 곳이 없다고 생각한 저는 배를 움켜쥐고 눈을 감았어요.”

“아, 안 돼!”

“그리고 조용히 그의 이름을 불렀죠. 그의 이름과 함께 저의 세상과 아이의 세상은 암흑 속으로 사라졌죠.”

“아!”

“제가 처음이었을까요? 이국인과의 사랑이?”

“나도 그러하다네.”

“땅으로 나눌 수 없는 것이 사랑이어요.”

“나도 그러하다네.”

“마음으로 나누는 것이 사랑이어요.”

“몸이 함께하면 더욱 깊어지고.”

“영혼과 영혼이 얽히는 게 사랑이어요.”

“떼어놓으려 하면 더욱 뜨거워지고.”

“손만 잡고 있어도 온몸이 전율하는 것이 사랑이어요.”

“함께 있으면 그곳이 천국.”

“흩어진 것을 모으는 것이 사랑이어요. 상처를 보듬는 것이 사랑이어요."

"상처는 싸안아야 해. 진주는 상처를 품으면서 오묘한 빛을 발하지."

"사랑은 운명."

"사랑은 숙명."

"이제 나도 숨을 쉬어야 해요."

"숨?"

"평화로운 숨."

"숨……."

"불안해하지 말아요."

아리사의 부드러운 손이 닿자 절로 눈이 감겼다. 파도인지도 알 수 없는 어지러운 물살이 일렁이며 다가왔다. 차고 축축한 그 무엇이 마사코를 집어삼켰다. 어디선가 노랫소리가 들리는 듯도 했고 울음소리가 들리는 듯도 했다. 아무 저항도 없이 둥둥 떠다녔다. 편안하기도 했고 두렵기도 했다. 끝내 남는 것은 어둠뿐이었다. 고요하고 어두운 어느 공간에 둥둥 떠 있었다. 어디선가 곧 무슨 일이 터질 것 같은 불안한 생각이 물비늘에도 묻어 있었다…….

마사코는 다시 눈을 떴다. 고르게 쉬어지는 숨이 신기했다.

"그거 아세요? 조선과 일본은 고대에는 하나로 붙어 있던 땅덩이였어요."

아리사의 목소리가 허공에서 들렸다.

"하나로 붙어 있던 땅덩이?"

그 말을 되뇌는 동안 아리사는 어느새 사라지고 그녀의 숨결만 귓전에 느껴졌다.

"조선과 일본은 하나로 붙어 있던 땅덩이였어요……."

사랑은, 사랑은, 사랑은…… 사랑은 상처도 껴안는 것이다. 사랑은 넓은 품을 갖는 것이다. 옹색한 편견을 벗는 것이다…….

밤은 깊어가고, 짙은 어둠 속에 홀로 앉은 마사코는 사랑을 읊조리고 있었다. 그 곁에 아리사가 있었지만 아리사를 알아보는 건 마사코뿐이었다. 어느새 마사코의 낯빛이 형체 없는 아리사를 닮아가고 있었다. 달빛처럼 하얗게 빛나는 맑은 얼굴, 창밖에 싸늘하게 걸린 조각달이 창백한 마사코의 얼굴을 희미하게 비추고 있었다.

'조선과 일본은 고대에는 하나로 붙어 있던 땅덩이였어요…….'

아리사가 들려준 그 한마디가 오래도록 귓전에 남았다.

또
다
른
계
절

이 세상에 와서 만난 사람들은 질긴 인연의 끈으로 묶여 있
다. 심지어는 거리와 집과 하찮은 풍경까지도.

나는 모처럼 내가 살던 집에 왔다. 이미 언급한 바와 같이 나
는 죽어서 자유로운 혼이 됐다. 그래서 어느 곳이든 다 오갈 수
있다. 목숨과 바꾼 자유다. 몸을 버린 대가로 얻은 것이다.

주인이 바뀐 집은 겉모양새도 바뀌었다. 내가 뛰놀던 너른
마당은 간 곳 없고, 현관으로 들어가는 왼편에 서 있던 금송도
베어져 흔적이 없다. 고급스런 인테리어는 예사롭지 않은 집이
었음을 암시하는 듯하지만, 그 집이 누구의 집인지에 대해 궁금
해하는 사람은 이제 없다. 다만 고급스럽고 우아한 것을 좋아하
는 여인들이나 격조 있는 만남을 위한 사람들이 들락거리는 장
소로 바뀌어 옛날의 영광을 무색케 할 뿐이다. 아버지의 손님들

이 드나들던 거실은 전혀 알지 못하는 사람들이 차를 마시는 장소로 변했다. 손님에 대한 극진한 서비스로 무장된 종업원들이 아주 절제된 예의범절로 손님을 맞고 있다.

이곳은 호텔 후원에 있는 고급 레스토랑이다. 이곳은 내가 태어난 곳이며 내가 자란 곳이다. 나는 가끔 이곳에 들러 내가 머물던 방을 배회한다.

한 여자가 다가온다. 자못 엄숙한 얼굴로 현관 앞에 선 여자는 한참 동안 주변을 둘러본다. 눈빛은 암울하고 축축하다. 곁에 선 남자가 그런 여자의 모습을 살핀다. 한참 현관 앞에서 서성이던 여자가 안으로 들어선다. 그 여자는 내가 어릴 때 기어 오르내리던 2층 계단 앞에서 또 한참을 올려다보고 있다. 전혀 알지 못하는 얼굴이고 본 적도 없는 얼굴이다. 조선 여자라는 짐작 외엔 아무것도 알지 못하는 여자이다. 남자가 여자의 어깨를 감싸 안고 테이블이 있는 곳으로 향한다.

하얀 벨벳을 씌운 차림판이 우아하게 놓여 있다. 남자가 그걸 들어 한참을 보는 동안 여자의 눈은 내부를 여기저기 둘러보며 살핀다.

"뭘 마시겠어요?"

남자가 묻는다.

"아무거나요."

여자는 메뉴엔 관심이 없다. 남자가 마침 다가온 종업원에게 아메리카노 두 잔을 주문한다.

"뭘 좀 먹을래요?"

남자가 친절하게 묻는다. 여자는 그저 고개만 살래살래 흔들 뿐, 먹는 일에는 도통 관심이 없는 듯하다. 한참을 살피던 여자가 남자에게 귀엣말을 한다. 남자가 여자의 말을 유심히 듣더니 커피를 들고 온 종업원에게 일본말로 묻는다.

"もしかして、ここに 住んでいた方、ご存知ですか? (혹시 이곳에 살던 사람에 대해 아시오?)"

내 영혼의 눈이 휘둥그레진다. 여기에 누가 살았느냐고? 그걸 궁금해하는 사람이 있다고? 갑자기 가슴이 벌떡벌떡 뛰기 시작한다. 종업원이 모르겠다는 듯 고개를 젓는다. 그러더니 잠시 기다리시면 아는 사람이 있나 알아보겠다 한다. 친절한 종업원이다. 커피를 마시는 동안 남자와 여자는 말이 없었지만 두 사람의 생각이 비슷하다는 걸 읽어낸다. 나는 괜히 그들 곁에서 서성거린다. 잠시 후 나비넥타이를 단정하게 맨 종업원이 다시 나타난다. 메모지 한 장을 내민다. 여자가 조심스러운 얼굴로 메모지를 살핀다. 두 손이 살짝 떨리고 눈동자가 흔들린다. 메모지에 쓰여 있는 글자를 확인한다.

李王.

나는 그 글자를 뚫어질 듯이 들여다본다. 아아, 이 왕이라 불린 나의 아버지를 아는 사람이 있다니. 이 건물에. 어쩜 그는 아주 오래전 이 궁에서 심부름을 하던 하인의 아들일지도 모르겠다. 비운의 황손 이야기를 들었을까, 아님 그들을 보았을까.

여자가 고개를 묻고 눈을 감는다. 그녀가, 가느다랗게 흔들리는 가슴께에 손을 얹는다. 놀라고, 슬프고, 억장이 막히는 표정이다. 커피는 식고, 여자는 커피를 마시지 않았다. 그냥 그렇게 앉아 있다. 아무 말도 하지 않고 메모지에 적힌 두 글자, '李王'만 뚫어질 듯 바라보고 있다. 아, 그녀는 나를 궁금해하고 있다. 아버지를, 어머니를 기억해내고 그리워하고 있다. 집 안 구석구석 아직 남아 있을 우리 가족의 흔적을, 마치 후각이 발달한 동물처럼 냄새를 맡고 있다. 그러다 설핏 그녀의 눈자위가 붉어지는 걸 보았다.

그녀에게 고맙다. 문득 어디선가 본 듯한 느낌이 든다. 평범하기 그지없는 조선 여자, 나이도 지긋해 보이는 조선 여자가 어찌 나에 대해 묻는 것이며, 이 궁에 대해 관심을 보이는가.

"金松はどこに植え替えましたか?(금송은 어디로 옮겨 심었나요?)"

아하, 다소 어색한 그녀의 일본어가 내 가슴을 후벼팠다. 현관 왼편에 있던 금송까지 아는 여자라니!

종업원은 난처한 듯 고개를 젓는다. 낙담 어린 여자의 표정에 나도 우울하다. 그러다 우연히, 정말 우연히 그 여자의 목덜미를 본다. 아하! 그제야 나는 그녀를 기억해낸다. 나는 그녀를 본 적이 있다. 팥알보다 작은 점 하나. 내가 그녀를 기억하는 증표다. 결코 우연하지 않은 우연한 만남.

나는 ㄱ 여사를 분명히 보았다. 그녀를 알지는 못하지만 본 적은 있다. 그녀는 나에 대해 관심이 생겼다, 그날 이후로.

나는 분명 이 아카사카 저택이 내려다보이는 호텔에서 죽었다. 그리 크게 알려질 대단한 죽음은 아니었던 터라 죽은 후에도 사람들의 관심을 받지 못했다. 물론 알려지지 않을, 아무도 모르게 땅속에 묻힐 죽음은 아니어서 후일 알려지게 됐지만, 내가 죽은 장소는 정확하게 알려지지 않았다. 어떤 사람은 아카사카 호텔 19층에서 죽었다 하고, 어떤 사람은 2층에서 죽었다 한다. 어디서 죽었든, 어느 것이 진실이든, 그건 중요하지 않다. 중요한 것은 내가 '아카사카 저택이 내려다보이는 호텔의 한 방'에서 죽었다는 사실이다. 진실은 때로 오도되기도 하고, 왜곡되기도 한다. 하지만 가릴 수 없는 것은 내가 죽었다는 사실이다. 나는 분명 일본에서 죽었지만, 낙선재 마루에 빈청이 차려졌다. 그냥 대한제국 황족에 대한 예의상 그렇게 했으리라. 그래도, 한때는 황족이라는 허명을 가졌던, 죽은 자에 대한 마지막 예우로.

어느 날, 그녀가 나타났다. 그녀는 나를 모른다. 대한제국의 사연을 속속들이 모르는 한, 알 리 없다. 그런데 그녀가 나를 보았다. 낙선재 마루에 차려진 빈청을 보고 그녀가 혼잣말로 중얼거렸다.

"대한제국과 관련 있는 사람이 죽었나?"

그뿐이었다. 그녀는 역사에 무지했으며, 나에 대해서도 무지했다. 대한제국에 대해 깊이 아는 바가 없었으며 별로 관심도 없는 듯했다. 그 어떤 감정이 얽혀 있지도 않았지만, 내 빈청을 보고 돌아서 나가는 길에 — 아니 내 빈청을 보러 온 게 아니라 낙선재를 둘러보러 온 거였겠지만 — 어쨌든 그녀가 조그만 수첩을 꺼내 뭔가를 적었다. 장락문 앞에서 뒤를 돌아보면서였다. 길고 흰 목이 눈부셨는데, 거기 팥알만 한 점 하나가 도드라져 보였다.

내 영혼의 집에 대해 관심을 가진 여자를 오랜만에 보았다. 내가 홍유릉의 한구석에 눕고 난 후에도 그 여자는 종종 낙선재를 찾아왔다. 홍유릉 구석에 자리한 내 유택에도 찾아왔다. 그 또한 나에 대한 관심이 있어서가 아니라 내 아버지 영왕에 대한 관심 때문이었다. 덕혜옹주에 대한 관심 때문이었다. 아버지를 보러 온 길에, 영원으로 오르는 길 한 귀퉁이에 자리한 내 유택을 보고, 이분은 또 누군가 여겼으리라.

올 때마다 눈이 깊어졌다. 한숨이 깊어졌다. 그러던 어느 날, 그녀가 내 이름을 알았다. 아버지와 어머니와 나를 알아내고, 내 여인 줄리아에 대해서도 관심을 갖기 시작했다.

"이 구. 영왕의 아들, 마지막 황태손, 아내는 미국인 줄리아?"

그녀는 그렇게 중얼거렸다. 자신이 알아낸 지식에 대해 확인하는 혼잣말이었다. 그녀가 애초부터 알고 있었던 이름은 내 고모 덕혜옹주와 아버지 영왕, 거기까지였다. 더 이어질 것 같지 않던 인연의 끈은 제법 오랜 시간 동안 잊힌 듯했으나, 다시 그녀가 기억을 살려내기 시작했다.

나는 그녀가 고마웠다. 하지만 모른 척했다.

그러다가 그녀가 물었다.

"줄리아가 미국 사람이라고요?"

그녀는 곧 미국으로 날아갔다. 물론 줄리아를 만나러 간 것은 아니었다. 그러나 그녀는 줄리아를 기억하고 나를 기억하고 다시 수첩에 이름을 적어 계보를 만들었다. 그녀의 기억 속에 내 자리가 생겼다.

해리도 늙었다. 사진 기자 생활을 접고 난 해리는 모처럼 한가해지면서 제정신이 드는 듯했다. 오정수와의 인연은 오래도록 이어져서, 그의 그림과 해리의 사진을 모아 합동전을 열기로 했다. 더 늙기 전에, 둘 다 그렇게 말했다. 젊어서부터 해야 한다고 했던 일이었다. 바삐 살다 보면 정작 해야 할 일을 놓치는 경우가 많다. 그런데 이상한 것은 해리의 사진과 정수의 그림을 모아놓으니 서로 바라본 관점과 시점이 같다는 점이었다.

대한제국, 그 슬픈 나라의 이름. 잊을 수 없는, 잊어서는 안 되는 시간의 결 사이, 동그란 무덤으로 남은 일가의 이야기를 그는 사진으로 풀어내고 오정수는 그림으로 풀어냈다. 그들 가족의 아팠던 스냅들이 흑백으로 벽에 걸렸다. 낮은 화담과 나무의 순한 결이 느껴지는 낙선재의 누마루, 좁은 방에 갇힌 그들 가족의 무덤덤하게 울고 있는 사진들이, 마치 바람에 말라가는 생선처럼 꾸득꾸득 말라가고 있었다.

사람들은 그리 깊지 않은 관심으로 흑백 사진을 보았지만, 가끔 고개를 끄덕이며 가는 사람도 있었다.

　　타인의 역사는 흑백이다. 피도 흑백이고, 눈물도 흑백이고, 가슴을 찢는 고통도 흑백일 뿐이다. 그래서 차라리 다행스럽다. 피가 붉거나, 눈물이 투명하거나, 슬픔이 진한 회색의 범람이라면 사람들의 감정은 오히려 혼란스러워질 것이다. 흑백으로 보자. 그러면 단순해진다. 단순해서 단순한 것이 아니라, 무심해서 무심한 것이 아니라, 슬프지 않아서 침묵하는 것이 아니라.

오정수와
해리의 역사

역사는 그 둘 사이에서만 흘렀다. 나머지는 모두 유리 액자 저편에 갇혀 있다. 갇힌 진실이 슬프기는 하되, 이제는 기억 속의 일일 뿐이다.

마사코, 영왕, 이 구, 줄리아, 덕혜옹주…… 그리고 유은애, 장수옥, 오인경, 오정수, 해리, 그리고…….

절망의 땅이라는 홍유릉 곳곳에 그들 가족의 슬픈 사연이 바람이 나뭇잎을 건드릴 때만 속살거리고 있다. 그들끼리만 아는 언어로 암호 전달을 하고 있다. 지금도.

허연 턱수염을 만지작거리며 해리가 말했다.

"참, 오늘 인경이가 김치찌개를 해준다 했지? 벌써 군침이 도는군. 나는 한국인으로 태어나야 할 운명인데, 영혼이 잘못 배달된 것 같아. 하하하."

일부러 과장스럽게 웃는 해리를 보며 오정수는 인경에게 전화를 한다.

"갈 때 뭘 사갈까? 우리 왕자님이 좋아하는 초콜릿 사갈까?"

초콜릿은 현실이다. 정수의 입에서 나오는 말 중 가장 빈도가 많은 말은 초콜릿과 왕자님이란 호칭이다.

"또 왕자님 타령이로군, 하늘에서 떨어진 복덩이라고 너무 자랑 말게."

해리가 고개를 절레절레 흔들며 정수를 바라봤다.

"자식보다 더 어여쁜 게 손자라지 않나."

정수의 시선이 저 먼 데로 향한다. 눈동자에 인경과 지후의 얼굴이 잘랑잘랑하다.

정수의 생각을 깨우듯 해리가 말한다.

"이번 전시회에 아쉬운 건 줄리아 여사가 살아 있을 때 사진을 찍지 못했다는 거야. 만나지 못했으니 당연한 거겠지만 못내 아쉽네. 은숙 씨는 인터뷰를 거절하고. 얼마 전, 줄리아 여사의 일생을 다룬 다큐멘터리가 방송된 걸 봤어. 너무 감정적으로 다루었더군."

"조금 그랬어."

정수도 고개를 끄덕이며 한 마디 거들었다.

"그래도 건조한 것보다는 낫잖아."

"우리가 슬픈 가족사를 건드린 것 같아 마음이 가볍지만은 않아."

해리가 말했다.

"그렇긴 하지. 하지만 그것도 흘러간 역사라네. 이제 전시회도 끝났으니 우리 낚싯대나 메고 미시시피강으로 고기나 낚으러 갈까?"

정수가 분위기를 바꾸려는 듯 해리를 툭 치며 웃어 보였다.

"초콜릿도 챙겨 넣고?"

"오케이."

해리가 얼굴 가득 웃음을 머금은 채 정수의 왼쪽 다리를 툭 친다. 마치 불구가 된 그 다리의 역사를 일깨우는 것처럼. 정수가 절뚝절뚝 걷는다. 그 역사를 아는 건 정수 자신뿐이다. 달리려는 자에게 가해진 총격. 다리가 꺾이는 순간, 그의 꿈이 산산조각이 났다. 그 일로 그는 달릴 수 없게 됐다. 나라를 위해 하려던 모든 일이 수포로 돌아갔다. 그 일을 생각할 때마다 정수는 속울음을 운다. 하지만 그 누구에게도 말할 수 없다. 무언가를 짐작한 듯이, 해리가 정수의 어깨를 감싸 안으며 혼잣말처럼 중얼거린다.

"자, 어서 우리 왕자님을 보러 가세. 이제 개인의 역사는 묻어두세."

줄
리
아
의

편
지

　더디기만 한 세월도 지나고 나면 쏜살같다. 한때는 온몸을
다 바쳐 사랑했다가, 그 사랑을 온전히 갈구하다가, 그러다 사랑
이 미움으로 변했다가, 어느 순간은 무념해졌다.

　하와이로 돌아온 줄리아의 일상은 평온해졌다. 은숙이 곁에
있어 많은 위로가 됐다. 그림자처럼 조용한 아이. 줄리아는 그
아이를 자신의 그림자로 여겼다. 삶에서도 그랬다. 그 아인 그림
자처럼 살았다. 말소리도 조용조용한 그 아인 어쩜 마음만 훌쩍
커버린 것 같다.

　그 아이 외에 줄리아가 마음을 다스리는 방법은 그림이었다.
잘 그리지는 못하지만, 캠버스를 마주하고 앉아 정물이나 풍경
을 그리다 보면 절로 마음이 차분해지고 맑아졌다. 그건 스스로
를 치유하는 방법 중의 하나였다. 물감 냄새에 머리가 아프기도

했지만, 인간사에 휘둘리는 일보다는 훨씬 견딜 만했다.

하지만 그리 생각하려고 노력하는 것일 뿐, 마음속 깊은 곳에는 아직도 이해할 수 없는 문제들이 남아 있었다. 그는 왜 나를 멀리하려 했나? 떠나려는 마음이 진심이었을까? 항간에 들리는, 새로운 여자가 있다는 소문은 사실일까? 그럼 나를 떠나 새로운 사람을 찾은 것일까? 그는 행복할까? 뭐 그런 생각들이었다.

한국을 떠나 미국으로 돌아온 즈음엔 정말 견디기 힘들었다. 견디다 힘이 들어 그를 만나 이야기나 들어보려고, 그의 진심을 그의 입으로 확인하고 싶어서 몇 번 한국엘 가기도 했다. 하지만 그를 만날 수 없었다. 줄리아의 짐작으로는 많은 사람들이 그를 보이지 않는 곳에 가두어 두고 주변을 차단하고 있다는 생각이 들었다. 그러니 만날 수 없는 것은 당연했다.

운명은 이미 쏜살이다. 돌이킬 수 없다. 그러한 생각을 한 것은 그를 만나지 못하고 마음속으로 완전히 그를 지워야 한다는 생각이 들었을 즈음이다. 그를 깨끗이 잊기로 마음먹었다. 그런데 그러기엔 그의 흔적이 주변에 아직도 많이 남아 있었다. 핑계 같지만, 줄리아는 그를 만나서 전해줄 것들이 많았다. 그동안 그녀가 간직하고 있던 조선 왕가의 유물과 한국 근대사 관련 사진 수백 장 등은 줄리아가 한국에 돌려주어야 할 물건들이었다. 하지만 그걸 빌미로 그를 만나려 한다는 이야기는 듣고 싶지 않았다.

꿈에서도 그리운 낙선재는 비록 그곳이 줄리아에게 감옥이었다 해도 기꺼이 행복했던 공간이었다. 생각하면 낙선재에서 지낸 나날도 지울 수 없는 추억이었다. 그토록 아름다운 건물에서 살 수 있었다는 것도 돌이켜 생각하면 행복한 시간들이었다. 그러나 낙선재를 생각하면 가슴에 앙금이 남아 있다. 한국어를 제대로 발음하지 못해 일어났던 실수, 낙선재를 낙선재일(jail)이라고 발음한 일 등……. 돌이켜 보면 어쩜 구와 줄리아에게는 그곳이 정말 감옥이었는지도 모른다. 행복하다는 말을 주문처럼 외우며 살고 있었지만 그것은 불행을 감추기 위한 행동이었는지 모르겠다.

낙선재는 왕이 책을 읽고 쉬는 공간, 즉 서재 겸 사랑채로 조성되었다고 한다. 국상을 당한 왕후들이 소복을 입고 은거하는 공간이었다고도 전해진다. 1884년 갑신정변 직후 고종의 집무소로 사용되었고, 일제에 국권을 빼앗긴 이후 순종께서 머문 곳이기도 하다. 그 이후 아버님 영왕께서 머무셨고, 시어머니 마사코 비가 머물고 있는 곳이기도 했다. 한편 순종의 비 순정효황후는 1926년 순종이 영면한 후 석복헌에서 생활하였고 1966년 그곳에서 별세하셨다. 덕혜옹주도 낙선재 한편의 작은 방 수강재에서 기거하셨다. 그러고 보면 낙선재는 외롭고 눈물 어린 터였다. 그리 좋은 터가 아니다. 아름다운 건물에 깃든 어두운 기운을 몰아낼 수 없었을까? 줄리아는 낙선재를 생각할 때마다 자꾸 그때의 실수를 떠올리게 되었다.

이제 그를 놓아주자. 마음에서도, 현실 속에서도. 이혼 서류에 도장을 찍는 일 따위는 큰 문제가 아니었다. 진정 어려운 것은 마음에서 멀어지는 일이다. 그럴 수밖에 없었으리라. 그런 결정을 할 수밖에 없었으리라.

줄리아는 그를 연민한다. 오오, 가여우신 분. 마음에서 그를 지우는 일은 이혼 서류에 도장을 찍는 일보다 훨씬 어렵고 고통스러웠다. 그래도 다행인 것은 자신이 늙어가고 있다는 것이다. 분노와 기쁨, 혹은 서러움까지도 무덤덤하게 느껴질 수 있는 늙은 영혼이 되어가고 있다는 사실이다. 다행이다. 그럼에도 불구하고, 한 번만, 단 한 번만 그를 만날 수 있다면. 어리석은 욕심이 불쑥불쑥 차오른다.

줄리아는 말을 잃어갔다. 실어증에 걸린 사람처럼 하루 종일 한 마디도 하지 않은 적도 있다. 묵언수행하는 수도승처럼. 옛날 시어머니가 하시던 것처럼.

줄리아가 머무는 방은 하나의 시멘트 관이다. 살아 있으되 산 것 같지 않은 몸이 머무는 현실의 관이다. 그럼에도 불구하고 벽에 걸린 구의 사진을 보는 것이 큰 낙이다.

그를 보면서 혼자서 말을 건다. 대답도 없는 무정한 사람을 어쩌자고 자꾸 불러내는지……. 그래도 그와 대화를 한다. 그가 곁에 있는 것처럼.

어젯밤에는 당신이 보이더이다. 끝내
만날 수 없던 당신이 보이더이다. 나의 순
결을 바쳐 사랑한 당신이 내게 웃어 보이

더이다. 참으로 행복하더이다. 아직도 나는 그대를 사랑하고 있나니, 그대여, 이런 나를 용서하시오.

당신이 세상을 떠난 날, 나의 세상도 끝이 났소. 그러나 마지막 당신의 소식이 너무도 가슴 아파 몇 날 며칠 밤을 울며 지냈어요. 한 마디 이별의 말도 없이 떠난 당신이 어제는 왜 나를 찾아오셨나요. 그윽한 눈빛으로 나를 바라보는 당신을 보고 나는 참았던 눈물을 터트리고 말았어요.

당신이 이승을 떠나는 마지막을 보기 위해 한걸음에 달려간 한국에서 나는 철저한 열외자였습니다. 한때는 당신과 가장 가까웠던 나를, 유령처럼 만들어버린 사람들 앞에서 나는 그저 침묵하며 울음을 삼켰습니다. 아무도 나를 위로하지 않았어요. 그 누구도 나를 아는 척하지 않았어요. 아니 일부러 모른 척했을까요? 섞일 수 없는 우리 두 사람의 운명이 저세상으로 가는 길목까지 막아서는 것인가요? 겨우 노제에서 당신의 운구 행렬을 숨어서 보았습니다. 그때는 슬프지도 않았어요. 아속

하지도 않았어요. 입이 있으되 말할 수 없고, 몸이 있으되 마음대로 움직일 수 없었던 당신이 그제야 자유로워지는 순간을 어찌 슬프다고만 말할 수 있을까요. 다만 당신이 태어난 아카사카 저택이 보이는 호텔 방에서 이승을 떠났다는 게 슬플 뿐이지요. 얼마나 그리웠을까요, 어린 시절의 날들이. 얼마나 애틋했을까요, 잃어버린 그 집이. 당신의 발걸음이 고여 있을, 2층으로 오르는 계단과 잘 닦아놓은 유리창으로 흘러들던 맑은 햇살, 그 창밖으로 당신을 지키듯이 의젓하던 금송까지……. 아마 당신은 마지막 순간까지 그 추억을 갈무리했을 겁니다.

나는 지금 병원에 누워 당신을 봅니다. 창밖으로는 야자수 그 너른 이파리가 너울너울 바람에 춤을 춥니다. 신혼 시절, 우리가 거닐던 해변도 그리 멀지 않은 곳입니다. 우리의 궁전을 짓자던 달콤한 약속은 아직 유효합니다. 창밖으로 보이는 시퍼런 바다가 곧 덮쳐 올 듯이 가깝습니다. 전보다 훨씬 가까워진 당신의 눈빛에 미안함과 안타까움이 어리어 있네요.

구, 괜찮아요. 나는 당신을 미워하지 않아요. 당신은 내 마음속에 아직도 살고 있어요. 웃을 때 살짝 드러나던 덧니가 얼마나 귀여웠는지요. 소년 같은 순수함에 내 마음이 흔들렸지요. 생각이나 했을까요. 이국의 남자를, 그것도 한참이나 어린 남자를 내 연인으로 맞이하게 될 줄을. 그건 거역할 수 없는 운명이었을 거여요.

며칠 전부터 내 곁에 자주 나타나는 당신. 아마도 나를 데리러 온 것이겠지요. 우리의 마음과는 달리 맘대로 할 수 없었던 현실의 세상을 떠나 이제는 자유로운 혼으로 만날 날이 가까워지고 있으니.

사는 것보다 죽는 것이 더 행복하다는 생각을 합니다. 그대 곁에 머물 수 있는 그 평화로운 시간을 기대합니다. 세상사, 모두 용서합니다. 세차게 불던 바람도, 숨을 쉬기 어려울 정도로 휘몰아치던 폭우도, 나를 유령처럼 여기던 그 많은 사람들까지.

구, 당신을 둘러싸고 있던 여자들까지도 용서할게요. 오로지 내 남자였던 당신

을 빼앗아보려고 용쓰던 여자들도 아마 당
신의 멋진 모습에 반해서 그랬을 거예요.

용서를 하면 평화로워집니다.

손을 내밀어주세요. 그렇게 멀뚱히 바
라보고만 있지 말고 가까이 다가와 나를
안아주세요. 비록 늙고 병든 몸이지만, 마
음은 당신을 처음 만나 가슴 뛰던 줄리아
멀록이에요.

"어머니, 어머니!"

은숙이가 안타깝게 나를 부르네요. 내 생을 통해 얻은 보배
같은 나의 딸이지요. 그 아인 아직도 당신이 사다 준 인형을 갖
고 있어요. 그 인형도 다 늙었어요. 머리도 빠지고 반지르르하던
피부도 푸석해졌죠. 하지만 은숙이는 여전히 그 인형으로 따뜻
한 당신을 기억한답니다.

이제 당신이 다가오면 우리들의 집을 지으러 가요. 당신이
늘 존경하고 그리워했던 르 코르뷔지에처럼 땅 위에 멋진 집을
지어요. 잃어버린 집보다 더 멋진 집을 지어요. 르 코르뷔지에는
집 짓는 일을 시를 쓰는 일에 비견했지요. 단단한 땅에다 튼튼한
집을 지어요. 설계는 당신이 하고 나는 인테리어를 담당하겠지
요. 넓게 낸 창문으로 눈부신 햇살이 들어오게 하고 아늑한 소파
위엔 부드러운 벨벳 모포를 얹어 둡시다. 따뜻한 커피를 마시면

서 언제나 오순도순 이야기할 수 있는 다탁도 하나 놓읍시다. 하얀 레이스 보를 깔고 그 위에 황금빛 나는 찻잔도 얹어 둡시다. 그런 상상을 하면 마음이 따뜻해집니다. 우리가 처음 만났던 그때처럼.

저만치에서 당신이 오네요. 몸을 벗어버린 영혼이 바람자락처럼 자유롭습니다. 슬그머니 내 손을 잡는 당신의 손이 참 따뜻합니다……

결
結

긴 꿈을 꾸었다. 아무것에도 걸림 없이 흐르는 바람처럼 나는 모든 것을 관통한다. 관통의 고통도 없다. 울음과 분노와 탄식을 쏟아내며 생의 질곡을 힘겹게 겪었던 그날들조차 오랜 세월 햇볕에 바래어 삭은 천 조각 같다.

저만치, 막 숨을 거둔 나의 여인에게 손을 내민다. 이제야 그대를 볼 수 있어 미안하다.

한때, 대한제국이었던 조그만 나라에서 오로지 나만을 해바라기했던 줄리아 멀록과 어머니 마사코, 내게 숨을 주신 아버

지, 나를 둘러싼 수많은 사람들……. 비로소 자유로워진 영혼들에게 영원한 작별의 인사를 보내노니,

이제 그 누구도 나를 기억하지 말라.

긴 꿈의 터널을 지나 홀로 걷는다. 잃어버린 집 앞에서 잠시 머물다 돌아선다.

한 인간의 생은 한낮에 잠시 꾸는 꿈일 뿐이다.

무한히 반복되는 생의 터널 앞에서.

작가의 말

　우리가 알고 있는 진실, 혹은 역사적 사실이 때로는 허구보
다 설득력이 약할 때도 있다. 세월은 아무런 말이 없고 승자들
이 만들어놓은 규정지어진 진실은 점점 굳어간다. 그럼에도 불
구하고 우리는 때때로 궁금하다. 그것이 진실이었을까? 진실에
대한, 혹은 역사에 대한 의혹은 새로운 가설을 만들고 기존의 정
설을 흔들며 혼란스럽게 한다. 진실 이면에, 진실보다 더 진실한
그 무엇이 숨겨져 있는 것은 아닌가 하고. 그런 이유로 이 소설
은 시작된다. 단단한 거북이 등껍질처럼 굳어버린 역사의 이면.
나는 거기에서 슬픈 역사의 그늘 속을 방황하며 고뇌했던 얼굴
들을 찾아낸다.

　저에게 있어 역사소설은 실제 사건을 허구화하는 것이 아
니라, 실제 역사를 더 잘 이해할 수 있게 하는 허구랍니다.

　움베르토 에코의 말에 고개를 끄덕인다.

잃어버린 집

대한제국 마지막 황족의 비사悲事

ⓒ 권비영, 2023

초판 1쇄 인쇄일 2023년 7월 3일
초판 1쇄 발행일 2023년 7월 14일

지은이 권비영
펴낸이 사태희
편 집 최민혜
디자인 홍성권
마케팅 장민영
제 작 이승욱 이대성

펴낸곳 (주)특별한서재
출판등록 제2018-000085호
주 소 08505 서울특별시 금천구 가산디지털2로 101 한라원앤원타워 B동 1503호
전 화 02-3273-7878
팩 스 0505-832-0042
e-mail specialbooks@naver.com
ISBN 979-11-6703-080-1 (03810)

※ 본문에서 인용한 〈낙화유수〉는 'KOMCA 승인필' 했습니다.